코끼리의 귓속말과
고래의 뜀박질

삶과 지식

코끼리의 귓속말과 고래의 뜀박질

저자_ 김도연

초판 1쇄 인쇄_ 2016. 01. 07.
초판 1쇄 발행_ 2016. 01. 14.

발행처_ 삶과지식
발행인_ 김미화
디자인_ 다인디자인(E. S. Park)
편집_ 박시우(Siwoo Park)

등록번호_ 제2010-000048호
등록일자_ 2010. 8. 23.

서울특별시 강서구 강서로47길 108 | 우편번호 07634
전화_ 02)2667-7447
이메일_ dove0723@naver.com

ISBN 979-11-85324-24-1 13810

이 도서의 국립중앙도서관 출판예정도서목록(CIP)은 서지정보유통지
원시스템 홈페이지(http://seoji.nl.go.kr)와 국가자료공동목록시스템
(http://www.nl.go.kr/kolisnet)에서 이용하실 수 있습니다.(CIP제어번호:
CIP2015036036)

코끼리의 귓속말과 고래의 뜀박질

김도연 단편소설

목차

코끼리의 귓속말

　그녀는 거대한 체구의 여자다. 정말, 이런! 기가 막힌 일이 아닐 수 없었다. 지나가는 사람들은 누구나 그녀를 힐끔거렸다. 그녀의 눈과 마주치면 눈을 얼른 다른 데로 돌렸다. 그런 그녀가 아이러니하게도 목소리는 아주 작았다. 아무리 소리를 크게 내려 해도 그녀의 목소리는 귀를 아주 가까이 갖다 대야 할 만큼 작았다. 이 작은 목소리는 그녀에게 보통 곤혹스러운 일이 아니었다. 2m의 키에 120kg이 넘는 그녀가 작은 목소리로 이야기하는 모습은 그 누구에게나 웃음을 자아냈다.

　어려서부터 체구가 컸던 그녀는 어디에서나 놀림의 대

상이었다. 더군다나 그녀의 목소리는 모깃소리만해서 도무지 들리지 않을 정도로 작았다. 애들이 놀려서 소리 지르거나 운다 해도 그 누구에게 들리기 만무했다. 선생님들도 그녀를 감싸주지 않았다. 그녀가 이상한 외계에서라도 온 듯 대했다. 그녀는 머리도 좋았고, 공부도 잘 하는 편이었다. 그림도 잘 그리고, 피아노도 잘 쳤다. 모자란 것은 단 하나, 목소리였다.

그녀의 편이 유일하게 있다면 그녀의 어머니였다. 그녀의 어머니는 언제나 그녀의 입가에 귀를 바싹대고는 '그래, 그래.' 하셨다. 그녀가 하는 말을 하나라도 놓치지 않으려는 듯 애썼다. 그녀가 대학까지 졸업할 수 있었던 것은 아마도 어머니의 공이었을 것이다. 어머니는 학교를 마치 자신이 다니는 것처럼 거의 매일 오셨다. 목소리가 작은 딸이 안스러워였는지, 아니면 목소리가 작은 딸을 낳은 것이 안스러워였는지는 잘 모르겠지만. 그런 어머니가 돌아가신 것은 그녀가 대학을 졸업한 해였다. 전자공학을 전공한 그녀는 대기업에 프로그래머로 취업했다. 별로 대화가 필요없는 직업이었다. 한 6개월 정도 다닐 무렵 어머니는 뇌일혈로 쓰러지셔서 다시 일어나지 못했다. 다시 6개월이 지난 후에 돌아가셨다.

조촐한 장례였다. 이렇다 할 가족이나 친지들도 오지 않았다. 오직 그녀만을 바라보고 한평생을 사신 어머니에게는 친척도 친구들도 남지 않았다. 아버지는 돌아가신지 오래였다. 그녀가 취업하자마자, 마치 버티고 버텨온 짐은 내려놓는 양 생명을 내려놓으신 듯했다. 그녀에게 남은 것은 어머니와 살던 작은 주택 한 채가 전부였다.

그녀는 그 주택에 계속 살았다. 기다리면 마치 어머니가 돌아오실 것처럼, 그렇게 살았다. 말은 점점 잃어갔다. 이제 작은 목소리로라도 말하려는 노력도 하지 않았다. 아예 원래 벙어리였던 양 행세했다. 수첩에 글씨를 써서 의사표현을 하거나, 손짓, 몸짓을 했다. 차라리 그러는 편이 덜 놀림을 덜 받았다. 외로웠다. 누군가에게 말하고 싶었다. 오늘은 어떤 일이 있었는지, 날씨가 어떤지, 최근 본 TV프로그램에 나온 탤런트의 모습이 어떤지, 이번에 읽은 책의 어느 구절이 얼마나 가슴을 울리던지도…… 그러나 아무도 없었다. 가끔 그녀는 수첩을 펴서 하고 싶은 말을 적었다. 수첩이 빼곡히 메워졌다.

그녀가 일하는 전산실에 새 직원이 들어왔다. 대학을

갓 졸업한 시원한 인상의 청년이었다. 그는 다른 사람들과는 다르게 그녀에게 친절했다. 그녀가 업무에 대해서 노트에 적어 설명할 때면 너무도 진지한 표정을 하고 있었고, 다른 사무실 직원들과 장난칠 때면 눈이 감기도록 웃곤 했다. 그녀는 저도 모르게 그 청년이 좋아졌다. 그 청년은 가끔 그녀에게 커피를 뽑아다 주기도 하고, 무거운 짐을 들어주기도 했다. 그녀는 그녀의 작은 목소리로 이야기하기도 했는데, 그럴 때면 얼굴을 그녀의 입에 바싹대고는 그녀의 말을 알아들어 주기도 했다.

하지만 작은 친절에 너무도 쉽게 마음을 열어버린 것은 그녀였다. 사람들의 냉정한 시선 속에서만 살았던 그녀에게 그 청년은 마치 그녀가 평생같이 해야 할 친구처럼 느껴졌다. 길거리를 걷다가 멋진 옷이 쇼윈도우에 걸려 있는 것을 보면 그 청년에게 사주고 싶어졌고, 맛있는 음식을 발견하면 같이 먹고 싶어졌고, 집에서 재미있는 TV를 보다 보면 같이 보고 싶어졌다. 그녀는 조심스레 그 청년에게 선물을 주기 시작했다. 메모지, 연필, 넥타이, 가방, 시계. 점점 사주는 것이 많아졌다. 선물이 점점 많아질수록 그 청년은 그녀에게 쌀쌀맞게 대했다. 시계를 사 주었을 때는 그녀에게 돌려주었다. 그녀가 조심스럽게 그에게 좋아한다고 말했을 때 그는 오해하지 말라면서 사귀는 여자친구도 있고, 그냥 그녀가 불쌍해 보여서 잘해준 것 뿐이라면서 획 일어서 나갔다. 나가면서 '제기랄, 좀 불쌍해 보여서 잘해줬더니, 정말 꼴값을 하는군.' 이라고 말했다. 다음날부터 그녀는 회사에 나가지 않았다. 병가를 내고 일주일 동안 집에 있었다.

들리지 않을 정도의 작은 목소리와 눈에 띄게 큰 몸집을 가진 그녀는 그냥 괴물, 혹은 불쌍한 것, 그것이었다. 그녀의 생각, 감정, 살아온 시간들, 그런 것들은 아무것도 아니었다. 돌아가신 어머니가 그리웠다. 그러나 그런 그녀의 모습을 어머니가 보셨더라면 가슴 아팠을 거란 생각만 들었다. 일주일을 집안에 웅크리고 있다가 일주일 째 되는 날 밖으로 나왔다.

어디서, 어디로, 어떻게 가야 할지 알 수 없었다. 그냥 나선 길 위에 발을 놓았다. 한걸음은 두 걸음으로 이어져 어느새 그녀는 처음 나선 곳에서 한참 떨어진 서울 근교의 강가에 다다랐다. 강물을 들여다보았다. 한참을…… 넘실거리는 물살을 보자 눈물이 가득 고였다. 근처 놀이터에서 아이들이 노는 소리가 들려왔다.

소리, 웃고 떠드는 소리들. 그 쉬운 것들이 왜 그녀에게 허락되지 않는 걸까? 툭, 그녀의 머리를 친 것은 축구공이었다. 대학생쯤 되어 보이는 청년이 뛰어 왔다. 그녀에게 죄송하다며 사과하면서 공을 가져갔다. '괜찮아요.' 라고 말하는 그녀의 소리는 강변의 바람과 주변의 소음에 묻혀서 들리지 않았다. 같이 축구하던 무리로 돌아간 청년이 다른 청년들과 웃는 소리가 들렸다. 마치 그녀를 비웃는 것처럼. 그녀는 다시 황급히 그곳을 떠났다.

　한참을 걸어 다다른 곳은 여기저기 풍선이 나부끼고, 노점상들이 이런저런 잡화들을 파는 공원 앞이었다. 수요일의 공원은 한가하기 그지없었다. 그녀가 어려서 어머니의 손을 잡고 찾았던 공원은 항상 사람들로 북적거리고, 긴 줄이 늘어서 있고, 음료수가 든 아이스박스와 도시락을 싸든 가족들이 여기저기 흩어져 있던 그런 모습이었다. 사람이 없는 공원의 모습은 누군가에게 버려진 오래된 장난감처럼 보였다. 그녀는 표를 파는 창구로 가서 표를 한 장 샀다. 창구 뒤에 앉아있는 여자는 의심스러운 눈초리로 그녀를 훑어보았다. 그녀는 검지를 들어 1장이라는 신호를 보내고는 천 원짜리 3장을 들이밀었다. 노란색 바탕에 알록달록 동물 그림들이 그려져 있는 표 한 장과 500원짜리 동전을 그녀는 받아 들었다. 고개를 끄덕이고는 터벅터벅 공원 입구를 따라 안쪽으로 걸어 들어가는 모습은 갈 곳 잃은 거대한 동물처럼 보였다.

단조로운 모습들의 건물들, 오래된 건물들, 옆으로 펼쳐진 물고기 없는 연못이 보였다. 부자연스러운 플라스틱으로 된 홍학들이 연못 이곳 저곳에 불쑥불쑥 튀어나와 있었다. 한옥식으로 지붕을 지은 매점들의 처마에 빛바랜 단청들이 매점 창문의 알루미늄 샷시와는 대조를 이뤘다. 기묘하게 어울리지 않는 것들이 기가 막히게 어울려 내는 조화. 어려서부터 이러한 공원에 다녀보지 않은 세대들에게는 느껴지지 않을지도 모르지만, 그녀에게는 너무도 익숙한 풍경이었다.

한참을 걷다 보니 표지판이 나타났다. 오른쪽은 동물원, 왼쪽은 놀이공원. 그녀는 표지판 앞에서 머뭇거렸다. 놀이공원을 갈 생각은 눈곱만큼도 없었지만, 그렇다고 동물원을 가고 싶지도 않았다. '돌아나갈까?' 순간 들은 생각이지만 돌아나가도 갈 곳도 없을 것 같았다. 그녀는 오른쪽 길로 천천히 발걸음을 옮겼다. 길은 약간 위로 경사가 져 좀 걷자, 숨이 차고 더워졌다. 외투를 벗어서 팔에 걸치고 다시 걷기 시작했다. 점점 올라가는 길에 그녀의 슬픔이 조금 개인 듯도.

오 분여를 걷다 보니 조류관이라고 쓰여있는 커다란 건물이 나왔다. 하늘을 닮지 않은 하늘색으로 전체가 칠해진 것이 오래된 수영장이나 목욕탕을 연상시키는 건물이었다. 그녀는 그냥 지나쳤다. 조금 더 올라가니 원숭이들이 놀고 있었고, 사자, 호랑이, 여우, 북극곰들이 나왔다. 사람 하나 없는 동물원에 동물들이 무엇을 하고 있는 건지…… 자기 자리에서 저마다 우울한 눈빛으로 지나가는 그녀를 슬쩍 바라보고는 낮잠을 자거나, 우리 앞에서 안으로 들어가고 싶은 양 철봉으로 닫힌 우리 입구에서 울었다. 그녀가 어려서 동물원에 왔을 때는 언제나 여름이었던 것 같다. 더워서 어쩔 줄 모르는 북극곰 앞에서 한참을 안쓰러워 했던 기억이 났다. 오늘은 날씨가 선선해서인지 북극곰들이 그렇게 괴로워하는 것 같지는 않았다. 봄 햇살을 맞으며 페인트가 칠해진 바닥에서 고개를 두 발에 얹고 엎드려 졸고 있었다.

조금 더 올라가자 '코끼리'라고 쓰여있는 푯말이 나왔다. 그 밑에 '사막여우', '펭귄', '얼룩말' 등이 표시되

어 있었다. '코끼리' 방향은 오르막길이었고, 다른 동물
들은 내리막길이었다. 계속 올라와서인지 쌀쌀한 날씨
에도 그녀의 콧잔등이 땀이 송송 배었다. 인제 그만 내
리막길로 해서 돌아갈까 하다가 마지막으로 코끼리를
보고 돌아갈 마음에 다시 오른쪽 오르막길로 발걸음을
옮겼다.

　코끼리? 코끼리…… 그녀는 한 번도 코끼리를 실제로
본 적이 없었다. 아마도 동물원의 안쪽에 있어서인지 어
려서 거기까지 가기도 전에 지쳐 돌아가거나 다른 볼거
리가 이미 충분해서인지도 몰랐다. 아니면, 어려서부터
큰 몸집 때문에 아이들이 그녀를 코끼리라고 놀려대어
서 일부러 코끼리를 외면해왔는지도 몰랐다. 아무도 없
는 지금, 살짝 한 번 코끼리를 보고 싶은 마음이 들었다.
코끼리가 있는 우리는 공원의 끝쪽이라 한참을 걸어야
했다. 오전 내내 걸어서 지친 그녀의 다리가 무겁게 움
직일 때마다 쿵쿵 소리가 들리는 듯했다.

　코끼리 우리는 커다란 콘크리트 성과도 같았다. 그녀
가 서 있는 지면보다 약간 높은 높이에 1m 정도의 공
간을 두고 두 개의 울타리가 쳐져 있고, 그곳에 코끼리

가 서 있었다. 그녀가 서 있는 곳에서 그녀의 머리는 코끼리의 다리 정도밖에 되지 않아서, 그녀는 고개를 들어 벽처럼 서 있는 코끼리를 올려다보았다. 코끼리의 커다란 갈색 눈이 그녀를 다시 바라보았다. 거대한 콘크리트 벽에 갇혀 있는 코끼리가 왠지 서글퍼 보였다. 우리 앞에 있는 설명에는 '자파'와 '자자'라는 코끼리 한 쌍이 있다고 쓰여 있었다. 아프리카코끼리라고도 써 있었다. 그 먼 곳에서 이곳에 갇히기까지, 무슨 일이 있었던 것일까? 그런데 코끼리 하나밖에 보이지 않았다. 그녀는 다시 설명이 쓰여 있는 보드를 보자, 그 옆에 작은 종이에 매직으로 이렇게 쓰여 있었다. '자파'는 얼마 전 알 수 없는 병으로 죽어서 지금 '자자'만 남아있습니다. 자자는 3살, 자파는 5살이라고 했다.

혼자 남은 자자를 바라보자, 그만 울컥 울음이 치밀었다. 거대한 체구로 혼자 서 있는 것이 마치 그녀를 보는 듯했다. 아무 데도 갈 곳 없는 그녀와 아무 곳도 갈 수 없는 자자. 그녀의 울음은 큰 소리도 못 내고 그녀의 목 안에서 맴돌았다. 꺼억 꺼억 소리만이 그녀의 주변에서 돌았다. 그녀에게 좀 떨어져 있다면 그녀가 울고 있는지도 모를 정도로 울음소리조차 크게 새어나오지 않았다.

그녀는 쭈그리고 한참을 울었다. 무엇인 그토록 서러웠는지, 그녀의 작은 목소리는 아무 말도 내지 못하는 사회 안에서, 무엇이 그토록 애절했는지 알 수 없었다. 그녀는 그저 참을 수 없는 울음이 그녀의 심장 안에서 터져 나와 목구멍을 거쳐 눈물로 떨어지는 것을 어쩔 수 없었다.

"울지 마!" 누군가 그녀에게 낮은 목소리로 말했다. 고개를 들었다. 주변에 아무도 없었다. 코끼리만이 귀를 양쪽으로 크게 펼치고 그녀를 바라보고 있었다. 그녀가 다시 고개를 떨구자, 낮은 울림이 들려왔다. "울지 마!" 그녀가 다시 고개를 들었다. 코끼리만이 그녀를 바라보고 있었다. 그녀는 일어섰다. 그녀도 모르게 중얼거렸다. "설마 네가 나한테 울지 말라고 한 건 아니겠지." "그래, 나야!" 그녀는 깜짝 놀라서 코끼리를 바라보았다. 그녀의 목소리는 너무 작아서 누구에게도 들리지 않을 법했다. 그런데 누군가 그녀의 목소리를 듣고 말을 하고 있는 것이었다. "내 목소리가 들려?" 그녀가 묻자, 땅이 울리는 듯한 예의 그 낮은 목소리로 다시 대답했다. "그럼, 난 들을 수 있어." 그녀는 너무 놀라 도망치고 싶기도 하고, 계속 말을 걸고 싶기도 했다. "어떻게 코끼리가

말을 하지? 아니, 어떻게 코끼리가 말을 듣지?” 그러자,
물이 끓는 듯한 음성의 웃음소리가 들려왔다.

“난 네가 코끼리의 말을 하는 것이 더 신기한데……
우리는 서로 말을 해. 너희는 너희의 말을 하지. 그런데
너는 코끼리의 말을 하는구나.”

“그럼, 자자, 네가 말을 하는 거야?”

“그래, 나야. 그런데 너는 왜 그렇게 우는 거야.”

“난 목소리가 너무 작아. 그래서 아무도 내 말을 들을
수가 없어. 몸집만 크고 작은 목소리를 가져서 사람들이
항상 이상하게 생각해.”

“그렇군, 아마도 네가 코끼리의 말을 가져서 그런가
봐. 우리의 목소리는 낮아서 사람들이 들을 수 없지만,
우리의 목소리는 사람의 목소리보다 훨씬 멀리 가. 우리
는 그렇게 가족들과 친구들끼리 말을 해. 작고 멀리 가
는 목소리로.”

“내가 코끼리의 말을 가졌다고?”

“그래, 지금 나와 말을 하고 있잖아!”

“그럼, 너는 내가 말하는 것이 다 들려?”

“그래, 다 들려. 그리고 그렇게 울지 마. 너의 울음은
작고 낮아서 멀리멀리 가서 오랫동안 남는단다. 누군가

그렇게 울고 있는 걸 들으면 너무 슬퍼져.”

“그렇구나. 자파는 어떻게 된 거야.”

“자파는 원래 아팠어. 태어날 때부터. 우리 엄마가 자파를 잘 돌봐주어서 크게 자랄 수 있었지. 그런데 이곳에 오고 나서 잘 돌봄을 받지 못했어. 가족들도 보고 싶고, 그래서 자파는 죽은 거야.”

“미안해. 슬프겠다.”

“괜찮아. 이제 나는 익숙해. 하지만 너무 외로워. 네가 우는 소리를 듣고 깜짝 놀랐어. 어떻게 코끼리의 울음을 우는지…… 나도 밤에 외로울 때면 가끔 우는데, 아무도 듣지 못하지. 너를 만나서 너무 반가워.”

“그래, 그렇구나.”

“왜 그렇게 우는 거야?”

“나도 몰라. 그냥 슬퍼서.”

“그래, 나도 가끔 그래.”

“나 이제 가야겠어.”

“다시 와 줄 수 있어? 날 보러?”

“그래, 그럼. 또 올게.”

“이젠 울지 않을 거야?”

“어차피 울어도 아무도 듣지 못하는 걸 뭐. 하지만 울지 않을 것 같아.”

“그래, 그럼. 잘 가.”

작고 낮은 목소리들이 속삭이는 듯 한낮의 공원을 오고 갔으나, 정작 그 대화를 들은 사람은 코끼리와 그녀뿐이었다. 무엇에 홀린 듯이 그녀는 공원을 빠져나왔다. 그녀의 목소리를 들을 수 있는 것이 코끼리라니…… 믿어지지 않았다. 그녀는 서둘러 택시를 타고 집으로 향했다.

집에 돌아와 그녀는 컴퓨터를 켜고, 검색창에 코끼리의 말이라고 쳤다. 처음 검색어를 입력할 때조차 그녀가 조금 전까지 코끼리와 대화를 나누었다는 사실이 믿기지 않았다. 보통 사람들과도 대화가 어려운 그녀가 아닌가? 얼굴이 닿을 정도로 맞닥뜨리지 않고서는 아무도 그녀가 하는 말을 알아듣지 못했다. 그런데 멀리 울타리 너머의 코끼리와 대화를 하다니. 그녀는 그녀가 우울증에 정신이 나간 것이라고 생각했다. 그러나 의외로 많은 검색결과가 인터넷에 떴다. 코끼리는 실제로 서로 간에 말을 한다고 했다. 그 말은 사람들이 듣기에는 너무 작아 거의 들리지 않지만, 오히려 멀리 간다고. 전문 용어로는 인프라사운드라는 파장이 길고 낮은 소리였다. 이 인프라사운드라는 소리는 사람이 들을 수 있는 가장 낮은 파장인 20Hz보다 낮아서 그러한 방법으로 코끼리들은 가족을 부르고 서로 모이고 대화를 한다고도 했다. 코끼리는 날이 맑고 건조한 저녁이면 300km 반경까지 들리도록 말할 수 있다고.

그녀는 낮에 자자가 했던 말이 기억났다. '울지 마, 너의 우는 소리는 멀리멀리 가니까……' 그렇다. 그녀는 코끼리의 언어를 가지고 태어났던 것이다. 사람들 속에서 들려지지 않는 그녀만의 언어를 가지고. 코끼리의 말을 가지고 사람들에게 말하려고 했던 것이 그녀의 오류였다. 누가 생각이나 했겠는가? 그녀가 말하는 것이 코끼리의 언어라고.

다음 날 그녀는 다시 동물원을 찾았다. 공원 끝까지 걸어 자자가 있는 곳에 다다랐다. 어제와는 달리 아이들이 단체로 관람을 와서 그런지 분위기가 사뭇 달랐다. 아이들과 같이 온 유치원 교사들은 거대한 체구의 그녀를 힐끔거렸다. 작은 어깨와 얇은 다리를 가진 유치원 선생님들은 그녀의 삼분의 일정도 밖에 안 되어 보였다.

여느 때 같으면, 주눅이 들었을 그녀는 오늘은 왠지 즐거웠다. 자자를 볼 생각에 마음이 들떴다. 혹 어제 일이 정말 그녀의 상상에 지나지 않았을까 하는 조바심도 들었다.

자자는 그녀가 우리 앞에 다다르기도 전에 말을 걸어왔다. "너구나", "아, 어떻게 알았어?", "너의 발소리가 다른 사람과는 달라!", "아, 내가 너무 쿵쿵거렸구나!", "그게 아니야, 우리는 말로만 얘기하는 게 아니라 몸짓으로도, 발소리로도 이야기해. 마치 사람들이 어떤 표정을 짓는 것처럼 말이야!", "사람들의 표정도 알아?", "동물원에 살게 되면서 알게 된 거지. 나를 돌봐주는 사람의 표정을 보면 그 사람의 기분이 오늘 어떤지 알 수 있어. 전화를 받을 때, 기쁜 건지, 슬픈 건지 말이야.", "그렇구나!"

"그런데 네 이름은 뭐야?"

"아, 내 이름. 내 이름은 미연이야."

"미연, 예쁜 이름이네."

"고마워, 자자라는 이름은 네 원래 이름이야?"

"아니야, 여기 동물원에서 붙여준 이름이야."

"원래 이름은 뭐야?"

"브흐마지유."

"브흐마지유?"

"응!"

"어떤 뜻이야?"

"귀여운 아이라는 뜻이야. 엄마가 붙여줬지."

"예쁜 이름이네. 엄마는 어디 있어?"

"나도 몰라. 자하마지유랑 나랑 물 장난하라 나갔다가 붙잡혀서 그다음은 한 번도 보지 못했어. 자하마지유는 자파야, 용감한 아이라는 뜻이지."

"그렇구나, 가족들이 보고 싶겠다."

"그래, 정말 보고 싶어. 정말. 그리고 자하마지유가 더 는 없으니까 아무랑도 이야기할 수 없고, 너무 외로워. 네가 와줘서 정말 기뻐."

"나도 널 만나서 기뻐. 내 말을 알아들어 줘서!"

자자와 그녀는 웃었다. 을씨년스러운 공원 안이 온통 환하게 웃음으로 가득한 듯. 미연은 그 이후 매일 자자 를 보러 갔다. 자자랑 작고 낮은 목소리로 나누는 대화 는 주변 사람들은 눈치채지 못했다. 가끔은 자자를 주려 고, 사과와 다른 과일들을 들고 갔다. 자자는 미연이 주 는 사과를 코로 주워서는 한입에 씹어 먹었다. 자자는 단 과일들을 좋아했다. 그렇게 한 달이 흘렀다.

자자는 조금 더 자랐다. 그녀의 외로움은 자자의 외로움과 더해져 조금 덜해졌다. 참 이상했다. 둘의 외로움이 더해진 것이 더 작은 합이 된다는 것이…… 하지만 자자도 곧 자파처럼 아프기 시작했다. 이유를 알 수 없는 병이 자자를 괴롭혔다. 그녀는 안타까웠다. 혹 자자를 잃을까 봐 밤에 번쩍 일어나기도 했다. 자자는 아프기 시작하자 가족들을 무척 그리워했다. 그녀는 자자를 데리고 아프리카로 돌아갈 수 있는 방법이 없을까 궁리하기 시작했다. 몸집이 집채만 한 자자를 몰래 훔쳐갈 수도, 훔쳐서 비행기를 태울 수도 없는 노릇이었다. 더군다나 자자의 가족이 어디에 있는지도 몰랐다. 그녀 혼자서 자자를 도울 방법이 아무것도 없었다. 그녀는 마음이 아팠다.

그녀는 코끼리에 대해서 더 연구했다. 코끼리는 가족과 함께 무리를 지어서 사는 대가족 동물이라는 것도 알게 되었다. 코끼리 아기가 태어나면 엄마만 돌보는 것이 아니라, 할머니, 이모, 사촌들이 모두 같이 돌보아준다는 것도 알게 되었다.

그녀는 자자의 목소리를 녹음할 수 있는 기계를 찾아

냈다. 코끼리를 연구하는 단체에서 만든 인프라사운드를 녹음할 수 있는 기계였다. 값이 비쌌지만, 그녀는 미국에다 주문을 내서 구입했다. 자자의 목소리를 녹음해서 가족들에게 들려주려는 심산이었다. 또, 가족들의 목소리를 녹음해 점점 약해지는 자자에게 들려주고 싶었다. 지금 자자는 그녀를 알아주는 유일한 친구였다. 무엇이든지 해 줄 수 있을 것 같았다.

그녀는 사육사와 친하게 지내서 자자에 대한 정보를 알아냈다. 자자는 아프리카의 감비아 지역의 강 상류에서 포획 당했다. 그리고 한국 동물원에서 자자를 구매해 배를 타고 먼 길을 온 것이었다. 서류에는 자자와 자파가 처음 동물원에 왔을 당시의 사진이 있었다. 자자는 붉은 털이 소복이 덮인 머리와 아직 분홍빛이 남아 있는 코와 귀를 가진 어린 코끼리였다. 눈물이 핑 돌았다. 그녀는 자자에게 그녀의 계획을 알려주었다. 미국에서 녹음기가 오자 그녀는 자자가 가족에게 보내는 말을 녹음했다. 자자와 그녀는 가슴이 벅차올라 몇 번이고 다시 녹음하곤 했다.

그녀는 회사에 사표를 내고, 퇴직금과 그동안 모아둔 돈으로 비행기 표를 사고, 아프리카 유행병에 대비한 주사도 맞고, 짐을 쌌다. 자자의 가족을 만나면 사진을 찍으려고 좋은 사진기를 사고, 자자의 목소리가 담긴 테이프를 틀을 확성기와 그들의 목소리를 담을 녹음기를 준비하자 한 짐이 되었다.

떠나기 전날 마지막으로 자자를 찾아갔다. 눈물이 앞섰다. 그동안 매일 보던 자자를 혼자 놓아둘 생각을 하니 마음이 시렸다. 자자도 슬픈 것 같았다. 아니, 슬픔과 기대가 혼합되어 자자는 한동안 어쩔 줄을 몰랐다. 자자를 한번 포옹해주고 싶었지만, 공간과 울타리가 가로막고 있었다. 그녀는 자자에게 사랑한다는 말과 작별인사를 하고 떠났다. 자자는 그녀의 뒷모습이 없어질 때까지 울타리 너머로 회색 머리를 내밀고 떠나지 않았다.

거의 이틀에 걸쳐 비행기를 몇 번 갈아타고 도착한 나라는 감비아라는 서아프리카 국가였다. 여기 감비아에서 강을 따라 올라가면 초원지대가 나오는데, 거기가 자자가 잡힌 곳으로 추측되었다.

한 번도 외국에 나와 본 적이 없는 그녀였다. 더구나 아프리카라는 이 생소한 대륙에 혼자 떨어지자 무섭고 두려운 마음이 먼저 들었다. '돌아갈까?' 라는 생각이 몇 번이나 들었는지 몰랐다. 두려움, 처음 보는 아프리카, 원주민들의 시선들…… 그러나, 그 시선은 그녀가 항상 대해온 시선과 크게 다르지 않았다. 여기서 그녀는 이방인, 한국에서도 그녀는 이방인이었다. 그녀의 말이 통하지 않기는 여기서나 거기서나 마찬가지였고, 그녀의 외모가 이상하기는 여기서나 거기서나 마찬가지였다. 차라리 외국인에게 이방인으로 취급받는 것이 그녀의 동족에게 이방인으로 취급받는 것보다 더 나았다. 두려움보다 이해받지 못함에서 오는 외로움이 더 컸다. 유일하게 그녀를 이해해주는 자자에게 그대로 돌아갈 수는 없었다.

수첩에 영어를 적어서 하는 소통방식으로 그녀는 트럭을 빌리고 지도를 샀다. 강을 따라 올라가면서 두 시간에 한 번씩 자자의 목소리가 담긴 테이프를 확성해서 틀고 앉아 있었다. 건조한 대륙의 밤이면 그녀는 잠자는 내내 테이프를 틀었다. 사방은 고요하고, 아니 오히려 끊임없는 자연의 소리가 들려왔다. 그 소리조차 고요의 일부인 것처럼.

거의 일주일 째 같은 일을 반복했지만 어떤 코끼리도 그녀에게 말을 걸거나 다가오지 않았다. 그녀를 기다리고 있을 자자를 생각하면 마음이 짠하고 조급해졌다. 아무도 듣지 못했던 그녀의 목소리처럼 자자의 목소리도 아무 데도 가 닿지 못하고 허공을 울렸다. 그녀는 동쪽으로 강을 따라 더 올라갔다.

이렇게 이 주째가 되는 날 해질 무렵 그녀는 여느 때처럼 확성기에 자자의 목소리를 틀고 트럭에서 지는 해를 바라보고 있었다. 어디선가 낮은 그르렁거리는 소리가 들렸다. 그녀는 고개를 들었다. 동쪽 너머에서 코끼리 떼가 그녀의 트럭 쪽으로 가까이 다가오는 게 보였다. 땅이 흔들리기 시작했다. 점점 코끼리들의 웅성거림이 커졌다. 코끼리들의 모습은 처음엔 검은 그림자들처럼 보였지만, 가까이 다가오면서 윤곽이 확실히 보이기 시작했다. 거대한 몸집의 어른 코끼리들이 가장 바깥쪽과 선두에 서 있었고 그 옆에 자자만한 코끼리들이 무리를 이루고 가운데는 어린 코끼리들이 있었다. 한 이십여 마리가 그녀에게 다가왔다.

선두에 선 덩치가 세 번째로 큰 코끼리가 물었다. "브하마지유? 브하마지유?" 그녀가 말했다. "브하마지유는 잘 있어요." 코끼리는 그녀를 보고 충격을 받은 듯 갑자기 조용해졌다. "우리의 말을 하는 사람이에요? 브하마지유를 알아요?”, “브하마지유는 제 친구에요. 한국이라는 나라에 있어요. 여기 올 수 없어서 제가 브하마지유의 목소리를 담아 왔어요.”

“어떻게 그럴 수가 있죠? 브하마지유는 잘 있나요? 자하마지유는?”

“브하마지유는 잘 있어요. 어머니가 보고 싶대요. 자하마지유는 잘 있다가 얼마 전 세상을 떠났어요. 하지만 그동안은 잘 있었대요.”

자하마지유가 죽었다는 소식을 듣자 큰 코끼리가 크게 울었다. 다른 코끼리들도 따라서 발을 구르며 울었다. 이십여 마리의 코끼리들이 발을 구르며 울기 시작하자 세상이 진동해서 금방이라도 트럭이 전복될 것처럼 느껴졌다.

“미안해요. 미안. 그만!”

브하마지유의 어머니가 크게 외쳤다.

“그런데 어떻게 여기에 온 거죠? 어떻게 우리를 찾았나요?”

그녀는 간단하게 어떻게 여기 오게 되었는지 말했다.

“브하마지유의 부탁이 있어요. 어머니의 목소리랑 가족의 목소리를 제가 이 기계에 담아 가져갈 수 있어요.

하고 싶은 말들을 브하마지유에게 들려줄 수 있어요.”

그녀가 큰 코끼리의 눈을 바라보았다. 속눈썹이 길게 덮인 코끼리의 눈망울에서 금방이라도 눈물이 툭 하고 떨어질 것 같았다. 그녀는 자자의 어머니를 보면서 마치 자신의 어머니라도 보는 양 마음이 시큰거렸다.

그녀는 자자의 음성이 녹음된 테이프를 몇 번 더 들려 주었다. 자자의 낮은 음성이 울렸다. “엄마, 이모, 할머 니, 저예요. 브하마지유, 잘 있나요? 모두들 보고 싶어 요. 지금 거기 있을 사람은 제 친구에요. 우리의 말을 듣 고 할 수 있는 사람이에요. 이름은 미연, 미연에게 소식 을 전해주세요. 모두 보고 싶어요. 저는 잘 있어요. 한국 이라는 나라의 동물원인데 사람들이 저를 돌보아 주어 요. 저는 잘 있어요. 제가 들을 수 있게 미연이 가지고 간 기계에 저에게 말하듯이 녹음해 주세요. 제가 들을 수 있게. 너무너무 보고 싶어요.”

코끼리들을 그녀에게 이런저런 것들을 묻기 시작했다. 코끼리들에게도 그녀가 코끼리의 말을 한다는 것이 신 기한 모양이었다. 그녀는 어떻게 자자를 만나게 되었는 지, 어떻게 브하마지유가 자자라는 이름을 가지게 되었 는지, 그녀가 코끼리의 말을 가진 것을 알기 전 어떻게 살았는지, 코끼리와 같은 파장의 목소리를 가진 것을 어떻게 알게 되었는지, 그녀가 그녀의 어머니를 얼마나 그리워하는지 말하게 되었다. 그 큰 코끼리들이 조용히 그녀의 말에 귀를 기울였다. 그녀의 목소리는 너무도 작아서 바로 옆 사람에게도 들리지 않을 정도였지만, 코끼리들에게는 50여m 밖에서도 다 알아듣는 듯했다. 그녀가 너무 슬퍼서 자자를 찾아가는 대목에서 어떤 코끼리들은 슬프다는 코를 하늘 높이 올리고 소리를 냈다. 하늘만이 불타는 듯 붉었고, 코끼리들과 그녀의 모습은 땅과 함께 검게 물들었다.

하늘은 완전히 어두워졌다. 그런데도 코끼리들은 그녀를 떠나지 않고 그녀의 말을 듣고 있었다. 그녀의 작은 목소리가 청명한 아프리카 초원의 밤하늘을 낮게 울렸다. 그날 저녁 코끼리들은 그녀를 둥그렇게 싸고 잠을 잤다. 자자의 어머니는 그녀를 자신의 등에 올려놓고 마치 자신의 딸 코끼리인 것처럼 몇 번을 쓰다듬었다. 그녀는 자자의 어머니가 자신의 어머니인 양 꼭 붙들고 잠이 들었다.

다음 날 아침, 그녀는 자자의 목소리가 담긴 테이프를

몇 번 더 들려주었다. 자자의 어머니와 가족들, 친구들의 사진을 여러 장 찍고 나서, 녹음기를 준비해 자자의 어머니부터 녹음을 시작했다.

"브하마지유, 브하마지유. 엄마는 너를 사랑한단다. 엄마는 잘 있어. 우린 네가 없어진 이후에 얼마나 찾았는지 모른단다. 사람들이 너를 잡아간 걸 알고는 정말 많이 슬퍼했지. 잘 있다니 얼마나 다행인지. 네 목소리를 들어서 정말 좋단다. 풀은 어때? 자는 건? 사람들이 너를 괴롭히지는 않니? 자하마지유 소식은 너의 친구에게 들었어. 우리 모두 슬픔의 울음을 앞으로 사흘 동안 울을 거야. 보고 싶다. 브하마지유! 건강하게 잘 있으렴."

코끼리가 울 수 있다면, 분명 자자의 어머니의 눈에서 눈물이 흘렀을 거라고 그녀는 생각했다. 다음은 자자의 이모뻘 되는 코끼리가 나와서 말했다.

"브하마지유, 이모란다. 버지 이모. 어려서 이모가 많이 놀아준 거 기억나지. 어려서 솜털이 어찌나 많았는지…… 여기 식구들은 잘 있단다. 보고 싶고, 건강하렴."

이번엔 가장 덩치가 큰 코끼리가 나왔다.

"나야, 파시유. 우리 어려서 같이 많이 놀았지. 자하마지유랑도. 보고 싶다. 잘 지내."

　파시유는 그녀의 머리를 길고 두꺼운 코로 쓰다듬었다. 고맙다는 표시인 것 같았다. 그녀의 머리는 축축해지고 정체 모를 냄새가 났다. 몇 마리의 코끼리들이 더 나와서 자자에게 말을 남겼다. 자자의 어머니는 다시 몇 마디를 더 녹음했다.

　녹음이 끝나자, 코끼리들은 그녀에게 작별인사를 했다. 귀를 펄럭이고 코로 가볍게 그녀를 쓰다듬었다. 이십여 마리의 인사를 받고 나자 그녀의 머리는 코끼리의 분비물로 범벅되었다.

　마지막으로 자자의 어머니는 그녀를 코로 허리를 감더니 들어 올렸다. 그리고는 그녀의 귀에 대고 귓속말로 말했다. "너는 세상에서 가장 아름다운 목소리를 가진 사람이야. 고마워, 우리에게 브하마지유의 소식을 전해줘서!" 코끼리의 숨소리로 귀가 간지러웠지만, 그녀는 처음으로 아름다운 목소리를 가졌다는 말, 그 말에 그녀는 숨이 막힐 듯했다. 너무도 기뻤다. 그녀의 목소리가 누군가에게 들리기까지 얼마나 많은 시간을 그녀만의 언어로 살아왔던가? 눈물이 그녀의 눈에서 툭 떨어져 코끼리의 콧잔등을 적셨다. 자자의 어머니는 그녀를 살포시 내려놓았다. 그녀는 코끼리의 콧등에 살짝 입을 맞

추었다. 2m에 다다르는 그녀의 키도 덩치도 코끼리 옆
에서는 아주 작게만 보였다.

  자자의 어머니와 가족, 친구들의 목소리가 담긴 테이
프를 아주 소중하게 가져왔다. 비행기에서 내린 시간이
한밤중이라 다음 날 아침이 되자마자 그녀는 동물원으
로 향했다. 자자는 그동안 좀 여원 것 같았다. 사육사 말
로는 풀도 잘 먹지 않고 우울해 보였다고 했다. 자자는
그녀를 보자 바로 울타리 옆으로 다가왔다. "자자, 너희
어머니를 만났어. 가족도!"
  그녀는 얼른 확성기에 가족들의 목소리가 담긴 테이
프를 넣고 틀었다. 그러고 보니 자자의 긴 속눈썹은 자
자의 어머니를 닮은 것 같았다. 가족들의 목소리를 자자
는 숨도 쉬지 않은 채 들었다. 테이프가 끝나자 자자는
길게 한번 울고는 다시 틀어달라고 했다. 그녀는 열 번
쯤을 반복해서 틀어주고는 자자에게 어머니를 만난 이
야기를 자세하게 해줬다. 그녀가 찍은 자자의 어머니,
가족, 친구들, 아프리카 고향의 모습들을 보여주었다.
자자는 금방이라도 울음을 터뜨릴 것 같은 눈으로 그녀
를 바라보면서 귀를 크게 펼쳤다. 자자가 말했다.

"미연, 고마워! 정말 고마워!"

"아니, 내가 고마워! 처음으로 내 목소리를 들어줘서!"

그녀와 코끼리는 한참을 마주 보며 서 있었다. 아직도 그녀의 귀에서 자자의 어머니가 했던 귓속말이 남아 있었다. 가장 아름다운 목소리를 가진 사람이라고.

〈뉴욕문학 2014〉

무게

1

그는 주변을 둘러보았다. 마치 누군가가 그에게 말을 걸기라도 한 듯이 그의 눈은 주변을 더듬었다. 아무도 그에게 주의를 기울이는 것 같지 않았다. 버스정류장 앞에 위치한 작은 서점은 언제나처럼 시간을 때우려는 사람들로 북적거렸다. 서울 외곽으로 가는 버스들이 서는 정류장 주변에는 각양 각색의 사람들이 밤늦게까지 버스를 기다리느라 붐볐다. 그는 그가 들었던 책에 다시 눈을 돌렸다. 아무렇게나 편 페이지를 다시 읽었다.

"이 책을 읽으면 당신의 몸무게의 삼 분의 일이 줄어듭니다. 이 책은 다이어트나 운동 지침서가 아닙니다. 단지 책을 읽는 것 만으로 당신의 몸무게를 줄일 수 있습니다. 무게는 자연스럽게 줄어들어 당신의 몸무게의 삼 분의 이에 해당하는 시점까지 줄어들 것입니다."

여기까지 읽은 그는 책을 덮고 표지를 보았다. 무심코 집어 들어 제목조차 볼 겨를이 없었던 것이다. '무게' 라는 제목의 양장본이었다. 왜 그 책을 집어 들었는지 기억조차 나지 않았다. 그는 절실히 살을 빼고 싶었다. 가격을 살펴보려고 책의 뒤 표지를 살펴 보았다. 가격이 나와있지 않았다. 바코드도 아무것도 없었다. 뒷장을 넘겨 출판사와 가격을 다시 살펴보았다.

도서출판　　　영혼
출 판 일　　　현재
가　　격　　　없음

모골이 송연해지는 느낌. 책이 쌓여진 진열대 위를 다시 보았으나 같은 책은 없었다. 대부분 신간 서적 밑에는 같은 책들이 쌓여 있는데 그가 들고 있는 그 책을 든 건 그 하나였다. 주변을 이리저리 보아도 아무도 그와 같은 책을 가진 사람은 없었다. 그는 당황스럽고 꺼림칙한 느낌에 책을 슬쩍 내려놓고 서점 밖으로 나왔다.

더웠다. 늦더위. 계단을 오르는 그의 출렁이는 살들이 젖어 요동치고 있었다. 땀이 비져나오는 이마를 훔쳤다. 그의 심장을 지긋이 눌러오는 무게가 느껴졌다. 떼어낼 수 없는 살들. 그가 지난 십여 년 간 길러 온 것이다. 그는 어려서는 보통 몸무게의 아이였다. 언제부터 그가 이런 거구가 된 것인지.

그를 다시 발견한 것은 책상 앞에 앉아있는 모습이었다. 컴퓨터에 무엇인가를 열심히 써 넣는 그의 모습이 마치 희극의 한 장면을 보는 듯, 뚱뚱한 사람에게는 진지함이 어울리지 않아 열심히 무엇인가를 하는 모습조차 기묘한 코믹함을 자아냈다. 그러다 책상 앞에 있는 두꺼운 책의 페이지를 펴고 읽기 시작했다.

한 십오 분 정도 책상 앞에 앉아 있던 그는 몸을 일으켰다. 다리에 쥐가 났는지 절뚝거리며 구부정한 자세로 부엌에 가 냉장고 문을 열고 한참을 살폈다. 먹을 것이 별로 없었다. 배가 고프지는 않았지만, 무언가 허전함을 느낀 그는 며칠 동안 묵혀두었던 딱딱한 인절미를 꺼내어 프라이팬에 기름을 두르고 지지기 시작했다. 그는 다시 절뚝거리며 책상 앞에 와서 앉았다. 콩가루가 기름에 볶아지는 고소한 냄새에 그의 코가 벌렁거렸다. 오분 쯤이나 되었을까? 그는 책장을 넘기다 말고 다시 일어섰다. 부엌으로 갔다. 프라이팬 위의 인절미는 본래 크기의 세 배 정도로 퍼져 있었다. 말랑 말랑해진 것이 군침이 돌았다. 집게를 꺼내 늘어져가는 인절미를 조심스럽게 뒤집었다. 기름이 모자라서 눌러 붙을세라 기름을 조금 더 부었다. 다리를 절며 그는 책상 앞에 가서 다시 앉았다. 두 페이지 정도를 읽고 나서 다시 일어났다. 고소한 냄새가 좁은 집 안에 요동쳤다. 인절미는 이제 프라이팬의 면적만큼 커져 있다. 다시 집게를 들어 뒤집으려고 집어 들자 아까와는 달리 조금 겉면이 딱딱하게 바싹 익어 있었다. 군침이 돌았다. 다시 뒤집어 놓고는 책상으로 갔다. 눈으로 아까 읽기를 중단했던 대목을 찾았다. 다시 읽기 시작하는데, 아까 읽었던 대목이었다. '제기랄!' 눈으로 문장을 다시 더듬어 내려갔다. 낯선 문장이 시작하는 곳까지. 여기인 것 같았다. 몇 줄을 시작하자 인절미가 걱정되어 일어섰다.

떡은 이제 본래의 모습과는 딴판이었다. 손가락 한마디를 두 개 붙여 놓은 크기만 한 찰떡 두 개가 그의 얼굴 전체를 가릴 만큼 커져 있었다. 촉감도 변했다. 씹으면 바삭할 것 같았다. 프라이팬에서 인절미를 지지기 전의 모습은 더 이상 찾아볼 수 없었다. 그는 다시 한 번 뒤집고는 이번에는 가스레인지 옆에 서서 기다렸다. 아까 절던 다리를 부산스럽게 떨었다. 접시를 꺼내고는 물을 따랐다. 인절미는 다 지져진 듯 보였다. 가장자리에 콩가루가 타서 갈색으로 변하고 온통 노릇 노릇한 것이 먹음직했다. 집게로 집어 접시에 조심스럽게 담았다. 가스 불을 끄고는 접시와 물컵을 가지고 책상으로 가져갔다. 젓가락으로 들어 통째로 한 입 베어 물었다. 바삭하면서 남아있는 쫄깃함이 아주 만족스러웠다. 적당히 이빨에 붙는 감촉과 기름에 볶아진 콩고물 맛을 즐기며, 눈은 아까 중단했던 문장을 다시 찾았다. 읽고 있던 문장을 다시 읽고 있었다. '이런, 제기랄!' 그래도 아까보다는 즐거운 마음이었다. 입에 무언가가 들어있는 느낌이 그에게 모든 것을 용서할 아량을 준 것이었다.

그의 몸이 이렇게 부풀어 오르게 된 것은 언제부터였

던가? 그는 아까 그 인절미가 퍼진 것보다 더 빨리 더 많이 퍼져버렸다. 퍼져버린 몸은 지져진 인절미처럼 그 전으로 돌아가는 것은 현재 그의 의지로는 불가능해 보였다.

텔레비전에서는 건강 다이어트 프로그램들이 수시로 나왔다. 몸무게 빼기 도전 리얼리티 프로그램, 건강한 식습관에 대한 교양 프로그램, 비만의 해악과 해결책을 제시하는 과학 프로그램들까지. 그러나 그에겐 그런 프로그램들을 보는 것이 만들지도 않을 요리 프로그램을 열심히 보는 것과도 같이 느껴졌다. 몸이 불기 시작한다고 느꼈을 때 그는 매일 밤 살을 뺄 결심을 했다. 그러나 언제나 책상 앞의 그 무료한 시간이 되면 먹을 것에 대한 간절한 욕망이 그 결심을 눌러 버리는 거였다. 아니 음식에 대한 상상은 그 결심을 지워버렸다. 그가 먹고 싶은 것을 생각하고 있을 때 다이어트에 대한 생각은 결코 들지 않는 것이 신기할 정도였다. 그저 그 만족감, 씹히는 질감, 입에 물었을 때의 느낌 등만 생각나는 것이었다.

그가 소설을 쓰기 시작하기 전보다 그의 몸은 두 배의 무게로 불어 있었다. 잉여의 무게가 그의 존재를 눌렀다. 부피는 그보다 훨씬 더 많이 부풀어 올랐다. 그 부피는

그가 외출을 하려 옷을 고를 때나 남들 앞에 서야 할 때
더 커지는 듯했다. 알 수 없는 창피함이 고개를 들었다.
그의 몸은 이제 그의 수치가 되었다.

　거울 앞에 섰다. 그는 그 거울을 좋아했다. 비스듬히
세워진 그 거울 속에서 그는 좀 날씬하게 보였다. 덜 거
대하게 보였다는 것이 옳은 표현이겠지만, 그의 마음 속
의 표현은 '좀 날씬하게 보였다'를 고집했다.
　오늘은 '문학 동지' 이사회가 있는 날이다. 그에게 떠
오른 것은 영미의 얼굴이다. 영미는 그와 대학 동창이
다. 흔한 이름의 이미지와는 다르게 세련된 외모에 몸매
가 기가 막히게 좋다. 이미 삼십을 훌쩍 넘겼지만, 어찌
된 일인지 영미의 몸은 군살 하나 붙지 않은 채 대학때
그대로로 보였다. 여학생이 훨씬 더 적은 그의 학교에서
영미에겐 언제나 한 무리의 남학생들이 몰려다녔다. 그
도 그런 무리 중 하나였다. 그때는 그도 자신의 동급생
들 못지 않게 좋은 몸을 가지고 있었다. 키가 크고 뼈대
가 굵은 그는 남자다워 보였고 그녀에도 그에 대한 호감
이 있는 듯 했었다. '그때였어! 그때 내가 확 대시했어야
했는데……' 그는 못내 당시 그가 적극적으로 영미에게

다가서지 못한 것이 아쉬웠다. 오늘 그녀가 나온다. 그러나 그는 그때의 그가 아니었다. 그냥 사람들의 웃음거리. 그냥 그거였다.

옷을 고르는데 한참 걸렸다. 이 옷 저 옷 입어봐도 그의 몸은 가려지기는커녕 여기저기 비어져 나온 살들이 약 올리듯 찰랑거렸다. 그러면서도 그의 한 쪽 뇌에서는 '오늘 이사회 메뉴는 뭘까?', '너무 적게 나오면 뭐 좀 미리 먹고 갈까?' 라는 생각들이 불쑥 불쑥 스쳐가는 것이었다. 그는 검정색 바지에 칼라가 있는 검정색 티셔츠를 입었다. 어쨌든 외출할 때면 꼭 이 옷만 입게 되는 것이었다. 벌써 이마에 땀방울이 송송 맺히고, 겨드랑이는 축축히 젖었다. 그래도 거울에 비춰 본 자신은 아주 콩알만큼은 만족스러웠다. 저번 이사회 때보다 아주 약간은 살이 빠져 보이기도 하는 것 같았고, 어두운 색 옷의 축소효과를 믿어볼 만도 한 것 같았다.

'여기다!' 이사회가 있는 술집은 명동 거리의 퀴퀴한 냄새가 나는 지하 생맥주 집이었다. 초저녁부터 술과 위액이 위장을 거슬러 온 토사물의 냄새가 스멀스멀 올라오고 있는. 계단을 내려가는 통로는 좁고 가팔라 그는 한 계단 내려갈 때 마다 자동차 대시 보드에 달린 스프링 인형처럼 좌우로 기우뚱거렸다. 집에서 입고 나온 검정색 셔츠가 벌써 땀에 젖기 시작해 겨드랑이와 등에 달라붙었다. 문을 밀고 들어서자 저쪽에 이미 삼삼오오 모여 앉은 낯익은 얼굴들이 보였다. 그가 다가가자 간단히 표정으로 아는 척을 한 뒤, 그들이 하던 이야기로 돌아갔다. 그는 테이블에 안주가 뭐가 있는 눈으로 훑으며, 낙지볶음과 소시지 감자가 있는 쪽에 자리를 잡았다. '아뿔싸'. 그런데 영미가 있는 자리랑 너무도 먼 곳에 자리를 잡은 것이다. '이런! 하지만 어쩌랴? 2차를 기대해 볼 수 밖에.' 영미와 눈이 마주치자 그는 손을 들어 인사를 건넸다. 영미는 그에게 미소와 함께 인사라 할 수 있는 턱짓을 한 뒤 옆 사내와 이야기를 계속하다 자지러질 듯 웃었다. 무엇이 그렇게 재미있는지 알 수 없었지만 그는 같이 웃음을 지었다. 그녀가 웃을 때 머리를 젖히고 드러나는 목만 봐도 행복할 만한 것이었으니까.

　그의 옆에 앉은 사람은 그보다 조금 늦게 온 노 선배였다. 늘 음울한 얼굴에 세상 시름은 다 짊어지고 사는 듯한 불평불만 많은 그 선배는 나이가 들어도 여전했다. 젊어서는 그 선배가 정의에 불타서 대한민국을 구할 인물인 줄만 알고 그가 무슨 말을 하던 귀를 기울였다. 나이가 들면서 그의 불평이 그저 그의 불평 많은 성향일 뿐, 무엇을 위한 무엇을 바꿀 불평이 아니라는 걸 알게 되었다. 그러나 여전히 삐딱한 시선으로 세상을 바라보는 그의 말을 듣고 있자면 좋던 기분도 낮아지고 맛있게 먹으려던 뜨거운 설렁탕에 찬물 한 국자를 확 부어버리는 그런 느낌을 받게 되는 것이다. 노 선배 옆에는 웬만하면 누구도 앉지 않으려고 하는 게 그런 이유인데, 오늘 재수없게 그가 그 옆에 앉게 된 것이다. 노 선배는 오늘도 시름 무거운 얼굴을 하고 들어오자 마자 소주를 주문했다. 냉장고에서 바로 꺼내 온 차가운 소주를 맥주잔에 삼분의 일 가량 붓더니 목마른 사람이 물 마시는 것처럼 꿀꺽 꿀꺽 삼켰다. 마른 목의 목젖이 위로 올라갔다 내려갔다 했다. 옷소매로 입을 훔친 그는 언제나처럼 열변을 토해냈다.

"오늘 저녁 뉴스 봤어? 그 새끼, 우리랑 같이 데모하던 놈이 이젠 아주 번지르르해졌더만. 지는 배때기에 뭐를 처넣는지 그렇게 얼굴이 기름기가 좌악 흐르냐? 이번에 무상급식인지 뭔지 해서 표 얻겠다는 수작인 것 같은데, 배고픈 아이들이나 챙길 것이지 잘 살고 배부른 아이들

입에 밥숟가락 넣어 주겠다는 건 또 뭔 생각이냐. 나 원 참! 뼈 빠지게 돈 벌어서 꼬박 꼬박 세금 냈더니 하는 짓거리들 봐라. 세금이 아깝다. 아까워!"

걸쭉한 노 선배의 목소리는 지치지 않고 이어졌다. 그러면서 젓가락으로는 낙지볶음을 휘휘 저어 몇 개 되지도 않는 낙지 살점들을 입으로 가져가 질겅질겅 씹어댔다. 그는 그 선배의 말을 귓등으로 듣고 테이블 끝 쪽에 다른 무리들과 앉아 있는 영미의 목소리에 귀를 쫑긋하고 있었다. '어머머머!' 하며 웃는 그녀의 간드러진 웃음소리와 고개를 뒤로 젖히며 웃을 때 드러나는 긴 목을 흘끔거렸다. 맥주 500cc 두 잔에 소시지와 감자튀김을 집어 먹었더니 슬슬 오줌이 마려웠다. 화장실 가는 쪽을 바라보니 맥주집의 더러운 화장실을 가고 싶은 생각이 싹 사라졌다. 조금 더 참기로 하고 맥주 한 잔을 더 주문했다.

문학동지 회장이 도착하자 이사회 같지 않은 이사회가 시작됐다. 대부분의 모든 안건들은 박수로 처리하고 끝났다. 항상 같은 식이었다. '도대체 왜 이사회가 필요한지, 그냥 이사들이 모여 밥 먹고, 수다 떨고, 술 먹을 핑계인지도 모른다. 하긴 이런 게 없으면 언제 영미 얼굴이

나 한 번 보겠나?' 아까부터 불어난 방광의 그의 아랫배를 콕콕 쑤셨다. 더 이상 못 참을 정도가 되자 몸을 일으켰다. 중심을 잡으려고 잡은 테이블이 흔들 했다. 사람들이 '어어!' 그러면서 테이블 위에 있던 자신이 먹던 술잔을 잡았다. 그는 어색한 웃음을 흘리며 '아아, 미안' 그러고서 화장실로 향했다. 그의 뒤통수에 사람들의 시선이 꽂히는 것 같아 기분이 겸연쩍었다. 그래도 뒤돌아 보지 않고 화장실로 들어갔다.

이른 저녁임에도 불구하고 화장실은 배설물과 토사물의 악취로 가득했다. '그래도 볼 일은 봐야지.' 벌써 맥주 1,000cc가 넘게 들어간 그의 방광이 이제 위험신호를 알리고 있었다. 그는 어느 남자가 나오는 화장실 안으로 얼른 들어가서 비좁은 공간에 몸을 기대고 뱃속의 내용물을 빼내었다. 그때 들려오는 영미와 서 후배의 목소리.

"걔 또 왔더라."

웃음소리.

"걔는 우두커니 앉아서 안주만 축낼 거면서 매번 왜 안 빠지고 오는지 모르겠어."

"모른다고?"

"몰라. 왜?"

"걔 누나 보려고 오는 거 같던데…… 계속 누나 쪽을 흘끔 흘끔 보잖아. 소시지 집어먹으면서. 누나가 일어나서 걸어 다니면 대놓고 뒤태 감상하시던데 뭐."

"뭐라구? 그 주제에?"

"크, 뚱뚱하다고 성욕도 없는 줄 알아? 원래 그런 애들이 더 이상한 생각 많이 하고 변태적이라고!"

웃음소리.

"야, 그 몸에 그거나 할 수 있겠냐? 자기 꺼나 볼 수 있는지 몰라."

또 웃음소리. 그는 비좁은 화장실에 얼어붙은 듯 숨을 죽였다. 그들이 이야기하고 있는 것은 그였다. 명백히 그. 얼어붙은 듯 가슴은 차가워졌으나 땀은 비 오듯이 흘렀다. 집에서 골라 입고 나온 검정색 컬러 셔츠가 반은 젖었다.

"야, 나가자! 여기 있다가는 옷에 냄새 베겠다."

둘은 무언가 또 다른 이야기를 나누며 킬킬거리며 나갔다. 영미가 서 후배와 사귄다느니 둘이 같이 잤다느니 하는 이야기는 진작부터 돌았던 이야기였다. 그들이 본 그의 모습에 대한 묘사가 그에게 칼날처럼 와서 박혔다. 살찐 사람은 아무것도 안 해도, 보기만 해도, 듣기만 해

도, 먹기만 해도, 걷기만 해도 웃음거리. 그냥 웃음거리가
되는 거였다. 노크소리가 여러 번 울렸으나 그는 나가지
않았다. 몇 명의 남자들이 욕하면서 화장실 문을 나가는
소리가 들렸다. 그는 살짝 문을 열고 나와 손도 씻지 않
은 채 계단을 올라 거리로 향했다. 그가 앉았던 테이블에
는 그가 주문한 김빠진 맥주가 홀로 놓여 있었다.

거리, 반짝이는 밤의 거리. 그의 젖은 살들이 요동치
는 만큼 그의 마음도 젖었다. 얼마나 되었을까? 이렇게
불어버린 몸뚱이를 갖고 산 지가? 죄, 그의 몸뚱이는 죄.
그는 사람에게 해를 입힌 적도 없고 누구를 다치게 하거
나 죽인 적도 없었다. 그러나 살쪘다는 것이 마치 인류
에 있어서 안 되는 죄악이라도 되는 양 그렇게 된 것이
다. 사람들은 자신을 마치 그들의 재산을 축내기라도 하
는 해충인 것처럼 경멸의 시선으로 바라보았다. 아마도
사람을 죽이거나 테러나 대량학살을 한 사람도 주위의
모든 사람에게 끝없는 경멸의 시선을 뚱뚱한 사람처럼
받지는 않았으리라. 그에게 그 순간 절실히 생각난 것은
오후에 서점에서 봤던 '무게'라는 책이었다. '몸무게의
삼분의 일이 줄어든다. 그리고 다시 불어나지 않는다.'

마법 같은 문장이 그를 따라다녔다. 그의 발걸음은 어느새 오후의 그 서점으로 향했다. 그 거짓말 같은 책이 그를 홀린 듯이 잡아 끌었다.

아홉 시가 넘은 시간의 버스 정류장은 여전히 분주했다. 여기 저기 환승을 하는 승객들로 붐비는 그 장소는 항상 사람들로 북적대는 곳이었다. 아직도 불이 켜져 있는 서점을 보고 그는 안도와 불안의 한숨을 같이 내쉬었다. 마치 그의 한 부분은 그 서점이 열려있기를, 그의 나머지 부분은 그 서점이 닫혀있기를 바라기라도 한 것 같았다.

서점은 문을 닫으려는 채비를 하는 듯 점원 두어 명이 청소를 하고 정리를 하는 중이었다. 문을 밀고 들어가자 유리문에 달린 종이 '딸랑' 하고 소리를 내었다. 그 소리에 흠칫 놀란 건 그 뿐이었다. 늦은 시간 서점에 들어선 그에게 점원들은 귀찮다는 눈빛을 보냈을 뿐 주의를 기울이지 않고 하던 청소를 계속했다. 그는 아까 자신이 서 있었던 진열대 근처로 다시 가서 그 책이 있나 하고 살펴보았다.

그렇다. 그 책은 아까 자신이 살며시 내려놓았던 바로 그 자리에, 그가 다시 와서 집어 갈 줄을 알았다는 듯이 얌전히 놓여 있었다. 그는 다시 그 책을 집어 들어 살펴 보았다. '무게'. 묵직한 양장본. 뒷면에 가격이나 ISBN 번호 같은 건 없었다. 금박으로 '도서출판, 영혼'이라 아래 가운데 부분에 박혀 있을 뿐, 아무 다른 표시도 없었다. 책을 펼치자 아까와 같은 내용의 문장이 보였다.

이 책을 진실로 읽고자 한다면 몸무게의 삼분의 일을 줄일 수 있다는 내용을 길게 써 놓은 것이었다. 어느 페이지를 펼쳐도 마찬가지였다. 사기성이 농후한 책. 누군가 장난을 쳐 놓은 것 같았다. 밖을 바라보았다. 정류장은 여전히 북적거렸지만, 한가한 서점 안은 비현실 속에 붕 떠 있는 것만 같았다. 그가 어려서 즐겨보던 '환상특급'이라는 TV 프로그램처럼 나가고 싶어도 이 곳에 갇혀버린 것만 같은 현실에서의 동떨어짐이 섬뜩하게 느껴졌다.

그는 얼른 몸을 추스르고 책을 들고 계산대로 가져갔다. 점원은 책을 받아 들고 고개를 여러 번 갸우뚱거리더니 이 서점이 책이 아니라고 했다. 가격도 없고, 서점 도장도 없고, ISBN도 없는 책. 그가 가져가도 좋으냐고 물어보자 점원은 어깨를 으쓱하고는 그렇다고 했다. 퇴근 시간이 임박한 직원은 주인에게도 확인해 보는 것 같지도 않았고, 그저 마지막 손님이 빨리 서점을 나가 정리하고 퇴근하기를 바라는 것 같았다. 그는 혹 누가 잃어버렸을 지도 모르니 찾는 사람이 있으면 자신에게 연락해 달라면서 자신의 이름과 전화번호를 적어 놓고 서점을 나왔다.

서점 앞 유리면 쪽에 진열되어 있는 자신이 쓴 책을 흘끗 보았다. '사람들은 저 책의 저자가 나라는 것을 알까?' 나처럼 비만인 사람이 썼다고 하면 아무도 저 책을 안 살지도 모른다는 생각이 문득 들었다. 그러나 그는 '무게'라는 책을 들고 나서 희망찬 기분이 들었다. 무언가 그의 운명이 바뀔 것 같다는 강한 예감이 그를 휩쌌다. 발걸음이 좀 가벼워진 듯 했다.

집에 돌아온 그는 책상 위에 책을 올려놓고 한 번 쳐다 본 다음 욕실로 들어갔다. 바로 책을 펴보면 왠지 부정이 탈 것 같아 일단 모든 것을 털어버린 다음 펴보고 싶었다. 아까 나갈 때와는 딴판이 되어 버린 검정색 티셔츠를 벗었다. 땀에 젖은 티셔츠는 몸에 달라 붙어 잘 떨어지지 않았다. 손을 들고 위로 올려 머리를 가까스로 빼낸 돌돌 말려 벗겨진 셔츠를 빨랫감에 던지고 바지와 팬티를 벗고는 샤워 안으로 들어갔다. 씻어내고 싶었다. 모든 것을…… 그 동안 느꼈던 수치감과 모욕감. 물과 함께 그의 지방 덩어리도 씻겨나갈 수 있다면 그렇게 하고 싶었다. 이상하게도 무언가 먹고 싶은 생각이 별로 들지 않았다. 평소 같으면 지금쯤 야식 겸 무엇을 입에 넣고 있을 시간이었다. 그저 빨리 목욕재계하고 정갈한 몸과 마음으로 책을 보고 싶은 생각뿐이었다.

옷장에서 새 회색 트레이닝 바지에 하얀 티셔츠를 꺼내 입었다. 작년에 누나가 미국 여행 갔다가 사온 3XL 치수의 옷이었다. 언젠가 입으려고 아껴 둔 옷이었다. 스스로가 너무 과민하게 군다는 생각이 들었지만 저도 모르게 그렇게 하고 싶었다. 우선 책의 겉장을 살펴 보았다. 연한 갈색의 알 수 없는 재질의 하드 커버. 천 같기도 하고 종이 같기도 했다. '무게' 라는 제목이 역시 금박으로 박혀 있었다. 저자 이름은 어디에도 없었다. 다만 '도서출판 영혼' 이라는 출판사 이름이 역시 금박으로 박힌 것이 아까처럼 눈에 뜨인 것 이외에는. 두꺼운 커버를 넘기자 내지 뒤에 표지와 같이 제목과 출판사 이름이 써 있었다. 다음 장을 넘기자, 목차는 없이 바로 내용이 시작되었다.

"이 책을 읽으면 당신의 몸무게의 삼분의 일이 저절로 빠집니다. 다시 찌지 않습니다. 다만 다음의 계약조건을 읽고 계약을 해야만 합니다. 첫째 자신의 가장 잘하는 재주를 몸무게를 잃는 조건으로 바꾸어야 합니다. 이 재주는 자신의 영혼을 쏟아 붓는 그런 재주이어야만 합니다. 둘째 이 계약의 내용을 누군가에게 발설하는 순간 계약은 자연히 파기되며, 몸무게는 이전으로 돌아옵니다. 그러나 당신이 맞바꾼 당신의 영혼의 재주는 돌아오지 않을 수 있습니다."

그는 고개를 갸우뚱했다. 파우스트 박사 앞에 메피스토펠레스가 나타난 것처럼 섬뜩한 생각이 들었다. '영혼이 들어간 재능, 그것이 무엇이란 말인가?' 순간 그의 머릿속을 스쳐간 것은 그의 '글쓰기 재주' 였다. 계속 읽어 내려갔다. 뭐 비슷한 내용이었다. 영혼이 어떻게 태어나서 어떻게 자라나는지. 영혼과 몸무게와의 상관관계는 어떠하다던지. 현대사회에서 잉여의 무게들이 어떻게 축적되어 왔고, 그 잉여의 무게가 인간의 총체적 죄악과 어떤 상관관계가 있는지. 그 다음 장에 그가 이해할 수 없는 복잡한 수식이 표현되어 있었는데, 세기의 수학천재가 보아도 풀 수 없을 것 같은 숫자와 기호들이 잔뜩 나열되어 있었다. 일반 사람들의 영혼은 보통 21g까지 자란다고 한다. 그리고 영혼의 무게는 실제 무게와 다른 기준을 가지고 있고 영혼의 무게를 1g 덜어내는 것은 실제 무게의 1kg을 덜어내는 것보다 훨씬 힘들다는 것이 설명되어 있었다. 또한 영혼의 무게를 1g 찌우는 것은 실제 무게와의 상관관계 없이 거의 불가능한 일이라는 것이다. 아주 적은 사람들만이 이러한 경지에 다다를 수 있는데 그가 읽어본 설명을 생각해보면 예수나 석가모니 같은 사람들만이 가능한 것 같았다. '뭐 이렇게 서두가 길까?' 그가 책을 가져온 이유는 몸무게를 줄이고 싶어서이지 영혼의 무게가 이렇고 저렇고 설명을 읽으려 한 것이 아니었다. 이렇게 한 이십여 페이지를 읽자 지루해지고 배도 고파오고 여름 밤의 후덥지근한 더위에 몸도 축축해졌다. 그만 책을 덮으려다 다음 장을 넘기자 머리카락이 쭈빗 서면서 더위에도 불구하고 한기가 등골을 타고 흘렀다.

"계약.
당신이 가진 영혼의 재주와 몸무게 삼분의 일을 맞

바꿀 차례입니다. 다음의 칸에 당신이 바꿀 재주를 써 넣고 당신의 이름과 생년월일 오늘 날짜를 서명하십시 오.”

　그는 궁금한 마음에 책을 넘겨 보았으나 뒷장에는 아 무것도 쓰여 있지 않았다. 펜을 들고 한참을 망설였다. ‘무엇을 써야 하나?’ 어린애 장난 같기도 하고 정말 마 법에 걸린 책 같아서 섬뜩하기도 하고. 앉았다 일어났 다 왔다 갔다를 반복하다 냉장고 있는 바닐라 아이스크 림 통과 숟가락을 가져와 퍼 먹기 시작했다. 저도 모르 게 생각 없이 입으로 들어가는 아이스크림의 시원함과 단 맛이 뇌를 자극하고 기분까지 조금 좋아진 그는 에라 모르겠다라는 식으로 그의 이름과 생년월일, 서명과 날 짜를 먼저 쓴 뒤 그의 영혼의 재주에는 ‘요리’라고 적었 다. ‘요리’. 그가 잘하는 것, 그가 좋아하는 것, 요즘 그 가 제일 많이 하는 것 중 하나가 아닌가? 사람들도 그의 요리에는 특별한 맛이 있다면서 칭찬도 많이 했고. 어차 피 살이 빠지면 그다지 필요 없는 재주인 것 같았다.
　‘글재주’라는 게 제일 먼저 머릿속에 떠올랐으나 그렇 게 써 넣기는 왠지 꺼림직했다. 다음 장을 넘겼다가 그

는 비명을 지를 뻔 했다. 그가 페이지를 먼저 넘겼을 때
는 분명 아무것도 쓰여 있지 않았었다. 다음 장을, 다음
장을 넘겨도 마찬가지였었다.
　그러나 이번에는 지금 넘긴 장과 같은 내용이 쓰여 있
었고 다만 한 줄의 문장이 추가되어 있었다.

　"당신의 영혼을 쏟아 붓는 가장 중요한 재주를 바꾸어
야 계약은 성립됩니다."

　그는 책상에서 벌떡 일어나 책을 덮어 버렸다. 못 볼
것을 본 건만, 손대지 말아야 할 것을 손을 댄 그런 느낌
이었다. 방을 왔다 갔다 하며 책을 바라보다, 다시 방을
왔다 갔다 하다 책을 바라보았다. 반쯤 남은 아이스크림
이 녹아 포장 밖에 이슬이 동글동글 맺히고 놓여진 자리
에 동그랗게 물이 고이도록 그는 안절부절 못하며 방 안
을 맴돌았다.
　'어떻게 할까? 어떻게 할까?' 진짜인 것도 같고 가짜
인 것도 같고. 갑자기 어떤 덫에 걸려 버린 느낌. 그러나
그 덫을 빠져 나오기는 이미 늦어버린 그런 느낌이었다.
몸무게의 삼분의 일을 줄인다. 영미와 서 후배의 말들이

떠올랐다. '그 몸에!', '등신. 등신. 등신!'. '그래, 밑져야 본전이지 뭐. 설사 앞으로 글을 못쓴다 하더라도 그 동안 낸 책들도 있고. 몸무게만 줄면 뭐든지 못하겠어?' 그는 책상 앞으로 다시 가 앉았다. 조심스럽게 책을 펴고 다시 그 페이지로 돌아갔다. 그 다음 페이지를 확인했으나 역시 아무것도 쓰여있지 않았다. 그는 조심스럽게 '글재주' 라고 쓰고는 그의 이름, 생년월일, 서명, 날짜를 썼다. 그리고 설레는 마음으로 다음 페이지를 넘겼다. 놀랍게도 다음 페이지에는 다음과 같은 내용이 쓰여있었다.

"계약서.

이 계약은 최현우 군과 도서출판 영혼과의 계약이 성립되었음을 알립니다. 최현우 군은 자신의 '글재주'를 도서출판 영혼에 넘기는 조건으로 몸무게 삼분의 일을 영원히 없애는 계약을 체결하였습니다. 최현우 군의 몸무게는 오늘 이후로 매일 3kg씩 줄어 현재 몸무게의 삼분의 일이 되는 시점까지 줄어들어 다시 불어나지 않습니다. 이 계약이 유효하기 위해서는 앞서서 설명한 조건을 충족하여야 합니다.

이 조건을 충족하지 못하면 계약은 파기되며, 몸무게
는 다시 돌아오지만 최군이 제공한 '글재주'는 최군에게
다시 돌아오지 않을 수 있습니다."

섬뜩했다. '그러나 무슨 상관이랴? 몸무게만 줄어들
수 있다면. 그의 얄미운 살들만 녹아 없어질 수 있다면.'
그는 여기까지 읽다가 책을 덮어버렸다. 긴장한 만큼 피
로가 몰려왔다. 눈꺼풀이 무거워 뜨고 있기도 힘들었다.
그는 침대로 가 그대로 깊은 잠에 빠져 들었다.

다음 날 아침, 눈이 번쩍 떠진 그의 눈에 들어온 것은
천장의 벽지의 기하학적 무늬, 꺼지지 않고 쓸데없는 형
광을 아침 햇살 속에서 발하고 있는 전등이었다. 어물거
리며 잠에서 빠져 나오기 시작한 그의 생각이 바로 다다
른 곳은 '무게'라는 책이었다. 몸을 이리저리 움직여 보
았다. 발가락을 꼼지락거리고 팔을 들어 주먹을 쥐었다
폈다 반복했다. 몸이 좀 가벼워진 느낌이 들었다. 목욕탕
에 들어가 거울에 들어간 자신의 모습을 비추어 보았다.
기분인지는 몰라도 살이 좀 빠진 듯했다. 저울을 찾아
몸무게를 재어 보았다. 117kg. 알 수 없었다. 그가 몸무

게를 재지 않은지 오래여서 몸무게 3kg이 빠진 건지 아닌 건지. 내일이 되어봐야 확실히 알 수 있을 터였다.

그는 책상 위에 놓아두고 잠 든 마법 같은 책을 다시 볼 양으로 그가 서재로 쓰는 다른 방으로 갔다. 책상 위에는, 그 위에는, 책은 없었다. 책은 감쪽같이 사라지고 그가 어제 서명할 때 사용했던 펜만이 덩그러니 놓여 있었다. 식은 땀이 등줄기로 흘렀다. '꿈이었나? 아니면 진짜 내가 마법에 걸린 걸까?' 그는 목욕탕으로 가서 한참 거울을 바라보았다. 달라진 것은 별로 없었다. 그냥 몸이 좀 가벼워진 느낌 뿐. 섬뜩한 느낌과 저주스러운 생각을 털어버리려 그는 자꾸 고개를 흔들었다. '무슨 일이 일어난 것인가? 아니면 아무 것도 일어나지 않은 것인가?' 그는 두려웠다. 모든 것이.

이를 닦고 세수를 하고 냉장고 문을 열었다. 계란, 소시지, 감자, 양파, 버터. 매일 아침이면 그가 해먹는 아침 식사 재료들. 그러나 요리할 기분이 영 나지 않았다. 냉장고 문을 닫고 동네 커피샵으로 터벅 터벅 걸어갔다.

카페 라떼와 베이글 세트 메뉴를 주문하고 그는 창가 자리에 앉아 멍하니 지나는 분주한 사람들을 바라보았다. 모두들 출근을 하는지 바쁜 모습들이었다. 이리 저리

왔다 갔다 하는 사람들. 소설가가 된 이후로 정기적으로 출퇴근을 할 필요가 없어진 그에게 바쁜 사람들은 영화 속 장면처럼 그에게 거리가 먼 어느 세상 같았다. 지르륵, 지르륵. 커피샵 점원이 준 대기 비퍼가 울리는 소리에 다른 생각에 빠져 있던 그는 질겁했다. 그는 비퍼를 건네고 음료와 베이글을 받아 아까 앉았던 자리로 돌아왔다.

라떼를 한 입 가득 물었다. 평상시 느끼던 고소함과는 달리 우유 비린내가 그에게 거북스럽게 느껴졌다. 그의 손길을 기다리고 있는 베이글과 크림치즈도 영 당기지 않았다. '그래도 돈 주고 산 거니까.' 그는 크림 치즈를 발라 베이글 반 정도를 꾸역꾸역 먹었다. 평상시 같으면 벌써 먹어 치우고 냉장케이스에 있는 케이크에 입맛을 다시고 고민하다 주문해서 먹었을 시간이었다. 그는 나머지 베이글을 쓰레기통에 버리고 라떼가 든 종이컵을 들고 밖으로 나왔다. 그리고 어기적 어기적 걸어 집으로 향했다.

그 날 하루는 여느 날처럼 권태롭게 하루를 보냈다. 아니 보통 날들보다 더 권태롭게 하루를 보냈다. '뭐 먹을까?' 하는 생각이 없어지니 시간 가는 게 더 무료했다.

아무 즐거움도 없었다. 이상하리만치 먹을 거에 대한 생각이 없어지고 식욕이 당기지 않았다. 얼마 전 원고도 마감한 상태라 별로 할 일도 없었다. 그는 TV의 지난 드라마를 연달아 보며 뒹굴거렸다. 어젯밤의 '무게'라는 책을 얻고 나서 긴장된 상태도 옅어졌고 아침의 놀람도 가라앉았다. 그는 그냥 그가 꿈을 꾸었거나 무엇에 홀렸었다고 생각했다.

며칠이 흘렀다. 정확히 그는 하루에 3kg씩 빠졌다. 몸무게가 빠지는 것이 그의 줄어든 식욕 탓인지 그가 사인한 계약 때문인지 알 수 없었다. 그의 모습은 한눈에 딱 보아도 티가 날 정도로 바뀌었다. 일주일이 지나자 21kg가 빠져있었다. 99kg. 키가 큰 그에게 이 몸무게는 보기 좋을 정도로 몸집 좋은 사내로 보였다. 사람들의 시선도 바뀌었다. 커피를 건네는 아가씨도 미소를 지었고 사람들은 그에게 전처럼 못 볼 것을 본 양 멸시의 시선을 건네거나 눈을 피하지도 않았다. 혹 대놓고 그의 몸을 쳐다보며 혀를 차던 무례한 할아버지나 아줌마들도 줄어들었다. 옷들도 점점 헐렁해져서 그가 과거 어렸을 때 입었던 옷들을 하나씩 꺼내 입기 시작했다. 일주일이 더 지나면, 그의 몸무게의 삼분의 일이 줄어들 것이었다. 그는 슬며시 그의 몸을 상상하며 즐거운 마음이 들기 시작했고 그의 바뀐 몸으로 그의 지인들을 만날 마음에 가슴이 부풀었다.

그의 몸무게는 약속한 듯 매일 3kg씩 정확히 빠져 나갔다. 지방이 녹아 내린 그의 몸의 부피는 훨씬 더 많이 줄었다. 그가 제일 몸이 좋았던 대학 저학년 시절보다 몸무게는 더 내려갔다. 그가 책에 서명하고 나서 2주가 지난 날 그의 저울은 80kg을 가리키고 있었다. 거울 속의 그는 그도 알아보지 못할 정도로 달라져 있었다. 아파트의 수위 아저씨도, 단골 카페에서 돈 받는 아가씨도, 동네의 슈퍼 주인 아줌마도 그를 알아보지 못했다. 그러나 달라진 것은 그 뿐만이 아니었다. 그가 어디를 가든 훈훈한 미소가 그를 반겼고, 그 전에는 혹 말이라도 시킬까 두려워하는 듯했던 사람들이 자진해서 그에게 정다운 일상의 대화를 시작하는 것이었다. 그는 정상 몸무게로 돌아온 지금 그 동안 사람들이 자신을 어떤 시선으로 바라보았었는지 더 확실하게 느꼈다. 그는 다음 주로 다가온 지인 소설가들의 모임이 여간 기다려지는 것이 아니었다. '이렇게 달라진 그를 보면 사람들이 무어라 그럴까?' 아마도 다른 사람이라며 DNA 검사라도 하자고 달려드는 게 아닐까 싶었다. '영미는? 영미를 나를 보면 무어라 그럴까?' 살이 빠져나가는 내내 그의 머릿속의 한 부분을 차지하고 있는 것은 영미에 대한 중독에 가까운 집착이었다. '그녀는? 나를 보면?'

그는 십오 년 만에 옷을 사러 백화점에 갔다. 그가 살이 찌기 시작하면서 가장 혐오했던 장소가 백화점이었다. 일부러 작은 옷만 갖다 놓은 건지 아님 작은 옷만 만드는 건지. 그에게는 말도 안되게 보이는 인형 옷들만 있는 것 같은 그 곳을 은근히 피했었다. 그는 이번 모임에 입고 갈 옷을 고르려 젊은이들이 옷을 사는 영 캐주얼 매장을 둘러보았다. 점원들은 한결같이 그에게 다가와 이런 저런 옷들을 권했고, 처음에 어색해하던 그는 점점 대담해져 이 매장 저 매장에서 마음에 드는 옷을 입어보았다. 거울 속의 그는, 딱 붙은 하얀 티셔츠에 적당히 탈색된 기막히게 라인이 뽑힌 청바지를 입은 그는 정말 매력적인 이십 대 후반의 남자로 보였다. TV에 자주 나오는 몸 좋은 가수나 배우의 몸 부럽지 않은 그의 모습을 보고 매장 아가씨들이 은근한 미소를 흘렸고,

그는 자신의 모습을 놀란 듯이 기막힌 감동으로 보고 또 보았다. 눈물이 찔끔 흐를 정도로 그는 거울 속의 남자를 꼭 껴안아 주고 싶었다.

2

그는 한 달을 손꼽아 기다렸다. 누구보다도 그의 바뀐 모습을 보여주고 싶은 것은 '문학 동지' 이사로 있는 대학 동기, 선후배들과 영미였다. 그는 회의가 잡혀있는 목요일보다 며칠 전부터 입고 갈 옷을 궁리하고 입고 벗기를 하루에 몇 번이고 반복했다. 그가 혐오했던 거울은 이제 그의 가장 친한 친구인 것처럼 여러 색상의 옷들을 멋지게 소화하고 있는 그의 몸을 향해 미소를 건넸다.

목요일 오후부터, 그는 옷 갈아입기 퍼레이드를 수십 회 반복하다가, 몸에 붙는 하늘색 라운드 티셔츠에 일자 라인이 잘 뽑힌 어두운 색의 청바지를 입고, 징이 멋스럽게 박혀있는 밤색 가죽벨트를 맸다. 그리고 어제 백화점에서 산 하얀 명품 운동화를 신고는 설레는 마음으로 회의 장소로 향했다.

70

　막상 도착해보니 너무 빨리 온 것 같았다. 그는 근처에 커피전문점에 들어가 블랙커피를 시키고 지나가는 사람들을 구경하면서 적당히 사람들이 모이기를 기다렸다. 아주 조금만 늦게 도착해서 시선을 사로잡을 계획이었다. 오가는 사람들 속에서 그는 영미를 단번에 알아봤다. 역시 예뻤다. 사람들 속에서도 눈에 띄는 그녀, 베이지 색 타이트한 스커트에 흰색 실크 블라우스를 입은 그녀는 언제나처럼 자신감 넘치는 걸음걸이로 그가 앉아있는 커피전문점 윈도우를 지나 옆 계단의 일식당으로 올라갔다. 그는 얼른 일어나 마시던 커피가 들어있는 종이컵을 휴지통에 던지고는 밖으로 나갔다. 그는 아직도 자신이 뚱뚱한 과거의 자신처럼 느껴졌다. 사람들이 모두 도착했을 때 등장하려던 생각이 잘못된 것 같았다. 상점의 윈도우에 비친 자신의 모습을 다시 한 번 보았다. 완벽했다. 그는 망설이는 걸음으로 서서히 일식당의 계단을 올라갔다.

　아무도 그를 아는 척하지 않았다. 실제로 그늘은 그가 한 달 전의 최현우인지 알 수 없었기 때문이다. 그가 이사들 무리로 다가갔을 때, 그들을 어색한 표정으로 그를 바라봤다. 그 역시 어색한 웃음을 띠며 '나, 최 작가야. 최현우!" 라고 말했을 때, 그 모임에 있는 대부분의 사람들은 이 사람이 무슨 엉뚱한 소리를 하나 하는 표정을 지었을 뿐이다. 그러다 그의 대학 단짝 친구였던 용재가 그의 등을 치면서 소리를 질렀을 때 이사들은 모두 한마디씩 감탄사를 토해냈다.

"야, 최 작가! 최 작가 맞네! 눈 보니까! 아니, 어떻게 이렇게 살을 뺐대?"

"뭘 한 거야? 무슨 수술이라도 한 거야?"

"세상에, 한 달 만에 사람이 이렇게 변할 수 있어?"

사람들은 그에게 모임의 중앙 좌석을 내주면서 한 마디씩 했다. 회의의 안건은 뒷전이고, 모두들 그가 어떻게 살을 뺐는지 궁금해하고, 변한 그의 모습을 신기해 했다. 그는 적당히 둘러대면서 영미를 흘금 흘금 살폈다. 그녀 역시 그의 급작스러운 변화가 신기한 듯 계속 그를 주시하면서 술잔을 살짝 들이켰다. 그는 그 순간 세상에서 가장 행복한 사람이라도 된 듯 느껴졌다.

1차, 2차, 3차까지. 그의 마음은 10차까지라도 달릴 것 같았으나, 노래방에서 질펀하게 논 사람들은 하나 둘씩 자리를 떴다. 마지막에 그와 몇 명의 후배들, 영미가 남았다. 그 전까지는 멀리서만 그를 주시하던 영미가 그의 옆에 와서 앉았다. 그의 팔을 손가락으로 살짝 쓰다듬으면서 눈웃음을 치는 영미를 보자 그는 그 책에 서명한 것이 그가 태어나서 가장 잘한 일이라는 생각이 들었다. 그날 밤 그는 영미의 오피스텔로 갔다.

그가 유명세를 타기 시작한 것은 그가 글을 잘 써서라기 보다는, 그의 외모가 그의 책을 홍보하기 시작해서라는 것이 맞을 것이다. 그는 이런 저런 방송에서 섭외되기 시작되고 점점 더 바빠졌다. 그는 자주 영미의 오피스텔을 찾아갔고, 둘은 자연스럽게 연인 사이가 되었다. 여기 저기서 자주 강연 요청이 들어왔고, 조용히 집에 있는 시간은 거의 없었다. 그는 끊임없이 사람들에게 둘러싸여 살게 되었으며, 그는 점점 혼자 있는 시간을 갈망하게 되었고, 그에게 집착하는 영미가 귀찮아졌으며, 외모만 가꾼다고 모든 것이 해결될 것처럼 행동하는 여자들에게 싫증나기 시작했다. 그는 그와 깊은 대화가 가능하고 그의 농담도 잘 받아주는 머리 좋고, 예쁘고, 어린 방송 아나운서를 만나 교제하기 시작했다.

뚱뚱했을 때는 그렇게 영미를 좋아하고 우상처럼 생각

했지만, 막상 사귀어 보니 영미의 차갑고, 배려 없는 성격이 싫어졌다. 영미는 그에게 찰거머리처럼 매달렸지만, 그는 몰래 몰래 어린 아나운서를 만나고 영미와는 차츰 거리를 두다가 연락을 끊어버렸다. 그리고 몇 달이 지나자 새로 사귄 어린 아나운서도 싫증이 나기 시작했다. 너무 어려서 그와는 세대가 다르게 느껴졌고, 그녀와 있으면 왠지 더 늙은 것처럼 기분이 들었기 때문이었다. 이번에는 그보다 나이가 많은 좀 유명한 아나운서와 사귀기 시작했고, 그것도 얼마 지나자 싫증이 나서 그만두었다. 그녀가 누나처럼 간섭하고 참견하려고 해서 귀찮아졌기 때문이었다.

그 정도가 되자, 사람들 사이에서 좋지 않은 소문이 돌기 시작했고, 많았던 강연 요청이나 방송 섭외가 서서히 줄더니 어느새 아주 끊어졌다. 그리고 그의 책들도 이제 몇 년이 지나서 같은 강연을 반복할 수도 없었고, 사람들도 그의 레퍼토리에 식상해졌기 때문에 아무도 그를 찾지 않았다. 다시 조용한 생활로 돌아가게 된 그는 예전처럼 소설을 쓰려고 집에 틀어박혀 밤과 낮을 거꾸로 보내며 글쓰기에 몰두했다.

그러나 어쩐 일인지 한 글자도 써지지 않았다. 책상 앞에 앉으면 온갖 잡념들이 그의 머릿속에서 잔치를 벌였으며, 인터넷의 이런 저런 사이트를 하루 종일 뒤적거리기 일쑤였다. 벌이가 줄어들자 생활이 점차 궁핍해지기 시작했다. 인세를 제외하고는 수입이 거의 없었다. 결국 그는 집을 부동산에 내어놓고는 아침이 되면 이리 저리 거리를 배회하다 골프 선생으로 일하는 친구의 연습장에서 죽치고 지내게 되었다. 손님이 없을 때면 공짜로 골프 스윙 연습을 하고, 손님이 많을 때면, 물수건을 바꾸거나 음료수를 채워 넣거나 아니면 잡담에 끼어들어 한마디씩 거들곤 했다. 낮이면 동네 아파트의 중년 여성들이 많이 왔다. 그는 그들과 어울려 밥도 먹으러 가고, 술도 마시러 갔다. 대부분 그녀들이 밥과 술을 샀고, 그녀들과 같이 라운딩을 나가면 봉투도 쥐어주곤 했다. 방송 출연 경력이 있는 작가라는 직업과 그의 준수한 외모가 무료한 부인네들에게는 새로운 기분전환을 주는 것 같았다.

그녀들 중 한 명과 처음으로 모텔에 간 것은 순전히 우연이었다. 그의 입장에서는. 그러나 그보다 열 살쯤 많은 그녀는 당연한 수순인 듯 했다. 그와 어울려 다니는 부인네들 중에 손톱과 발톱을 항상 빨간 매니큐어를 칠하고, 연습장에 올 때도 금붙이를 몸에 주렁주렁 달고 오는 것을 잊지 않는 그녀는 은근히 그에게 돈 자랑을 했다. 그녀의 남편은 무슨 건설업자인 것 같았고, 그녀는 몇 개 상가의 월셋돈을 받는다고 했다. 그녀는 그가 가장 싫어하는 전형적인 타입, 돈 있고 상스러운 그런 타입이었다. 그러나 그는 궁했다. 모텔에 갔다 올 때면 그녀가 찔러주는 봉투로 한 주 생활을 할 터였다.

사실 그는 연습장에 오는 여자들 중에 그와 나이가 비슷해 보이는 주부에게 더 관심이 있었다. 그녀는 골프를 열심히 배워 남편과 같이 치는 게 목표였고, 자그마한 체구에 순한 눈을 가진 그런 여자였다. 유치원 다니는 딸이 하나 있었고, 딸이 유치원 가는 시간에 열심히 연습을 하러 나오곤 했다. 그녀도 그를 싫어하지 않는 눈치였고, 가끔씩 휴게실에서 음료수를 마시면서 연습 대신 한 시간씩 그와 잡담을 하기도 했다. 그녀는 대학에서 영문학을 전공했고, 그와 문학에 대한 비슷한 취향을 가지고 있었다. 좋아하는 작가와 소설에 대해 이야기할 때면 그는 과거의 청년 시절도 돌아간 듯한 그런 설렘이 느껴졌다. 그러는 동안 그는 몇 명의 중년 여인들과 돈

을 받고 관계를 가졌으며 그것이 그의 유일한 수입원이
되어갔다.

　길을 지나다 문득 눈에 들어온 것은 작은 서점의 윈도
우에 진열되어 있는 책이었다. 분명 서 후배가 쓴 책이
었다. 서 후배는 같은 과 출신 중에서 문학적 재주라고
는 손톱만큼도 없는 그런 인물이었다. 그런데 지금 베스
트셀러 자리를 완연히 차지하고 있는 듯 수십 권의 책이
진열되어 있다니…… 그는 그 길로 광화문에 있는 대형
서점으로 향했다. 입구서부터 잔뜩 진열되어 있는 서 후
배의 책들이 눈에 띄었다. 진열된 프린트물들도 서 작가
와의 인터뷰 이벤트, 사인회, 작가와의 대담 등을 요란스
럽게 광고하고 있었다. 그는 매장 진열대에서 책을 집어
들어 읽기 시작했다. 책을 읽는 동안 그의 얼굴이 점점
굳어져 갔다. 정말 그것은 베스트셀러가 될 만한 책이었
다. 더 놀라운 것은 서 후배의 글이 그의 필치와 너무도
닮아 있다는 것이었다. 그가 잃어버린, 팔아버린, 그의
글. 같은 화가가 그린 그림은 바로 알아볼 수 있듯이 작
가도 그의 글의 고유한 스타일 있다. 아무리 보아도 서
후배의 책은 그가 썼다고 해도 과언이 아닐 정도로 그의

글의 스타일과 닮아 있었다. 그는 책 한 권을 집어 계산대에서 기다렸다. 계산대 옆에 있는 판촉광고문에는 이번 주 토요일 오후에 서 후배의 사인회가 있다는 문구가 써 있었다. 그는 그것을 눈 여겨 보고 카드로 계산한 후 서점을 나와 무거운 마음으로 집으로 향했다.

그는 한 줄 한 줄 정성 들여 읽었다. 내용은 그가 전에 생각해보지 않은 내용이었으나 글의 전개나 단어의 선택, 문장의 표현 등이 그 자신이 썼다고 해도 무리가 없을 것 같다는 생각이 들었다. 물론 그는 지난 삼 년간 단 한 줄의 문장도 쓰지 못했지만 말이다. 과거의 그가 썼다면 같은 글을 썼을 것 같았다. 그는 두문불출하고 책을 읽고 또 읽으며 토요일이 되기를 기다렸다. 골프 연습장의 친구에게서 온 전화도 받지 않고, 그와 관계를 가지던 여자들의 전화도 무시했다. 그는 그가 잃어버린 것을 다른 사람이 주워 갖기라도 한 듯 서 후배와의 대면을 기다렸다. 물론 그가 잃어버린 것이 아니라, 팔아버린 것이긴 하지만.

기다리던 토요일이 되자 그는 한 시간 전부터 대형서점의 사인회장에 가서 서성거렸다. 삼십 분 전이 되자 사람들이 줄을 서기 시작했고, 그는 이상해 보이지 않도록

몇 십 명이 줄서기를 기다렸다 그 뒤에 줄을 섰다. 사인
회 시작 시간이 한 오 분쯤 지나자 서 후배가 모습을 보
였다. 그런데 그는 질겁을 할 정도로 놀라지 않을 수 없
었다. 서 후배는 지난 날의 그처럼 살이 찐 모습이었다.
잘생기고 날씬한 외모 때문에 '얼굴로 책 팔아먹는다' 라
는 모욕적 언사를 듣곤 했던 서 후배였다. 그 모습은 사
라지고 출렁이는 살들을 주체하지 못하고 이마에 땀을
훔치며 터벅이는 걸음걸이로 겸연쩍은 웃음을 지으며 준
비된 테이블에 앉았다. 그는 혹 다른 사람인가 싶어 책
의 작가 소개를 다시 훑어보았다. 분명 서 후배였다. 사
진도 과거의 사진을 써서 잘생긴 모습으로 환하게 웃
고 있는 서 후배. 그는 문득 무서운 생각이 들어 간담이
서늘해졌다. '혹시 우리 둘이 외모와 재주를 바꾼 것인
가?'

　그의 차례가 되자 그는 겸연쩍게 웃으며 책을 내밀었
다.

　"서 작가, 축하해!"

　그제서야 그의 얼굴을 올려다 본 서 작가는 약간 놀라
는 듯 하더니 역시 멋쩍은 미소를 지었다.

　"최 선배, 반가워요. 아니, 왜 줄을 섰어요? 따로 연락

하시지……"

　"서 후배, 베스트셀러 작가 된 것 축하해 주고 싶어요."

　서 후배는 멋쩍은 듯이 뒤통수를 긁적거렸다. 겨드랑이에서 배어 나온 땀이 축축히 젖어 있는 셔츠를 보니 그는 과거의 자신이 떠올랐다. 서 후배가 목소리를 낮추어 말했다.

　"최 선배, 혹시 오늘 저녁 시간 있어요? 하고 싶은 말이 있는데……"

　그 역시 서 후배와 하고 싶은 말이 있었다.

　"그래, 나도 오늘 저녁 한가한데 어디서 한 잔 하지."

　그는 그 서점 주변의 술집으로 약속을 정하고 나왔다. 머릿속에는 계속 이상한 생각이 맴돌아 약속 시간이 되는 동안 한 곳에 있지 못하고 주변을 서성였다.

　서 후배는 사인회가 끝나기로 예정된 시간보다 삼십 분이나 늦게 약속 장소에 도착했다. 줄 서서 기다리던 사람들을 돌려보낼 수 없어서 예정된 시간이 종료되었어도 끝까지 할 수 밖에 없었다고 했다.

　"요즘 사람들을 사인 받으려고 책을 사지 않으면 책은 아예 사지 않는 것 같아요."

뒤통수를 긁적거리며 서 후배가 말했다. 그의 옷은 이미 땀에 푹 절어 있었다. 불어난 몸에 테이블과 의자 사이의 공간이 모자라 보였다.

"그런데 최 선배는 요즘 왜 이사회에 얼굴을 안 보였어요? 안 그래도 궁금했는데…… 정 선배와 일 때문에 그런 거에요? 정 선배도 최 선배와 헤어지고 나서는 이사회에 안 나와요."

영미와 헤어진 후에 그녀가 어떻게 지내는지는 한 번도 생각해보지 않았었다. 그녀의 성격상 당연히 잘 지내리라 여겼었던 것 같다. 그는 자신의 지난 삼 년간의 행적이 참으로 괘씸한 것이었구나 하는 생각이 들었다. 달라진 외모만 믿고 사람으로서의 해야 할 생각이나 도리는 신경도 쓰지 않았던 것이다.

"그래? 그렇군."

"그런데 요즈음 왜 작품 안 쓰세요? 저는 선배 작품 팬이었는데……"

"그래?"

그는 쓴웃음을 지었다. '왜 쓰지 않겠는가? 다만 못 쓰고 그 긴 시간들을 몸을 뒤틀며 보내고 있을 따름인 것을.'

"이번 작품 참 좋던데."

"다 읽으셨어요?"

서 후배의 땀과 기름기가 배어 나온 후덕한 얼굴에 수줍은 미소가 번졌다.

"그런데 참 이상하지 않아요?"

"뭐가?"

서 후배는 뭔가 말하려는 듯 하다가 입을 다물었다. 맥주 잔을 기울여 목마른 듯 꿀꺽꿀꺽 마셨다. 맥주가 목을 타고 넘어가는 소리가 생각보다 크게 울렸다. 그는 잠시 할 말을 찾는 듯 하더니 누가 들을까 봐 조심하는 듯 목소리를 죽여 이야기를 꺼냈다.

"선배랑 저랑 바뀐 것 같지 않아요?"

그는 등골이 서늘했다. 순간 '무게'라는 책에 있던 계약사항이 그의 뇌리를 스쳐갔다. '누구에게라도 이 계약을 발설하는 순간 계약은 파기됩니다.' 그는 당장 결심했다. 계약을 파기하기로. 그의 글을 찾고 싶었다. 영혼이 담긴 글을 써내고 싶었다. 그의 글재주가 설령 돌아오지 않는다 하더라도 이렇게 살고 싶지는 않았다. 그는 서 후배를 바라보며 넌지시 웃었다.

그는 맥주로 목을 축이며 긴 이야기를 꺼냈다. 이 시

간이 지나면 그는 이전의 그로 다시 돌아가리라. 밤이 깊어질 때까지 둘은 자리를 뜨지 않았다. 맥주 집 구석 자리의 기묘하게 어울리지 않는 두 남자의 이야기에 귀를 기울이는 사람은 없었다. 토요일 저녁 시내의 화려한 밤의 조명이 거의 꺼져갈 때쯤 두 남자는 각자의 집으로 돌아갔다. 한 명은 가벼운 발걸음으로, 한 명은 무거운 몸을 이끌고 땅이 꺼질 듯.

3

일요일 오전 방바닥에 붙은 듯 몸은 여간해서 일으켜지지 않았다. 어제 서 후배와 늦게까지 마신 술로 머리가 지끈거리고 몸이 팽창된 듯 느껴졌다. 그는 무거운 몸을 이끌고 목욕탕 세면대에 서서 거울 속의 자신을 바라보았다. 늦은 저녁 술로 얼굴이 좀 부은 듯 한 것 이외에는 별로 달라 보이지는 않았다. 그는 어제 일어난 일들을 다시 돌이켜 보았다. 그렇다. 그는 계약을 파기한 것이다. 서 후배는 자신에게 어떠한 일들이 일어났는지는 말하지 않았다. 그의 이야기가 새로운 소설 구상이라고 생각했거나 아니면 서 후배에게도 비슷한 일이 있어났지만 그는 그 계약을 지키고 싶어 입을 다문 것인지도 모른다는 생각이 들었다.

책상 앞에 앉았으나 여전히 한 글자도 써지지 않았다. 이렇게 있을 수는 없었다. 아파트를 팔고 반전세로 들어앉은 오피스텔의 월세가 바로 코앞이었다. 그는 일어났다. 청바지에 날렵한 재킷을 걸치고 밖으로 나왔다. 한참을 걷다 보니 그가 다다른 곳은 그가 죽치고 지내던 골프연습장이었다. 그는 이곳으로 향한 자신의 발걸음에 진저리를 치며 돌아섰다. 이렇게 살 수는 없었다. 그렇다고 이렇게 죽을 수는 더더욱 없었다. 그는 온 길을 더듬어 다시 집으로 돌아왔다.

다시 책상 앞에 앉았다. 한나절을 앉아 있었으나 그의 머릿속에는 이런 저런 잡념만 떠돌아 다닐 뿐 아무런 구상이 잡히지 않았다. 다리를 부산스럽게 떨다가 그는 냉장고를 열고 먹을 것이 없나 살폈다. 점심 시간이 지난 지 한참이라 배도 고프고 속도 쓰렸다. 냉장고는 말 그대로 텅 비어 있었다. 그는 슬리퍼를 신고는 밖으로 나가 가까운 편의점을 찾았다. 우유와 라면, 인스턴트 밥, 참치, 김을 샀다. 그가 뚱뚱했던 시절 많이 먹었던 것들

이었다. 값을 치르고 나오는데 유리문에 붙은 '야간 아
르바이트 구함'이라는 광고가 눈에 띄었다. '순간 해볼
까?'라는 생각이 들었으나 편의점에서 일하는 사람들은
주로 나이 어린 아이들이 대부분이라 자신이 이런 곳에
서 일한다는 것이 이상할 것 같다는 생각이 들었다. 집
에 돌아와 우유와 라면을 꾸역 꾸역 먹고는 옷장에 있는
옷들을 꺼냈다. 고가의 가방과 신발, 시계 등을 큰 쇼핑
백에 넣은 후 중고명품을 처리해주는 곳으로 향했다. 한
달의 월세는 해결될 터였다.

그 후 일주일 동안 그는 책상 앞에 앉아 무언가를 쓰
려고 노력했으나 썼다 지우기를 반복할 뿐 괜찮은 문장
하나 얻을 수가 없었다. 급기야 그는 자리를 박차고 일
어나 밖으로 나왔다. 공기는 청명하고 오랜만에 서울 하
늘에 별을 볼 수 있었다. 그는 편의점에 걸어가 맥주 한
캔과 담배 한 갑을 샀다. 초로의 작달막한 남자가 돈을
받았다.

"새로 온 직원이신가요?"

그는 은근히 자신이 노렸던 일을 놓친 것처럼 물었다.

"아니에요. 일하던 직원이 그만두어서 밤에는 제가 나
와요. 요즘 직원 구하기가 쉽지 않아요. 좀 힘들다 싶으

면 금방 그만두고 나가버려요.”

“주인 아저씨이시구나. 그럼 급여는 얼마 정도 되나
요?”

편의점 주인은 그를 힐끗 보면서 말했다. 그의 반지르
르한 외모나 나이로 봐서는 편의점에서 일할 사람으로
보이지는 않았는지 심드렁하게 대꾸했다.

“최저 임금에 야간 수당 쳐서 드려요. 밤참이랑 아침
제공하구요. 물론 편의점에 있는 걸루다가.”

그는 머릿속에서 빨리 계산을 돌렸다. 한 달 일하면 그
의 월세는 충당될 정도였다. 그는 집었던 비닐 봉지를 내
려놓으면서 말했다.

“사장님, 제가 일하겠습니다.”

편의점 주인은 그를 위 아래로 훑어보면서 말했다.

“뭐 하시는 양반이신지는 모르겠지만, 여기 일이 그렇
게 만만하지는 않아요. 조금 일하고 그만둘 거면 아예
시작하지 않는 게 좋아요. 괜히 내 일만 많아져요.”

“아니에요. 열심히 하겠습니다. 써 주세요. 당장 일할
수 있어요.”

주인은 다시 그를 훑어보았다.

“그러면 내일 아침에 이력서랑 등본 가지고 오세요. 정

말 하실 거면요.”

“네, 그럼 내일 뵙겠습니다.”

그는 꾸벅 인사를 하고 나왔다. 밤공기가 코 끝에 시원하게 닿았다. 그는 대학 졸업하고 글 쓰고, 강사로 일한 것 이외에는 정시간에 출퇴근 하는 일을 해 본 적이 없었다. 그의 경력이나 학력으로 봤을 때 편의점 직원으로는 자격이 넘치는 일이었지만 물불을 가릴 처지가 아니었다. 그렇지 않으면 골프연습장으로 돌아가 제비로 늙어갈 판이었다. 그는 머리를 흔들었다. ‘여기서 일하는 동안 낮에는 글을 꼭 쓰고 말리라.’ 그는 집으로 걸어오는 내내 다짐을 굳혔다.

편의점 일은 의외로 재미있었다. 원래 밤낮이 거꾸로 바뀌어 살던 그로서는 야간에 일하는 것이 딱 맞았다. 그리고 밤에 편의점에 오는 사람들을 관찰하고 이야기 나누는 것이 또 다른 즐거움이 되었다. 괜한 시비를 걸거나 술 취한 진상 손님들도 가끔 있었으나 대부분의 손님들은 근처의 고시원 학생들이나 늦은 밤 배고픈 가난한 사람들, 삶의 무게가 너무도 무거운 고달픈 사람들이 대부분이었다. 새벽에 편의점에서 아침을 사 들고 나가는 사람들 역시 공사장 인부들, 청소차 아저씨들, 공공기관에서 청소하는 아줌마들이었다. 그는 그 동안 보지 못했던 세상의 다른 모습을 편의점 계산대 뒤에서 보고 또 보았다. 오십 원이 모자라 바나나 우유를 내려놓고 뒤돌아서는 학생의 낡은 가방을 보는 순간 그는 그의 세상이 얼마나 편협하고 안이했는지를, 그냥 우유를 건네려고 하는 그의 손을 뿌리치고 뛰어가는 그 학생의 발걸음이 오랜 시간 그의 가슴을 후벼 팠다. 그 학생은 다시 그 편의점에 오지 않았다. 그는 오랫동안 그 학생을 기다렸다. 그 학생은 오지 않았어도 다른 얼굴을 가진 그 학생과 같은 사람들이 편의점에 왔다. 그 다음부터 그는 돈이 모자라는 사람이 있으면 오늘은 할인이라면서 적게 받고 그가 모자라는 금액을 채워놓고는 했다.

식욕. 그것은 다시 돌아왔다. 계약 조건에 있었던 것처럼 계약이 파기되자, 그의 글재주는 쉽게 돌아올 줄을 몰랐으나 그의 몸무게는 빠르게 회복되고 있었다. 편의점에서 일한 지 석 달이 되던 날, 거울 속의 그는 후덕한 중년 남자의 모습을 하고 있었다. 맞는 옷이 없어서 오나가나 트레이닝 팬츠 차림으로 밖에 지낼 수 없었다.

확실히 그는 과거의 불어난 모습으로 돌아가고 있었다. 더욱 낭패인 것은 과거의 뚱뚱한 소설가가 아닌 뚱뚱한 편의점 직원으로 되어가고 있는 것이었다. 그는 받아들일 수 없었다. 그 날로 그는 저녁 운동을 시작했다. 하루도 거르지 않았다. 그가 뚱뚱해지는 것이 어쩔 수 없는 운명이라 해도 그는 그 재수없는 운명과 겨뤄보지도 않고 물러설 수는 없었다. 밤참으로 먹게 되어있는 편의점 음식들도 먹지 않았다. 집에서 따뜻한 녹차를 보온병에 싸고, 당근과 오이를 싸 가서 간식으로 먹었다. 퇴근 후 오후 두 시까지 잠을 자고 나면, 그는 책상에 앉아 글쓰기에 몰두했다. 진도는 나가지 않고, 쓰고 버리기를 반복했다. 그러나 그는 그것을 반복했다. 삼 년 동안.

　삼 년 후 그는 대형서점의 사인회장에 앉아 있었다. 이번에는 그가 사인을 해 주는 작가로서 앉아 있었다. 그의 옆에 쌓여있는 소설의 제목은 '무게'. 그 소설은 이렇게 시작했다. '사람들은 각각의 무게를 나에게 가져왔다. 어떤 이의 무게는 너무도 무거워 자신의 무게에 깔려 질식할 듯이 보였으며, 어떤 이의 무게는 너무도 가벼워 바람이 불면 먼지처럼 눈 앞에서 사라질 것처럼 보였다.

나는 그들의 무게를 계산하느라 바쁜 손을 놀려댔다. 그 무게는 과거 몇 년 전 나를 괴롭히던 저울에서 재어지는 잉여의 무게와는 다른 차원의 무게였다.' 그의 소설은 그가 지난 삼 년간 편의점에서 만난 사람들을 소재로 쓰여진 것이었다. 등장인물들의 삶의 버거움이 고스란히 담긴 책은 각박하고 인색해진 사회에 지친 사람들에게 인기를 얻어 금세 베스트셀러 반열에 올랐다. 그리고 그 사인회장에서 부지런히 펜을 놀리고 있는 그는 삼 년 전의 그보다 오히려 더 마른 모습이었다.

줄에 서 있던 한 여자가 그에게 책을 내밀었을 때, 그는 그녀의 얼굴을 보고 깜짝 놀랐다. 그녀였다. 그가 골프연습장에서 마음에 두고 있었던 젊은 주부. 차 지연. 그녀는 책을 내밀며 웃었다. 그녀 옆에는 초등 고학년이 된 딸이 같이 있었다. 그는 책에 사인을 해주고 그녀에게 기다려 달라고 부탁했다. 그는 서점의 행정업무 담당자에게 양해를 구하고 잠시 자리를 떴다.

"지연씨, 어떻게, 너무 반가워요! 잘 있죠?"

사람들이 지나다니는 서점의 입구에서 그들은 서 있었다. 그에게는 주변에 아무도 없는 것처럼 느껴졌다.

"최 선생님, 제가 한참 찾았어요. 연락도 되지 않고 해서.”

그는 고개를 숙였다. 그가 만약 연습장에 계속 죽치고 있었다면 분명 이 여자의 가정을 흔들어 놓았을 거라는 죄책감이 슬며시 올라왔다. ‘그녀는 그가 그렇게 하지 않았던 것을 얼마나 다행으로 생각하는지 알까?’

“솔이는 많이 컸네요. 이제 몇 학년이죠?”

“4학년이에요. 최 선생님.”

그녀는 그를 똑바로 응시했다.

“저 이혼했어요.”

그는 놀랐다.

“왜요? 무슨 일로……”

그녀는 담담한 말투로 말을 이어갔다.

“사실 제가 최선생님 많이 좋아했어요. 떠나시고 나서 더 마음을 못 잡았어요. 그런 마음으로 남편과 산다는 것이 미안하게 느껴졌어요. 그리고 헤어졌어요.”

그는 말을 찾지 못하고 서 있었다.

“지금은 책 교정일 하며 살고 있어요. 최 선생님 책 나왔을 때 얼마나 기뻤는지 몰라요. 너무도 자랑스러웠어요.”

“지연씨, 미안해요. 나 때문에 잘 살고 있는데……”

"아니에요. 최 선생님 만나기 전에 이미 무언가 잘못되었다는 것을 알고 있었어요. 그런데 그냥 눈을 감은 거죠. 최 선생님이랑 대화를 나누면서 제가 원하는 인생의 방향을 차츰 알게 되었어요. 골프를 배우려고 한 것도 남편이 다른 여자들과 골프를 나간다는 사실을 알고 나서부터에요. 제가 골프를 치면 여자들이랑 어울려 다니지 않겠지 라는 막연한 생각을 한 거죠. 그 생각 자체가 잘못된 거였어요. 문제는 그 사람이 아니라 나한테 있는 걸요. 내가 내 인생을 살 생각을 못한 거죠. 마치 내 가족이 나의 인생인 것처럼 착각하고 살았어요. 언제나 두려웠던 것 같아요. 제가 누리는 경제적 안이함이 깨어질까 봐. 하지만 막상 혼자 서기를 시작하니 그렇게 나쁘지 않아요."

"지연씨, 오늘은 제가 사인회 돌아가봐야 돼서 다시 꼭 만나요. 꼭요."

그는 그의 새 전화번호를 그녀에게 주고 헤어졌다. 딸과 손을 꼭 잡고 인파 속으로 사라져가는 그녀의 뒷모습을 지켜봤다. 가슴 속에 뭔가 뜨거운 것이 뭉클대고 올라왔다.

그녀와 그는 새로운 가족이 되었다. 그는 여전히 편의점에서 일했다. 그러나 낮 동안 일정시간 동안만 일했다. 그가 그 편의점을 인수했기 때문이다. 그의 편의점 앞에는 작은 냉장고가 하나 놓여 있었다. 꼭 필요한 사람에게 공짜로 주는 바나나 우유 냉장고. 어쩔 때면 고약한 사람들이 내용물을 싹 가져다가 다른 데 싸게 팔기도 하고, 근처의 동네 슈퍼 주인들에게 욕을 들어먹기도 했다. 그러나 그는 가끔씩 조용히 우유를 하나씩 가져가는 사람들의 그림자를 보곤 했다. 너무도 무거운 무게를 진 너무도 가벼운 사람들이 남긴 흔적을 한참을 바라보았다.

그의 아내, 지연은 여전히 교정 일을 했고, 그가 쓴 원고들을 읽어봐 주었다. 그는 조금씩 늙어갔고, 그녀의 아내도 조금씩 늙어갔고, 그들의 딸은 무럭 무럭 자랐다. 그의 편의점에서는 돈이 모자라는 사람들에게 아직도 '오늘의 할인'를 적용했다. 모든 직원들도 이 규칙을 숙지하고 지켰다. 이후 십 년 간 그는 두 권의 책을 더 펴냈고, 오십 세가 되기도 전에 심장마비로 세상을 떠났다. 그는 퇴근 후 운동을 하다가 급작스럽게 쓰러졌다. 구급차에 실린 후 그는 구급대원의 눈을 바라보고 이렇게 말했다. "내가 그 책과 계약을 한 것은 진실이었을까? 아니면 나의 나약했던 의지가 만들어 낸 허구였을까?"

그가 주인이었던 편의점에는 아직도 공짜 바나나 우유 냉장고가 밖에 놓여져 있다. 그리고 그 편의점을 운영하는 새 주인은 이제 삼십을 갓 넘긴 젊은이, 오십 원이 모자랐으나 공짜로 우유를 받기는 자존심이 허락하지 않았던 가난한 학생이었던 젊은 판사였다.

고래의 뜀박질

숨이 턱까지 차올랐다. 더 달려야 한다. 돌아가기 위해서, 돌아가기 위해서, 그곳으로……

고래가 뛰어야 한다면 어떤 모습일까? 서서 거대한 꼬리로 투덕투덕 뛰어갈까? 지느러미와 꼬리로 네 다리처럼 엎드려 뛸까? 그것도 아니면 온몸을 자벌레처럼 접었다 폈다 머리와 꼬리도 뛰어갈까? 퇴화한 다리를 있는 힘껏 펼치고 뛰어갈까? 그것도 아니면 고래는 머리로 자신의 뜀박질을 그려야만 할까? 생각의 뜀박질, 그것이 고래의 뜀박질.

고래는 뛸 수 없다. 그렇다면 어떻게 여기까지 온 것일까? 이 근처에 바다는 없다. 그런데도 고래는 여기까지 달려왔다. 그녀는 월세방의 천장을 보고 이런 생각을 하고 있었다. 고래는 지금 숨을 돌리려 그녀의 욕조를 차지하고 누워 있다. 너무 힘들게 뛰어와서 한참은 쉬어야 한다고 이야기했다. 고래에게 그녀가 아껴두었던 고등어 조각과 꽁치를 주어야만 했다. 얼었던 고등어 조각을 따뜻한 물에 담가서 다 녹기도 전에 고래 입에 넣어 주어야만. 그 고래는 배가 고프다 했다. 너무 뛰어서, 그녀의 집까지 오느라 수고를 하느라…… 그 말을 믿어도 되는 걸까? 아무리 보아도 그 고래의 몸은 뛰기에는 적합지 않아 보였다. 더군다나 고래는, 뛰지 못하는 것 아닌가? 그래도 고래는 뛰었다 했고, 배가 고프다 했고, 그리고 지금은 물속에 반신을 담근 채로 쉬고 있다. 자고 있는지도 모른다. 얼마 전부터 코 고는 소리 같은 그르렁 소리가 규칙적으로 그녀의 욕조에서 새어나오고 있는 걸 보니……

동연은 일어나 살짝이 열려진 욕조로 다가갔다. 아니나 다를까? 고래는 정말 자고 있었다. 지느러미를 욕조 밖으로 늘어뜨린 채 큰 머리를 벽에다 기대고 코를 골고 있었다. 연회색 배가 오르락내리락, 아이가 타고 놀면 신이 날 만큼 큰 움직임이었다. 검푸른 등과 머리는 윤이 반짝반짝 나고 손을 대면 미끄러질 것만 같이 고와 보였다. 고등어를 한입에 삼킨 반쯤 열려진 입에서 비릿한 고등어 냄새와 피곤한 단내가 흘러나왔다. 싫지 않은 냄새였다. 백 미터 달리기를 전력으로 질주한 뒤 느껴지는 노곤함과 같은 냄새였다.

고래에게 어떻게 물어봐야 할까? 동연은 고민하기 시작했다. 그녀는 벙어리였다. 고래는 손발이 없으니 수화를 할 수도 없고, 수화도 모를 터였다. 물론 글씨는 더 모르겠지. 그렇다면 당분간은 고래의 말을 들어 줄 수밖에 없었다. 어떻게 뛰어왔는지 스스로 이야기할 때까지는…… 그러나 그 고래는, 엄청난 수다쟁이였다.

잠에서 깨기 시작할 무렵부터 고래는 잠꼬대로 알 수 없는 소리를 중얼거리더니만 물에서 뛰쳐나와 그녀 방으로 걸어왔다. 아니, 걸어왔다고는 하기 어렵고 기어왔다고 하는 편이 맞을 것이다. 고래는 큰 숨을 들이쉬더니, 이 방은 너무 좁군. 왜 이렇게 작은 방에 있어. 너에게 어울리지 않게…… 내가 너라면 이런 데서 사느니 바다로 돌아가겠어. 동연은 말도 안 되는 고래의 말을 들어 줄 수밖에 없었다. 왜냐하면, 그녀는 말을 할 수 없었으니까…… 그러더니 고래는 목이 마르다고 했다. 물이나 마실 걸 달라고. 동연은 세숫대야에 수돗물을 받아 고래 앞에 놔 주었다. 고래는 물을 반쯤을 주변에 흘리며 들이키더니 물맛이 더럽게 나쁘다고 했다. 염소 냄새가 펄펄 난다고, 염소가 화학물질의 염소인지 메에 우는 염소인지는 모르겠지만, 아무래도 물에 들어간 것은 화학물질의 염소인 것 같았다. 동연은 사과하고 싶었지만 할 수 없어서 냉장고에 있는 주스를 비어있는 세숫대야에 반을 따라주었다. 고래는 자신은 주스를 마시지 않는다고 했다. 그렇지만 성의를 봐서 고맙게 맛은 보겠다고 하더니 입을 벌려 긴 혓바닥으로 세숫대야 바닥을 훑었다. 입맛을 쩝쩝 다시는 걸로 봐서는 맛있는 모양이었다. 입 주변에 난 가지런한 하얀 이빨이 귀엽기도 하고 약간은 무섭게도 느껴졌다. 몇 번을 훑으니 세숫대야 바닥이 드러났다. 아쉽다는 듯이 입맛을 다신 후, 고래는 방 안을 돌아다니며 이것저것 살피기 시작했다.

　그녀의 앉은뱅이책상과 책상머리에 있는 몇 권의 책들, 한쪽 구석에 쌓여있는 그녀의 옷가지, 가방, 이불. 구석에 놓여있는 옷장. 벽에 붙어있는 달력, 그녀의 친구가 보내준 엽서들, 그게 다였다. 고래는 심심하다는 듯이 그녀의 책을 한 권 꺼내서 몇 장을 넘겨 보더니 바닥에 벌러덩 누웠다. 그러더니 그녀에게 말을 시키기 시작했다.

내가 왜 여기까지 뛰어왔는지 알아? 다 너 때문이야. 네가 그렇게 나를 부르지만 않았어도 나는 지금쯤 바다에서 신나게 헤엄치고 있었겠지. 맛난 새우를 배부르게 먹으면서 말이야. 나는 새우 오백 마리 정도는 한번에 먹어치울 수 있어. 나는 아직도 배가 고프단 말이야. 고래는 지느러미로 부드럽게 윤이 나는 배를 두드렸다. 그녀는 혹 그녀를 먹어치우지나 않을까 겁이 났다.

그런데 넌 왜 육지로 돌아간 거야? 겨우 이렇게 살 거면서. 육지로? 그녀가 생각했다. 묻고 싶었으나, 어떻게 물어야 할지 모르니까…… 그런데 고래는 그녀의 생각을 들은 양 대답했다. 그래, 육지로. 왜, 육지로 돌아간 거야. 우리가 처음 육지를 떠날 때는 다시 돌아가지 않을 마음이었잖아. 그런데 왜 넌 육지로 돌아간 거야? 이렇게 살 거면서…… 난 내가 엄청나게 부자가 되거나 아니면 사회 유명인사가 되거나 그럴려고 바다를 떠난 줄 알았어. 그런데 그것도 아니면서 도대체 넌 왜 육지로 돌아간거야. 동연은 아무리 생각해도 알 수 없었다. 그녀는 바다를 떠난 적도 없고, 육지로 돌아온 적도 없고, 처음부터 여기 있었을 뿐이었다. 그녀에게는 어떤 기억도 목적도 없고 하루 하루의 삶이 있을 뿐이었다.

그래, 바다가 좀 심심하긴 하지. 매일 파도에 몸을 맡기고 둥둥 떠다니며 먹고 자고 가끔 점프를 즐기는 것밖에는…… 이렇게 심장이 터지게 뛰어다닐 일은 더욱이 없단 말이야. 육지에서만이 달릴 수 있으니까. 그러니까, 돌아온 거야?

그녀는 알 수 없었다. 그러나 고래의 말은 이해할 수 있었다. 그녀는 마라토너였다. 달리기 선수. 말할 수 없는 그녀가 가슴이 터질 정도로 뛰는 것이 그녀의 유일한 직업이자 삶의 전부였다. 그런데 그녀는 고래였을까? 뜀박질이 아마도 불가능했을 고래? 그래서 고래가 그녀에게 찾아온 걸까? 고향으로 돌아가자고? 이제 숨찬 달리기는 그만두고서 바다에서 유유히 같이 헤엄치자고? 그래서 온 걸까?

아니었다. 고래는 뜀박질을 배우러 그녀를 찾아온 거였다. 그렇게 뛰는 이유를 묻고자 찾아온 거라 했다. 왜 그렇게 뛰어야 했느냐고 그게 알고 싶다고 했다. 떠났던 육지로 되돌아와 퇴화한 팔과 다리를 꺼내 질주하는 그

마음이 궁금하다고 했다. 그러나 동연은 고래가 무슨 말을 하는지 알 수 없었다.

그녀가 달리기 시작한 것은 답답해서였다. 답답해서…… 말 못하는 자신이 답답해서, 듣지 못하는 세상이 답답해서. 심장이 터질 듯 뛰다 보면 모든 게 다 그녀의 뒤로 지나갔다. 가쁜 호흡 뒤에 남는 생각은 아무것도 없었다. 그녀의 폐를 가득 부풀리고 나면 조금은 그녀의 답답함도 쓸려나가는 듯, 그것이 그녀가 달리는 이유였다. 말할 수 없는 세상에서 그녀가 말할 수 있는 것은 질주하는 자신의 모습으로 하는 말, 그것뿐이었다.

고래가 지느러미로 그녀의 콧등을 두드렸다. 넌 말이야 정말 질겨. 그렇게 달리고도 여기에 남아있는 걸 보면 말이야. 도대체 뭘 먹고 사는 거야. 그러니 그렇게 말랐지. 그 윤기나던 살들은 다 어디 갔어. 누가 보면 말라깽이 정어리인 줄 알겠다. 그런데 정말 먹을 게 그 얼어붙은 고등어 조각밖에 없는 거야. 고래는 방문 밖으로 어렴풋이 보이는 냉장고를 쳐다보았다. 정말 그렇게 맛대가리 없는 생선은 처음 먹어봤어.

동연은 어이없는 얼굴로 고래를 바라보았다. 꿈일까? 그래 이건 꿈이야. 꿈이라면 그렇다면 조금은 이 상황을 즐기는 것도 나쁘지 않겠다는 생각이 들었다. 꿈에도 생각을 해본 적은 없는 것 같았지만, 현실이라고 생각하기는 말도 되지 않으니까. 꿈이라고 생각하고 이 엉뚱하고 버릇없는 고래의 말을 더 들어보기로. 긴 밤 조용하지 않은 도심 속, 작은 방의 고요 속에서 고래의 무례한 방문에 대한 변명을 들어보기로 했다. 고래는 혀를 쭉 내밀더니 다시 코를 혀로 핥았다. 커다란 강아지라도 되듯이.

고래는 방을 둘러보고 나서는 게슴츠레 눈을 뜨고 그녀를 훑어보기 시작했다. 숱 많은 곱슬머리를 모아 올려 머리 위에 고무밴드로 묶은 모습에 햇볕에 그을려 주근깨가 내려앉은 그녀의 콧잔등과 눈 밑, 작은 코, 얇은 입술, 기이하게도 깊게 파인 쇄골, 긴 팔다리, 그리고 그녀의 못생기고 뒤틀어진 발. 고래의 시선이 발에 머물자 그녀는 얼른 이불로 발을 덮었다.

그럴 거 없어. 다 알고 있으니까. 그 발로 그렇게 뛰어다니니 성할 리가 없지. 맨날 바다에서 헤엄치던 녀석이 그 연한 살로 이 딱딱한 바닥을 딛고 다니니 남아날 게 어디 있겠어. 그래도 넌 지독한 녀석이야. 처음 네 엄마가 너를 낳았을 때부터 너는 뭔가 특별한 일을 할 녀석이라고 동네방네 떠들고 다녔잖아. 다른 고래들이 모여서 너를 구경해봐도 너는 별로 다를 것도 없었는데 말이야. 하지만 다른 마음을 가지고 있었던 걸 몰랐던 게지. 너의 마음은 언제나 육지로 향했어. 해안 가까이 너무 가서는 늘 네 엄마를 걱정시키곤 했지. 요즘 사람들은 작은 고래라고 봐주지 않잖아. 네 엄마가 죽고 나서 어느 날 갑자기 사라졌을 때, 난 알았어. 네가 육지로 간 걸…… 그래, 얼마나 많은 시간을 여기서 보낸 거야.

고래의 눈에 눈물이 그렁하게 고였다. 고래는 그녀의 엄마를 알고 있는 모양이었다. 그녀도 알지 못하는 그녀의 엄마를 말이다. 그녀는 보육원에서 자라 그녀의 부모를 알지 못했다. 그래도 매 순간 누군가 그녀를 찾아오지 않을까, 그녀의 부모가 갑자기 나타나 잃어버린 그녀를 꼭 껴안고 집으로 데려가 주지 않을까 생각했었다. 같은 보육원 또래들이 새집을 찾아갈 때면 그녀는 보육원 주위를 숨이 턱에 차 오를 때까지 몇 바퀴씩 뛰곤 했다. 친부모가 그녀를 찾아오기는커녕 언어장애인인 그녀를 입양아로 맞아 줄 가정도 없었다. 이러한 현실을 모두 알고 있으면서도 누군가 보육원을 방문할 때면 그녀의 오감이 촉수처럼 방문객을 향해 뻗어 나가는 것을,

그리고 그녀의 또래 아이들 중 누군가 선택되어 보육원을 떠나는 것을 보면 정체 모를 실망감이 가슴안에 밀려오는 것은 어찌할 수 없는 일이었다. 그러나 고래는, 이 고래는 그녀가 고래이고 그녀의 엄마를 안다고, 그녀의 엄마가 그녀를 걱정하고 사랑했다고 말하고 있는 게 아닌가? 거짓말 같은 고래의 말이 지난 이십 여년 간 굳어간 그녀의 심장을 말랑하게 적시는 것 같았다.

고래는 끊임없이 검푸른 바다의 추억에 대해서 수다를 늘어 놓았고 고래의 불규칙한 음성을 멀어지는가 싶더니 그녀는 어느새 잠에 빠져 들었다.

새벽. 아직 아침 해조차 뜨지 못하고 주춤거리는 새벽이었다. 누군가 급하게 그녀의 방문을 두드렸다. 나가 보니 안집의 열살 짜리 꼬마였다. 할머니가 혼자 키우고 있는 기현이라는 이름의 개구쟁이 녀석이 눈물에 콧물을 흘리며 울먹거리며 그녀의 손을 안채로 잡아끌었다.

안채에는 그 꼬마 녀석의 할머니가 마루에 쓰러져 있었다. 동연은 달려가 할머니를 흔들어 보았으나 할머니의 몸은 이미 싸늘했고 숨이 육체를 떠난 지는 이미 한참이 지난 것 같았다. 그녀가 할머니를 반듯이 누이고 기현에게 전화하라는 시늉을 했다. 십여 분이 지나 구급차의 사이렌이 해가 뜨려는 변두리 골목을 요란하게 흔들었다. 그녀는 얼른 그녀의 방으로 돌아가 외투와 지갑을 꺼내 들고 기현과 함께 구급차를 타고 병원으로 향했다. 그때까지 고래에 대한 생각은 까맣게 잊고 말았다.

장례식장에 나타난 기현의 작은어머니는 인천에서 급하게 올라왔다 했다. 기현의 작은아버지는 지방에 일 나갔다가 저녁때나 되어야 도착한다 했다. 기현은 동연의 손을 꼭 잡고 놓지 않았다. 새벽부터 울어서 눈이 퉁퉁 부어 눈물조차 나지 않는 듯했다. 그녀는 기현의 작은 손을 잡고 밥도 먹이고, 눈물도 닦아주며 하루를 보냈다. 지난 십 년 간 하루도 훈련을 쉬어 본 적이 없는 그녀였지만 오며 가며 정들었던 안집 할머니와 기현이 너무도 애달파 그대로 놔두고 자리를 뜰 수 없었다.

안채 할머니는 큰아들과 큰며느리를 교통사고로 잃고 남은 손주를 끔찍이도 아끼면서 키웠더랬다. 그 어떤 부잣집 아들이라 해도 기현과 같은 보살핌을 받고 자란 아이는 없었을 것이다. 새벽이면 일어나 뒤뜰에 정화수를 떠 놓고 아이를 위해 기도하고, 아침마다 뜨끈한 밥을 지어 아이를 먹였었다. 동연이 훈련하러 가는 길에 낮은 담벼락 너머로 들려오는 할머니와 손주의 아침상의 대화가 언제나 정겨웠었다.

이제 기현은 얼굴에 주근깨가 까맣게 덮인 굽은 어깨의 작달막한 작은어머니와 지방으로 공사 일을 다니는 작은아버지가 보호자가 되었다. 그 집에는 기현의 밑으로 더 어린 사촌 동생들이 둘은 더 있는 듯했다. 작은아버지라고 했으나 동연은 그 집에 세 들어 사는 지난 5년 동안 한 번도 그들이 오는 것을 본 적이 없었다. 저녁때가 되어 작은아버지가 나타나자 동연은 기현을 데리고 집으로 돌아왔다. 다음 날 아침에 다시 데려다 주기로 했다. 작은아버지는 할머니의 차남이지만 별로 슬퍼하는 기색도 없어 보였다. 무엇인가에 무뎌진 사람, 세파에 달아서 감정이라는 무게를 어디론가 덜어 내 없애 버린 듯한 느낌을 주는 사람이었다.

고래에 대한 생각이 다시 든 건 집으로 돌아와 그녀의 방문을 열 때였다. 그녀는 기현을 잠시 부엌에 세워놓고 그녀의 방 안을 들여다보았다. 어지럽게 펼쳐진 이불과 목욕탕의 욕조에 삼분의 일가량 찰랑거리게 남은 물만이 어젯밤 고래의 방문에 대한 흔적을 보여주고 있었다. 그녀는 안도와 아쉬움의 한숨을 낮게 쉬었다. 목욕탕

욕조의 물을 비울 때, 어젯밤 고래에게 나던 바다 내음
이 조금은 남아 있는 것 같아 숨을 들이쉬었다. 그녀는
다시 욕조에 더운물을 받고 기현에게 목욕탕을 가리키
며 씻으라는 시늉을 했다. 기현이 씻을 동안 동연은 안
집의 기현의 방에 들어가 그의 잠옷과 속옷 등을 챙겨왔
다. 아무래도 그녀가 그 날은 데리고 자야 할 것 같았다.

　기현은 완전히 탈진 상태가 되어 이불을 깔아주니 이
불 속에서 몇 번 울먹거리다 잠이 들었다. 그녀도 지쳐
있었다. 그러나 그녀는 고래에 대해 생각하고 있었다. 어
디로 사라진 것일까? 그렇게 힘들게 뛰어 왔다더니, 그
녀를 찾아서 그 먼 길을 왔다더니, 다시 바다로 돌아간
것일까? 아니면 어젯밤 꿈을 꾼 걸까? 그녀는 공책에 고
래의 모습을 끄적거리다 세수를 하고 이를 닦고 기현과
는 좀 떨어진 윗목에서 잠이 들었다. 너무도 오래 혼자
살아서 그런지 한 방에 다른 사람과 있는 것이, 그 사람
이 어린아이라 하더라도, 그녀에게는 좀 낯설었다. 어젯
밤 고래가 함께 잠들 때는 그런 낯설음 없었던 것이 의
아하게 느껴졌다. 그녀도 어느새 잠이 들었다.

　새벽이 되자 버릇처럼 그녀의 눈이 번쩍 뜨였다. 습관.

매일 아침 달리기를 하는 그녀의 습관. 희미한 새벽빛으로 아랫목에 이불 뭉치가 눈에 들어왔다. 어제의 일을 뇌가 재구성하기까지는 조금의 시간이 필요했다. 그래, 기현. 그 꼬마 녀석이 저기 자고 있구나. 불쌍한 녀석, 그의 할머니는 저 녀석들 남겨두고 어떻게 세상을 떴을까? 그러고 보면 죽음은 참으로 매정하다 싶었다. 누구의 사정도 봐주지 않는 것이다. 그녀의 부모에게도 그런 일이 있었을까? 그래서 그 긴 세월 동안 보육원에 아무도 그녀를 찾으러 오지 않은 것이 아니라 올 수 없었던 것일까?

그녀의 생각은 다시 고래에게 향했다. 그녀의 어머니를 안다던 그 고래. 그녀의 어머니의 기름진 살집과 윤기나는 검은 등에 대해서 열변을 토했던 고래. 그 고래는 어디로 사라진 것일까? 그러나 그 고래가 남긴 비릿한 바다 내음이 아직도 그녀의 방에 둥둥 떠다니는 것 같은데. 그 고래는 그녀의 25살의 인생에서 처음 그녀를 찾아온 사람, 아니 처음 그녀를 찾아온 생명이었다. 그리고 그녀의 문을 두드렸던 기현은 두 번째 생명. 그녀는 조용히 한숨을 내쉬었다.

옷을 갈아입으려다 기현이 깰 것 같아 살며시 밖으로

나왔다. 무언가 가슴에 무겁게 담겨 있는 느낌이었다. 그것은 그녀가 그동안 느꼈던 답답함. 세상에 대고 소리 하나 낼 수 없는 벙어리인 그녀의 고함과 같은 답답함은 아니었다. 묵직하게 심장을 내리누르는 그것은 그전의 답답함과는 거리가 있는 그 무엇, 정체를 알 수 없는 그 무엇이 그녀의 가슴에 가득 찼다. 폐를 부풀려 그 무게를 밀어내려는 듯 동네 학교 운동장으로 그녀는 빠르게 뛰어 내려갔다.

가볍게 몸을 풀고 운동장을 뛰기 시작했다. 조용한 운동장에 그녀의 뒤를 따라 먼지 구름이 작게 일어났다. 세 번째로 운동장을 돌기 시작할 무렵 이상한 느낌에 뒤를 돌아보자 다섯 발짝 정도 떨어진 곳에서 기현이 그녀를 따라 뛰고 있었다. 그녀가 멈추자 기현도 멈추었다. 가쁘게 숨을 몰아쉬는 걸로 보아서 얼마간 그녀를 따라 뛴 것 같았다. 일어나서 울었는지 눈물 콧물 자국이 얼굴에 말라붙어 있었다. 그녀는 기현에게 다가가 머리를 쓰다듬었다. 기현을 그저 고개를 푹 숙이고만 있더니 그녀를 앞질러 뛰기 시작했다. 아마도 울고 있으리라. 그녀는 알았다. 보육원을 울면서 뛰고 또 뛰던 그녀와 같은 마음으로 지금 그 아이도 뛰고 있다는 것을. 아이는 곧장 뛰어가더니 운동장 가장자리의 나무 옆에 쪼그리고 앉아 팔을 접고는 고개를 묻었다. 아무것도 해줄 수도 없었다. 그저 바라볼 수밖에, 그저 다가가 옆에 서 있을 수밖에 없었다. 아이의 들썩거리는 어깨가 잠잠해지자 그녀는 그 아이의 손을 잡고 고갯길을 올라 그녀의 집으로 돌아왔다. 그녀가 아무 말도 할 수 없다는 사실이 오히려 다행처럼 느껴지는 건 그녀도 그 아이도 마찬가지였을 것이다.

그녀는 쌀이 없어서 안집에 가서 아침밥을 안쳤다. 할머니가 만들어 놓은 밑반찬들이 냉장고에 빼곡했다. 그들이 사용하던 상에 아침을 차려서 그녀와 기현은 마치 신성한 의식이라도 하듯이 망자亡者가 만들어 놓은 정성스런 반찬을 조용히 먹었다. 그 정갈한 음식 속에 할머니의 손길이 남아 있기라도 한 듯.

그녀는 기현이 옷을 갈아입을 때를 기다려서 택시를 타고 병원으로 향했다. 기현의 작은아버지 내외는 장례식장에서 바로 일어난 듯 보였다. 그녀는 노트와 볼펜을 가져가 그들과 의사소통을 할 요량이었다. 그러나 많은 말이 필요치 않았다. 그들은 이제부터 그들이 기현을 돌볼 거라고 했다. "집은요?" 그녀가 노트에 썼다. "팔아야

죠, 뭐. 우리가 이사 올 수도 없고…… 이제 가셔도 돼요. 혹시 동네에 누가 살 사람 있을까요?” 그녀는 고개를 저었다. “집을 팔아도 계속 월세로 사실 수 있는지는 모르겠네요. 당분간은 괜찮으시겠지만, 혹시 모르니 이사 가실 데를 알아보시는 것도 좋겠어요.”

동연은 기현의 머리를 쓰다듬어 주고, 그녀의 전화번호를 노트에 적어 기현의 손에 쥐여주었다. 소용없을 전화번호. 잘 지내, 할머니도 그걸 바라실 거야. 뒷면에 그렇게 적고 장례식장을 나왔다. 누군가 달려와 그녀를 뒤에서 힘껏 껴안았다. 기현이었다. 얼굴에 눈물범벅이었다. 그녀는 기현을 어깨를 토닥이고는 다시 손을 잡고 장례식상의 삭은어머니에게 데려다 주었다. 그녀가 다시 나올 때까지 그녀를 바라보는 기현의 눈을 떼어 놓기는 참으로 힘들었다. 집으로 오는 내내 기현의 눈동자가 그녀를 따라 오는 듯해 자꾸만 자꾸만 뒤를 돌아보았다.

고래는 오늘도 오지 않았다. 아침에 치우지 않고 그대로 나온 방에 이불 두 채가 방바닥을 차지하고 엉클어져 있었다. 그 짧은 이틀의 시간 동안 그녀의 좁은 방을 다녀간 고래와 기현의 흔적이 아직 방안에 머물러 있었다. 그녀는 기현이 잤던 아랫목의 이불로 기어들어가 한참을 누워있었다. 누군가의 흔적에 그녀를 묻고 있는 것. 벌써 훈련을 빠진 지 이틀째였다. 사흘째 훈련을 다시 시작했다. 어젯 밤 기현과 작은아버지 내외는 안집에 와서 잔 것 같았다. 사람 사는 집에서 으레 나는 소리들이 들려왔었다. 새벽 그녀가 집을 나올 때는 조용했다. 훈련소로 가기 전 동네 운동장을 몇 바퀴 돌았다. 기현이 뒤에 따라올 것만 같아 자꾸만 뒤를 돌아봤다. 아무도 없었다. 기현이 울었던 나무둥치 옆에 쪼그리고 앉아 기현이 했던 것처럼 팔을 포개 고개를 묻었다. 한참을 그러고 있다 사람들이 오는 기척에 슬그머니 운동장을 빠져나와 훈련소로 향했다. 왜 빠졌냐고 묻는 동료들에게 그녀는 그냥 무심한 웃음을 지어보였다. 저녁도 먹지 않고 재빨리 돌아 온 그녀의 셋방에는 고래도, 기현도 없었다. 그녀의 작은 방이 유난히 썰렁해 보였다.

안채 할머니의 장례식이 끝난 지 한 달여가 되었다. 안채에는 여전히 사람 사는 기척이 없었다. 가끔 부동산에서 온 손님과 부동산 사장이 드나드는 것 외에는 아무 소리도 들려오지 않았다. 동연은 누군가 안채의 문을 밀 때마다 귀를 기울였다. 혹 기현이 돌아오지 않았나 해서 빠끔히 문을 열고 바깥을 내다보거나 용무도 없이 대문 앞을 서성였다. 낡고 허름한 주택을 선뜻 사려고 나서는 임자는 없는 듯했다. 그녀는 이사 갈 생각이 없었다. 그동안 이 집에 정도 들었고 고래가 찾아왔던 집을 떠나고 싶지 않았다. 이상하리만치 그녀는 그 집에 집착했다.

한 달 반가량 지난 어느 날 그녀는 용기를 내어 부동산을 찾아갔다. 집의 가격을 알아보니 그녀가 그동안 모아둔 돈을 가지고 안채를 세를 주면 살 만한 가격이었다. 기현의 작은아버지는 한시라도 빨리 그 집을 처분하고 싶은 모양이었다. 다른 주인이 오면, 동연은 아마도 그 집을 떠나 이사를 가야 할지도 몰랐다. 다른 곳으로 가고 싶지 않았다. 그녀는 부동산에 전세를 안고 집을 사겠다는 의사를 밝혔다. 집을 계약하고 잔금을 치르던 날 그녀는 기현의 작은아버지를 다시 보았다. 여전히 무심한 눈길에 빨리 돈을 받고 가고 싶어하는 눈치였다. 그녀는 종이에 써서 기현의 안부를 물었으나 그는 무뚝뚝한 얼굴로 그녀를 흘깃 보더니 "잘 지내요."라는 한마디만 툭 던졌다. 그녀는 그의 말을 믿고 싶었다. 그러나 그의 얼굴을 쳐다보니 그 말과 그의 표정은 거리가 먼 듯했다.

안채에 아이 둘을 가진 부부가 이사 왔다. 더 작은 별채에 집주인이 산다는 것이 부담스러운 눈치였으나 이내 집주인보다 더 집주인 행세를 하기 시작했다. 마치 동연이 세 들어간 듯한 느낌이 들 정도였다. 매일 그녀는 고래를 생각했다. 고래가 그녀에게 했던 말이 귀에 맴돌았다. 도대체 너는 왜 돌아온 거야. 왜 그렇게 뛰는 거야. 그것은 그녀가 자신에게도 묻는 질문이었다. 왜? 왜 그녀는 그렇게 뛰는 걸까? 발에 물집이 잡히고 발가락 모양이 휘어지고, 한 달에 한 번씩 발톱이 빠질 정도로 왜 그렇게 뛰어야 하는 걸까? 고래가 물은 질문에 그녀 자신도 대답을 알 수 없었다. 올해 가을, 그녀가 참가하는 일본에서 열리는 마라톤 대회가 있었다. 그녀는 나이에 비해 마라톤 실적이 좋은 편이었다. 매일 새벽 동네 운동장을 달리고 나서 훈련소로 출근했다. 무엇이 그녀는 그토록 내모는지 알 수 없을 정도로 그녀는 그녀의 뜀박질에 열중했다.

늦여름 저녁, 동연이 고래의 방문을 서서히 잊어갈 무렵, 누군가 그녀의 집 앞에 쪼그리고 앉아 있는 모습을 보았다. 처음엔 동네 아이가 앉아 있으려니 대수롭지 않게 여겼었다. 그러나 가까이 갈수록 먼지에 찌든 행색에 초라한 모습이 눈에 들어왔다. 기현이었다. 팔에 얼굴을 파묻고 있던 기현은 동연이 다가가자 얼굴을 들었다. 땀과 눈물, 콧물이 범벅되어 검은 구정물처럼 얼굴에 달라붙어 있는 기현이었다. 동연을 보자 새로운 눈물이 솟구치면서 그녀에게 와락 달려들어 울기 시작했다. 오랫동안 사람과 가까이 지내보지 않은 동연이라 어찌할 바를 모르다가 기현의 등을 토닥여 주기 시작했다. 흐느낌이 어느 정도 잦아들자 그녀는 그가 오랫동안 걸어왔음을, 아마도 인천에서 여기까지 걸어왔음을, 짐작했다. 닳은 운동화는 새까맸고 발뒤꿈치에 피딱지가 굳어 있었다. 어디서 넘어졌는지 무릎과 팔꿈치도 까져서 피가 달라붙어 있었다. 동연은 눈물이 왈칵 쏟아질 것 같았다. 그렇게 귀여움을 받던 할머니의 손자가 초라한 몰골을 하고 이 곳에 걸어오기까지 무슨 일이 있었던 것일까? 그녀는 할머니가 돌아가셨던 그 날처럼 기현의 손을 잡고 방으로 들어가 욕조에 따뜻한 물을 받고 씻으라는 시늉을 했다. 그녀는 부엌으로 가 밥을 안치고 찌개를 끓였다. 기현에게는 그녀의 반바지와 운동복 셔츠를 주니 제법 헐렁하게 맞았다. 기현은 그녀가 차려준 밥을 허겁지

겁 먹기 시작했다. 동연은 그 모습에 가슴이, 가슴이 미어졌다.

그날 밤 그녀는 고래의 꿈을 꾸었다. 검은 물살이 깊게 요동치는 바다에 그녀는 잠겨 있었다. 파도가 그녀를 흔들고 그녀의 검은 등 위로 하얀 포말泡沫이 부서졌다. 숨이 찼다. 숨이. 바다 위로 떠오르기 위해 안간힘을 썼다. 바다 위로, 그녀의 육중한 몸을 내밀어 차가운 밤 공기를 한껏 들이마시기 위해 그녀는 있는 힘껏 몸을 위로 솟구쳤다. 그녀의 몸부림에 눈을 뜬 건 기현이었다. 몸부림을 치며 허우적대는 그녀를 흔드는 손길에 동연은 눈을 떴다. 기현의 얼굴이 눈에 들어왔다. 기현은 수건으로 그녀의 땀을 닦아주고 부엌에서 물을 가져다주었다. 그 물잔을 받아든 채, 너무도 오랫동안 다른 사람에게 아무것도 건네받지 못했던 그녀는, 어린아이처럼 울었다. 이번에는 기현이 그녀의 등을 토닥였다.

다음 날 아침 동연은 기현에게 그녀의 작은 어머니에게 전화하라고 했다. 그는 싫다고 했다. 하루 이틀이 지나도 작은 집에서는 기현을 찾는 것 같지 않았다. 기현은 돌아가고 싶지 않다고 했다. 그녀와 같이 살겠다고 했다. 그녀와 살 수 있다면 무슨 일이든지 하겠다고, 집

도 치우고, 밥도 하고, 돈도 벌겠다고 했다. 제발 작은 집
에만은 보내지 말라고 했다. 무슨 일이 있었는지 기현은
말하지 않았지만 동연은 알 것 같았다. 그 작은 열 살짜
리 꼬마의 마음에 지난 삼 개월여의 시간 동안 어떠한
일들이 심어졌는지 알 것 같았다. 동연은 변호사를 만나
도움을 구했다. 기현의 작은아버지와 작은어머니는 쉽
게 기현의 양육권을 포기했다. 그네들의 삶이 이미 너무
도 버거웠기 때문이었을 거라고 그녀는 생각하고 싶었
다. 오히려 법적인 검증을 받아 기현을 입양하기까지가
오래 걸렸다. 여태까지 아무에게도 받아들여지지 않았
던 그녀였지만, 이번에 그녀는 누군가를 받아들일 수 있
는 자신의 처지에 감사했다. 달리기가 그녀에게 기회를
준 것이다. 지난 십 년 동안 달려서 부지불식간 쌓아온
그녀의 이력履歷이 기현을 입양하는 데 그녀에게 도움을
주었다.

　삶이라는 것은 힘든 것이다. 녹록지 않은 것이다. 그러
나 그 안에 작은 기쁨이 있음을 그녀는 알았다. 고래와
기현이 방문했던 날에 그녀의 가슴에 차오른 무게감은
그전 그녀가 느꼈던 답답함과는 다른 무게였다. 그것은
책임의 무게이며 결단의 무게였다. 동연은 이제 그녀가

육지로 돌아온 이유를 알 것 같았다. 숨찬 가슴을 안고 퇴화된 다리를 꺼내어 뛰는 이유를 알 것 같았다. 고래가 왜 바다에 빠진 뱃사람들을 육지로 밀어 올려주는지를 알 것 같았다. 바다에 빠진 사람, 그녀, 기현, 고래. 그들은 서로가 서로를 숨 쉴 수 있도록 저 푸른 대기로 밀어 올려주는 것이다. 가슴 벅찬 답답함을 안고 살아가는 세상에서 아무리 내뱉어도 사라지지 않는 것 같은 날숨을 내뱉고 새로운 호흡을 할 수 있도록, 그것이 삶의 이유이자 그저 삶일 것이라고 그녀는 생각했다. 잠든 기현의 모습은 평화로워 보이지만 그 가슴에 작은 고래가 꿈틀대고 자라고 있음을, 언젠가 그도 다른 고래의 뜀박질을 알아보고 같이 뛰어갈 것임을 의심치 않았다.

동연은 전보다 두 배로 열심히 일하지 않으면 안 되었다. 장거리 달리기 선수로서의 그녀의 인생이 얼마 남지 않았다는 것을 알고 있기 때문이었다. 선수 은퇴 후에 관련 분야에서 일할 수도 없었다. 그녀는 벙어리이기 때문이다. 오직 달리는 것으로 승부하는 수밖에 없었다. 그리고 그러한 그녀를 기현이 보고 있기 때문이었다. 기현은 말이 많은 아이는 아니었다. 그러나 때로 말로 할 수 없는 것이 두 사람 사이에 오고 갔다. 기현과 동연은 언어로 표현할 수 없는 상처를 가지고 있는 사람들이었고, 서로 말없이 그 상처를 보듬어주고 있었다.

일본 마라톤 대회에 기현을 데리고 가기로 마음먹었다. 날짜가 다가올수록 전에는 없었던 기대감과 중압감이 느껴졌다. 혼자일 때는 알지 못했던, 알 수 없었던 느낌이었다. 마치 고래가 그 모든 물살의 무게를 거스르며 바다 위로 뛰어오르는 듯한 그런 무게감이었다.

그녀가 아침 운동을 할 때면 기현은 꼭 따라왔다. 그녀의 뒤에서 뛰기도 하고, 그녀에게 물을 건네기도 하고, 철봉에 매달려 뛰는 그녀를 기다리기도 했다. 아침 운동이 끝나면 둘을 나란히 고갯길을 걸어 올라와 아침상을 차려 먹었다. 마라톤 대회 일주일 전 동연은 기현의 학교에 양해를 구하고 기현을 일본으로 데려갔다. 그녀는 현지 훈련에 대부분의 시간을 보내야 했지만 기현을 동연을 따라다녔다. 한시라도 그녀가 눈에 보이지 않으면 불안해했다. 부모를 잃은, 할머니를 잃은, 친척에게 버림받은 충격에서 벗어나려면 오랜 시간이 걸릴 것 같았다. 동연은 어디를 가든 기현을 데리고 다녔고 기현은 주변을 맴돌며 그녀를 기다렸다.

동연은 그 경기에서 3등으로 들어왔다. 결승선에 다가가자 가물거리는 눈에 맨 먼저 눈에 들어온 건 기현의 모습이었다. 그는 뛰어와서 결승선을 지난 그녀를 힘껏 안았다. 그녀가 언제 들어올까 만을 뚫어지게 바라보고 있었는지 눈이 벌겋게 충혈되어 있었다. 한국 참여 선수 중에는 그녀가 메달권 내 유일한 선수였다. 꽤 많은 상금을 받고 돌아왔다. 그 날 그들은 동네 고깃집에서 삼겹살을 먹었다.

이후 5년 동안 동연은 선수 생활을 했나. 그녀는 기현을 입양했을 때 이미 노장 선수였다. 그러나 그녀는 이후 몇 개의 유명 대회에서 메달을 땄고 기업 후원을 받았으며 어느 정도 저축을 해서 은퇴 후를 준비했다. 기현은 중학교에 가고, 고등학생이 되었다. 고등학생이 된 이후에는 아침마다 그녀를 따라 운동장을 뛰지 않았다. 아침에 신문 배달을 나갔다. 그리고 동연을 위해 아침 준비를 했다. 기현은 훤칠하게 자랐고, 공부도 잘했다. 어느새 그녀와 키가 같아지는 듯하더니 훌쩍 더 커버렸다. 기현이 고등학교에 가면서 안채의 세를 내보내고 기현과 동연은 안채로 이사했고, 동연은 할머니가 쓰던 방에서, 기현은 옛날에 자신이 쓰던 방에서 살았다. 별채는

혼자 사는 총각이 이사 왔다. 총각이 내는 월세면 둘의
생활비는 충분했다. 다만 안채로 이사 오면서 전세금을
내주느라 동연이 모아 둔 돈을 모두 써 버렸다.

서른 살의 은퇴 이후, 동연은 한동안 직장을 구할 수
없었다. 전직 마라토너, 언어 장애를 가진 마라토너가 할
수 있는 일은 별로 없었다. 그녀는 서류를 전달해주는
퀵 서비스 사원으로 일하기 시작했다. 달리기 선수였던
그녀에게 별로 어렵지 않은 일이었다. 그다지 말도 필요
없는 일이라 그녀는 이 일로 돈을 벌 수 있다는 게 너무
도 다행스럽게 여겨졌다. 회사는 남들보다 훨씬 빨리 배
달업무를 하는 그녀를 다른 직원들보다 좋아했다. 그들
은 그녀가 전직 마라토너인지 알지 못하고 신기하게 그
녀를 바라봤다. 선수 생활을 그만두었지만, 그녀는 여전
히 아침마다 동네 운동장을 돌았다.

어느 날 큰 고래가 그녀를 따라 어기적어기적 뒤뚱대
며 뛰는 걸 보고 깜짝 놀랐다. 그 고래였다. 5년 전 그녀
를 방문했던 그 고래. 흙바닥에 고래에서 흘러나온 듯한
물방울이 어둡게 번졌다. 그녀는 웃음을 짓고는 다시 달
리기를 시작했다. 고래가 뒤뚱거리며 뒤따라오는 소리가
뒤에서 들려왔다. 그녀가 운동을 끝마칠 무렵 고래는 어

디론가 사라져버렸다. 그날 이후, 그녀가 아침 운동을 할 때면 그 고래는 뒤뚱대며 그녀를 꼭 따라오곤 했다. 뜀박질을 배우려는 고래의 안간힘이 우습고도 기특했다.

여름이었다. 그해 여름은 유난히도 무더웠고 모든 열기가 수증기로 변하는지 몸에 달라붙었다. 동연은 서류를 들고 지하철 계단을 올라와 여전히 그녀의 습관대로 뛰고 있었다. 아파트 단지로 들어가는 입구의 파란 신호를 보고 뛰어기는 그녀와 정통으로 부딪힌 것은 아파트에서 나와 신호를 위반하고 좌회전하는 차였다. 그녀는 1미터 정도 허공으로 솟구치는 듯하더니 바닥으로 퍽 소리가 나며 떨어졌다. 그녀는 그렇게 그녀의 왼쪽 다리를 잃었다. 그녀는 전직 마라토너였고, 벙어리였고, 한 다리를 잃었고, 뛰고 싶은 고래의 마음을 가진 사람이었다. 일 년이 걸려 완쾌된 동연의 왼쪽 다리에는 의족이 끼워져 달릴 수 없지만, 그것이 아직은 다리임을 알려주고 있었다.

이제 보호자는 기현이 되었다. 매일 아침 운동장을 뛰는 것은 동연이 아니라 기현이었다. 떠오르는 아침 해에 길게 그리워지는 그림자는 커다란 고래를 닮아 있었다.

기현은 장학금을 받고 체육 대학으로 진학했다. 그는 또 다른 마라토너가 되었다. 기현이 처음으로 대회에 출전하던 날 동연은 목발을 짚고 버스를 타고 대회장으로 갔다. 보고 싶었다. 그녀는 출발점에 선 작은 고래를 보았다. 붉은 상의에 검정 하의를 입고 그녀와 같은 번호를 뒤에 단 작은 고래를, 기현을 보았다. 그녀의 눈시울이 붉어져 눈물이 뺨을 타고 흘렀다. 기현이 출발하는 모습이 그녀의 눈물 속에 슬로우 모션처럼 보이며 뿌옇게 흐려졌다.

누군가 그녀의 어깨에 손을 얹었다. 고래였다. 그 고래. 그래, 이래서 돌아온 거야? 육지로? 동연은 고개를 마구 끄덕였다. 가슴이, 가슴이 터질 듯했다. 동연은 그녀의 삶이 자신의 것만이 아님을, 그녀의 뜀박질이 자신을 향한 것만이 아님을, 이제 알 것 같았다. 가슴 속 답답하던 것이 훅 빠져나가는 느낌, 그녀의 잘려나간 다리가 뜀박질에 필요한 것이 아니라는 것을 알았다. 그녀는 지금도 뛰고 있다는 것, 그녀의 마음이 기현과 같이 그 트랙을 뛰는 것을 느꼈다.

하늘을 맑았고 숨은 차오를 것이다. 누군가의 답답함과 서글픔도 목 끝까지 타오르는 호흡으로 뱉어내질 것이다. 그래서, 그래서 뛰는 것이다. 돌아오는 것이다. 퇴화된 다리를, 잘려진 다리를 꺼내어 뛸 것이다. 물 밑으로 가라앉는 동족을 내버려 두지 않으려고 온 힘을 다해 뭍으로 밀어 올릴 것이다. 그것이 고래의 뜀박질, 생각의 뜀박질.

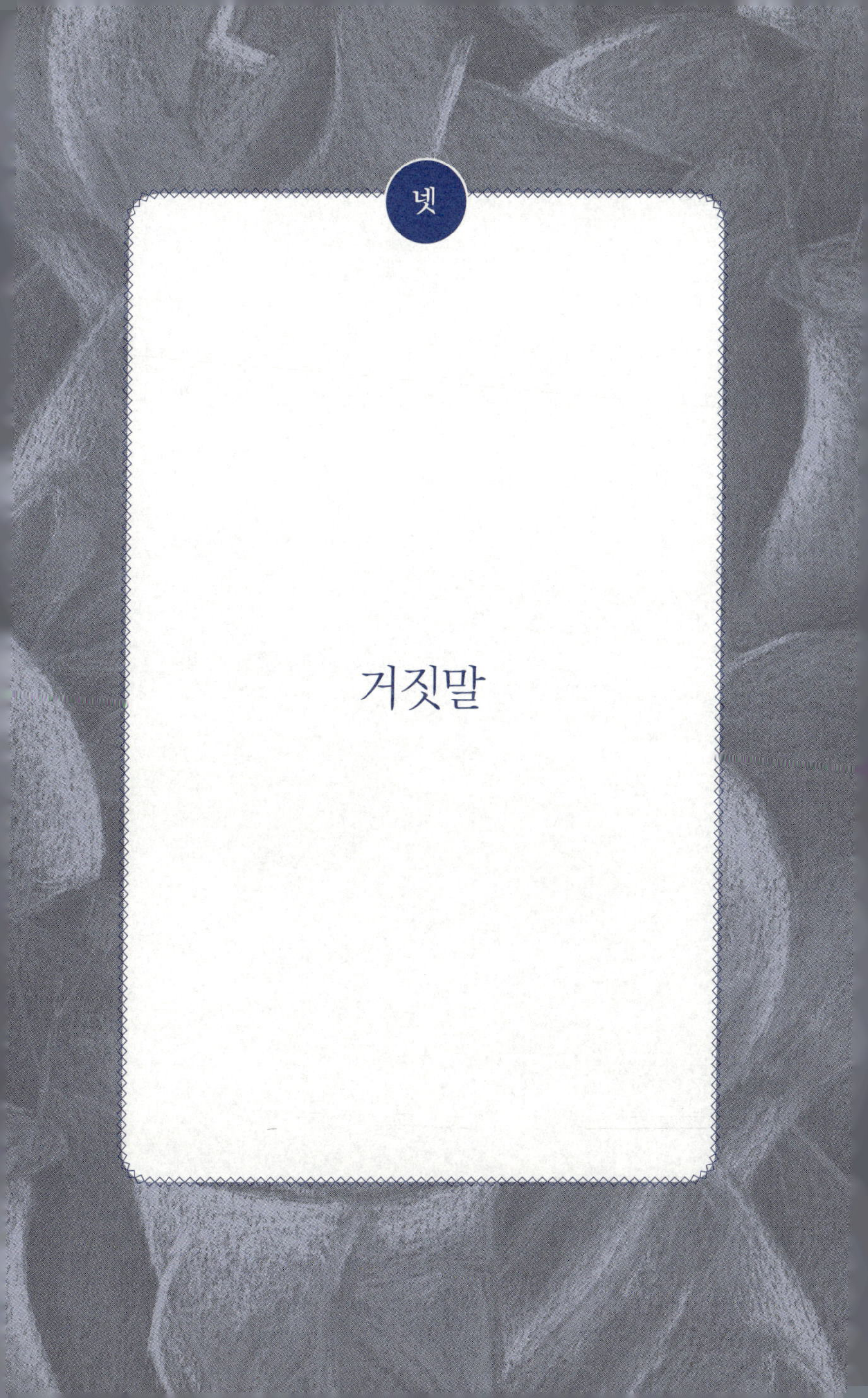

거짓말

거짓말이다. 거짓말, 아니 진실. 아니, 진실 같은 거짓. 진실의 옷을 입고 화려하게 헤엄치는 거짓의 바다, 그 심해. 보이지 않는 것을 보인다고 우겨! 눈을 부릅떠도 아무것도 이해할 수 없는 그 침잠 속에, 무엇이 무엇인지…… 헤맨다. 헤메…… 다시.

어두워, 눈은 무엇을 분간하라고 만들어졌음에도 불구하고 아무것도 구별할 수 없고, 심해의 괴어처럼 머리에 낚시를 달아 빛나는 무엇이 보이면, 헤엄쳐! 온갖 몸부림을 다 해 그 빛에 다가가면…… 그 빛은, 빛이 아닌 불은, 불이 아닌 발광은, 발광하는 시퍼런 칼날은, 꿀꺽 삼키지. 가짜 빛에 속아 다가온 불쌍한 생명들을 꿀꺽, 혹은 자근자근 씹어 배를 채우고, 아무 일도 없었던 것처럼 머리에 가짜 빛을 꺼버리고 사라져. 암흑! 있었던 것은 없었던 것이 되고, 없었던 것은 그저 없고, 태고의 바다처럼 조용한 비명이 가득 그 거대한 물고를 채워. 물속은 어둡고 고요하지만, 무언가로 가득 차 있고 끊임없이 움직임에도 아무것도 알 수가 없다.

거짓의 바다. 있는 피를 모두 쏟아낸다 해도 표면의 잔무늬 하나 바꾸지 못하리니, 한 생이 이 흔들림 속에서 의미를 가지려면 어찌하겠는가? 반대로 헤엄치라!

집에 돌아가는 길이었다. 별 하나 없는 밤이었다. 어디선가 들려오는 목소리, 두통처럼 따라오는 목소리에 고개를 돌려 만난 한 사나이. 구부정한 키에 어정한 회색 양복이 담벼락과 너무도 닮아있던 그는 끊임없이 속살거리며 중얼거렸는데, 그 이야기를 모두 기억할 수 없지만, 그의 대략 없이 끊기는 음성은 오랫동안 침묵한 사람이 갑작스레 말문이 트인 것처럼 갈라져 쏟아져 나왔다.

그의 아들이란다. 아니란다. 그의 아들이 맞단다. 아니란다. 아니, 아니라는데?

나의 아들이 아니야. 나의 아들이야. 나를 꼭 빼닮은 나의 아들이 아닌 나의 새끼. 이리 오렴, 아니 오지 말렴. 멀리 가렴, 멀리. 가까이 오지 마. 다칠 거야. 여기는 위험한 세상, 툭 치면 와르르 무너질 것 같은 위태로운 세상. 무언가 흐르고 있어…… 무엇이. 방사능? 저 깊은 물 속, 아니 이 얕은 개울가. 아니, 괜찮단다. 여기 우리 사는 데까지는 오지 않을 거야. 그렇게 말했어. 물은 다르게 흐른다고? 어찌? 어찌? 모두 섞이는 게 물인데 어찌? 그들은 말했어. 분명 다르게 흐른다고. 그들? 누구? 누구냐고? 진문가겠지. 전문가. 전문가라고 말하는 전문가, 전문가를 사칭한 전문가, 전문가라고 믿고 싶은 전문가, 자신이 전문가인지 아닌지 의심하는 전문가, 자신의 오늘조차 믿을 수 없는 전문가들이 그렇게 말했으니 그럴 테지.

아이들이 아파. 점점 더 많은 아이들이 아파. 그래? 그럼 거기로 보내. 거기에 가면 낫는대. 생각하는 뇌를 잃어버린 아이들의 부모들이 죽도록 돈을 벌어 거기로 보낸대. 거기에 가면 생각하는 뇌를 되찾아 지 애비 에미도 못 알아 본다나. 잘 먹고 잘 살게 하려면 거기로 보내야 해. 마음이 썩어 문드러지도록 일하고, 떠들썩한 적막 속에 살다 보면 보낼 수 있어. 사람들은 기러기라고 불러. 날지 못하는 기러기. 발바닥이 땅에 붙어버린 기러기. 날개를 잘라 아마 한 달 치 생활비는 보낼 수 있겠지. 거기 가면 좋대. 거기는 잔디가 파랗다네. 아, 잔디, 푸른 잔디. 언제 보았을까? 그 푸른 잔디를…… 시멘트 바닥밖에 보지 못한 사람들은 기러기가 되기로 결심하지. 그 푸른 잔디에 사뿐히 내려앉을 꿈을 꾸며, 날개를, 아아, 날개를 기를 수 있다고 생각하네. 결국, 날개는 나의 날개가 아니라 그들의 날개라는 걸 깜박 속고 말지. 날 수 있는 건 내가 아니라 무분별한 사회의 즙을 짜는 그들이라는 걸. 그들은? 그들은 어디 있나? 그들은 없어. 아무 데도 없어. 아무 데도 없는 게 그들의 정체야. 원래 '없음'에서 태어난 것들이거든. 아무것도 없는 것이 '있음'의 옷을 얻어입은 거거든.

원전이 폭파되었단다. 사람들이 죽었단다, 또 많

은 사람들이 죽어간단다. 그럼 우리는? 우리는 안전한가? 우리는 괜찮다는데. 어떻게? 어떻게? 같은 땅에 발을 붙이고 사는 우리가 어떻게 괜찮나? 같은 물을 마시는 우리가 어떻게 괜찮나? 같은 공기를 호흡하는 우리가, 같은 비를 맞는 우리가, 어떻게 괜찮나? 무언가 다르다 하지. 우리의 땅은, 우리의 물은, 다르다 하지. 그런데 아이들이 죽어가. 잔뜩 부어오른 목을 잡고 알 수 없이 짖어대다, 마치 개가 된 것처럼 낑낑거리며 미친 듯이 짖다가 죽어. 노인들은 꺼벙한 눈을 하고서 죽어가는 아이들을 바라봐. 삶에 내린 이파은 해가 지날수록 단단해지는지 그들은 웬만한 죽음에는 놀라지도 않아. 그저 바라봐. 어린 죽음을, 젊은 죽음을. 그리고는 집에 가서 손을 씻고, 정수한 물에 차를 타서는 텔레비 앞에 앉아. 죽음은 벽 밖에, 건물 안에, 지하 냉동고에, 그렇게 있어. 죽음은 은폐되고, 가장되고, 숨겨지고, 늘어져서, 이젠 그것이 진짜 죽음인지 아닌지조차 알 수가 없어. 보지 못할수록 죽음은 상상속에서 더욱 징그럽게 변해서 벽 안에 숨어있는 사람들을 괴롭히지. 그럴수록 그들은 마치 죽음은 자신의 것이 아닌 것처

럼, 그렇게 바라보네. 언젠가 자신의 차례가 올 거라
는 사실을 철저히 무시하려 들어. 하지만 주의해라
지금이 너의 차례일수도.

그는 나에게 찡긋 윙크를 건넸다. 믿기지 않는 윙크,
믿기지 않는 눈웃음. 그가 말하는 처참한 일들과는 정반
대의, 순간 순박해 보이는 표정에 나는 당황했다. 나는
가던 길을 계속 가려 했다. 그가 나의 어깨를 잡았다. 나
는 그의 손을 뿌리쳤나. 그는 휘청이며 벽을 잡았다. 벽
을 잡은 손이 미끄러지며 손바닥이 벽에 쓸렸다. 나는
놀라 쓰러질 듯한 그를 부축했다. 그의 손바닥에 빨갛게
오돌토돌 상처가 났다. 붉은 핏방울이 소록히 올라왔다.
그런가? 그는 사람이었다. 1mm도 안 되는 피부밑에 피
가 흐르고 상처받는 사람. 나는 머물렀다. 그는 벽에 기
댔다. 나는 담배를 꺼내 그에게 권했다. 그는 담배를 받
아 피우지는 않고 주머니에 넣었다. 나는 담배를 피워
물었다. 그는 낮은 목소리로 말을 이어갔다.

그런가? 그게 사실인가? 우리는 안전한가? 정말
아무렇지도 않은가? 전문가, 아, 전문가처럼 보이는

전문가를 사칭한 우울한 슬픔이 그렇게 말해. 괜찮
습니다. 우리는. 정말, 그런가? 괜찮습니다. 우리는,
아직까지는. 정말, 그런가? 괜찮습니다. 부동산 경기
가 살아나고 있습니다. 부동산 경기가 살아난대. 내
년에는…… 내년. 니년? 아니 내년. 무언가 한다네.
무엇을? 무언가를.

　은행이 먹어. 무엇을? 집을. 작년에 벌써 반이나
먹어 치웠어. 올해는 정말 괜찮다하는데. 그래, 괜찮
겠지. 괜찮아지겠지. 그가 그렇게 말했으니. 정말 중
요한 시간에 나오는 뉴스의 그 사람, 그 멋지게 차려
입은 마네킹 같은 남자가 그렇게 말했으니까. 그는
정말 오래 그 자리에 앉아 있었지. 그의 반짝거리는
이마와 짙은 눈썹, ‘입니다’ 라고 똑 부러지게 말하
는 그의 목소리를 듣고 있게 되면 정말 모두가 사실
처럼 느껴져. 어제 말했던 일을 오늘 정반대로 말한
다 하더라도 그의 말은 정말 신뢰감이 가. 그의 피부
는, 피부는 어쩜 그렇게 주름 하나 없는지…… 세월
이 그렇게 흘렀어도 말이야. 그는 그 자리에 정말 오
래 앉아 있었어. 그래, 그의 피부. 방부제를 발라 놓
은 듯한 그의 피부. 땀구멍 하나 보이지 않게 화장으

로 둘러싸인 피부를 가진 그가 말했어. '내년에는 부동산 경기가 살아날 전망입니다. 정부가 말한 XX 대책으로 전문가들은 그렇게 내다보고 있습니다.' 전문가들, 그들, 그들은 그렇게 말해. 어디로 가면 그들의 이야기를 들을 수 있어. 온통 떠도는 뉴스, 그 사이에 덕지덕지 붙어 다니는 전문가의 의견, 어디로 가면 그들의 상판대기를 볼 수 있지. 하루살이보다 짧은 소견을 자랑하는 그 의견을 말하는 그 얼굴을! 전문가가 말한 전문직인 내용, 들려도 그건 진실. 맞아도 그건 거짓말, 혹 손으로 얼굴을 가리고 귀에 사탕을 발라 주머니를 털어가려는 수작. 아이들이 아파. 개처럼 짖어. 개처럼. 그럼 개들이 다시 짖어대지. 무엇이 무엇인지…… 알 수가 없어. 그래도 무엇이 맞대. 아니, 틀리데. 아니 괜찮대, 우리는. 우리는? 무엇이? 무엇이 괜찮은 것인지……

송신탑이 지나가. 모가지가 부어올라. 그래도 괜찮아. 저마다 작은 휴대폰을 부어오른 목젖에 대어봐. 진동이 느껴져? 괜찮아. 괜찮아. 그가 말했어. 밀랍인형처럼 매끈한 피부를 가진 단정한 양복을 입은 그가 그렇게 말했어. 그는 무언가 읽고 있지. 그는 그가 무슨 말을 하는지 몰라. 그냥 잘 읽도록 훈련받았어. 똑똑히 뭔가 아는 얼굴을 하고 읽도록! 그러면 그건 진실이 돼. 그렇게 보이니까, 진실처럼. 혹은 거짓처럼. 아아, 거짓에 얼굴이 있다면 얼마나 좋을까? 보는 순간 단번에 알아낼 수 있다면! 의심에 의심을 쌓아 누구의 얼굴을 봐도 콧구멍을 벌름거리며 거짓의 냄새를 찾으려 덤벼들지는 않을 수 있을 텐데.

　믿었어? 그래, 믿었어. 그를, 그녀를, 그 사람을, 그 말을, 그 보도를, 그 소문을, 그 권유를, 그 사기를, 그 도둑놈을 믿었어. 그 기업을, 그 기업의 주인을, 그 기업의 주인을 등쳐먹는 샛노란 배지를 달고 만날 싸워대는 그들을, 그 기업의 주인을 등쳐먹는 샛노란 배지를 달고 만날 싸워대는 그들이 잘생긴 뉴스 아나운서에게 써 준 말을 믿었어. 봐! 누가 등신인지, 등신.

　가, 가라고. 떠나라고. 현재는 없고, 미래도 없어. 과거는? 속임수에 넘어간 과거도 없지. 모두가 거짓말이야. 모두가. 모두가 거짓말이란 것은 진실이 하나도 없다는 건데, 그럼 존재는? 존재 자체도 거짓말인가? 초음파 사진에 까만 점으로 시작된 생명도 거짓말인가? 의사가 녹음해 준 태아의 심장 박동 소리. 그 하나에 모든 기대를 걸게 된 젊은 부부에게 무엇이 시작되는 줄 알아? 희망이라는 엄청난 거짓말. 코앞에 떨어진 희망이라는 사기에 대롱대롱 매달려, 은행에서 대출을 하고, 허덕이며 집을 사고, 죽도록 일해서 이자를 내고, 다시 대출을 하고, 죽도록 일해서 이자를 내고, 그러다 집값이 뚝 떨어지면 집을 팔아도 못 갚을 대출을 지고, 다시 허덕이며 일을 하고, 그러면 뉴스에서 그 피부 좋은 멋진 옷을 차려입은 그가 나타나 이렇게 말하지. '내년에는 부동산 경기가 나아질 전망으로 보입니다.' 그 말에 또 희망을 걸어보고. 이번 추석 귀향길에 들고갈 선물을 고르다 헤어진 구두코에 처박히는 시선을 어찌, 어찌 끌어올릴까? 초음파 사진에서 까만 점처럼 작았던 아이는 점점 커가고, 필요한 것들이 점점 많아지고, 내 어린 시절에는 필요 없었던 것들이 내 아이의 어린 시절에는 죽도록 필요하고, 아, 이자는? 이자는, 어쩌나?

그런데 아이가 아파. 밤마다 축 처진 목젖을 안고 나와. 여기가 아파. 부어오른 목젖을 안고 며칠을 짖어대더니 이젠 목 밖으로 나와 복날 개 혓바닥처럼 축 늘어져 버렸어. 애써 돌돌 말아 아이 목 안으로 넣어주고, 괜찮아. 괜찮아. 그렇게 말하지만, 거짓말. 아, 거짓말. 어쩔 수 없는 거짓말. 아이 목 안으로 들어간 목젖은 밤새 그르렁 그르렁 소리를 내어 잠을 빼앗고, 같이 못 자서 벌게진 눈을 가진 아내는 같은 증세를 가진 옆집 아이는 목젖을 잘라서 괜찮아졌다고, 수술을 하고 방사능을 쬐면 괜찮아진다고, 그렇게 말해. 아, 방사능. 그 방사능. 이 방사능은 나쁘고, 저 방사능은 병을 고친다니…… 믿을 수가 없는데 모두 진실이라 말해. 의사도, 뉴스도, 아내도, 옆집 남자도, 지나가던 길고양이도. 그렇다면 오늘 이디로 돈을 꾸러 가야 하나. 단번에 대출해 준다는 그곳. 광고가 그럴싸해 보이는 그 거짓말을 믿으려 가보라네. 전화기를 잡아. 전화기를. 너도나도 들고 있는 전화기를 잡아. 전화기는 이제 전화기가 아니야. 전화기는 이제 모든 걸 말해주지 거기다 대고 말해봐. 네가 필요한걸! 단번 대출. 전화만 하면 대출해 준다는 그 번호를 눌러봐. 여보세요, 단번 대출입니다. 무엇이 필요하신가요? 무엇이? 무엇이 필요하냐

고? 말해 어서! 돈이, 아이의 치료비가, 시간이, 삶
이, 웃음이, 눈물이, 마음이, 무엇이 필요한지 알 수
있는 정신이 필요합니다. 아니, 단돈 백만 원이 필요
합니다. 그러세요. 문제없습니다. 성함과 주민등록
번호를 알려주세요. 주민번호를, 이름을, 직장을, 주
소를, 전화번호를, 이메일을, 부모님 이름을, 아내의
이름을, 아이의 이름을, 옆집 아저씨의 이름을, 밤만
되면 끙끙대는 옆 집 개의 이름까지도, 모든 것을 대
고 백만 원을 받아. 거짓말 같은 돈으로 아이를 데리
고 병원에 가도 불안해. 이런 치료, 저런 치료, 무슨
치료…… 불안은 빌린 백만 원이 몸을 불리듯 커져
가. 자라는 불안은 숨을 막고, 가슴은 벌렁거려 잠은
안 오고, 목젖이 부어 그르렁거리는 아이의 숨소리
는 귓가에서 돌처럼 굳어 머리를 눌러. 그렇게 굳어
가, 삶은 거짓말처럼 사라지고 외형만 남은 사람의
껍질은 단단히 굳어. 돌처럼, 화석처럼, 숯처럼……
부서질 듯, 단단히!

두서없이 쉴 새 없이 지껄이던 그가 갑자기 두 손으
로 목을 움켜잡고 컥컥거렸다. 나는 내 담배 연기가 그

를 괴롭히는 줄로 생각하고 얼른 담배를 바닥에 던져서 구둣발로 문질렀다. 그는 마치 누군가에게 목이 졸리는데 그 손을 치우려고 허둥대는 듯하다 한 무더기의 마른 기침을 쏟아내었다. 창백하게 질린 재색 얼굴로 나를 바라보았다. 나는 순간 세상에 '슬픔'이라는 단어가 얼굴을 가질 수 있다면 그것이 바로 지금 그의 얼굴이 아닐까 하고 생각했다.

정신지체아의 친아버지가 정신지체아의 이혼한 어머니의 새 남편이 아이를 성폭행하자 데려와서는, 이번에 친아버지가 그 아이를 성폭행한대. 어떤 게 더 괴로운가? 새아버지로 받는 성폭행, 아님 친아버지로 받는 성폭행? 아니면, 정신지체아는 아무것도 모르나? 뭐가 뭔지 아무것도 모르나? 진짜 몰라? 어더더더…… 어더더더. 어머니는 얻어맞고 집을 나갔어. 어더더더. 어더더더. 아니 다시 들어왔어. 어더더더, 얻어맞고 다시 나갔지. 아니 돌아와서 멱살을 잡아. 그놈 멱살을, 그 육시랄 놈의 멱살을 잡아. 지 불쌍한 친딸을 씹한 놈의 멱살을 잡아 바닥에 패대기쳐. 아니, 패대기쳐진 건 양심, 아니 그도 아닌 아무

것도 아님. 그냥 그 불쌍한 어미년, 멱살을 잡으려
다 허공을 휘젓고 쓰러져 땅을 치는 성폭행당한 정
신지체아의 어미, 어더더더, 어더더더. 아니, 그 어미
도 아닌 그 어미의 동생. 그 어미는 어디 갔어? 도망
갔어. 옆집 남자를 살살 꾀어내더니 돈만 꿰차고 휑
하니 도망갔지. 바보 딸이야 어찌 되든 내 알바 아니
라며 꼬리를 감췄어, 어더더더. 설마…… 아냐. 그래.
거짓말 같은 일들이 실제로 일어나고, 실제로 일어
나야 할 일들은 일어나는 것처럼 꾸며지고. 새엄마
가 여덟 살짜리 의붓딸을 때려죽였어. 네 살부터 사
년 동안 때리고 또 때리고, 화상을 입도록 뜨거운 물
을 뿌려 껍질을 벗기더니, 결국 또 때려서 갈비뼈 열
여덟 개를 부러뜨려 죽여버렸지. 거짓말…… 아니,
진짜! 거짓말 같은 일들은 오늘도 어디선가 누군가
의 집에서 은밀히 숨 막히는 비명을 지르며 일어나.
아, 지금도.

　뱅! 폭파! 원전폭파! 원전오염! 원전유출! 어디,
그게 어디 있는데? 어디에나, 세계 어디에나.

　그래서 어떻게 되나? 방사능이 흘러나와. 어디로?
모든 곳으로…… 하늘, 강, 바다, 땅, 도시, 시골, 섬,

적막.

 목이 아파. 목이…… 입 밖으로 부어오르는 혀를
감추려 아무리 애써도 죽은 고기마냥 입 밖으로 비
어져 나오는 혓바닥을 어물 간의 주인처럼 잘 말아
입을 닫아줘. 그 그르렁거리는 소리 좀 어떻게 할 수
없어? 도저히 잠이 들지 않아. 별은, 별은 어디에, 어
디에 있어? 묻는 아이의 둔탁한 목소리가 애달파 하
늘을 쳐다보지만, 별은 보이지 않아. 어둠에 가로등
만이 가짜 별 행세를 하고 제 빛이 최고인 양 시푸
르딩딩한 빛을 내보이고 있지. 별은 저 뒤에 있단다.
저 어둠의 장막을 거두면 별들이 눈부시게 빛나고
있을 거야. 아이는 고개를 끄덕이고 부어오른 혓바
닥을 입에 가득 물고는 어둠의 장막 뒤에 반짝반짝
빛날 별을 상상해. 아, 나의 생도 이 어둠이 걷힌다
면, 그 뒤에 환한 빛이 있다면, 얼마나 좋을까? 거짓
말. 어려서는 그럴 거라고 생각했어. 언젠가 인생에
도 빛이 비칠 거라고. '열심히'라는 말을 맹목적으로
신뢰하던 그때, 무엇이나 '열심히' 하면 된다고 그 거
짓말을 진실이라 여기던 그때. 삶은 돌아 나와도 여
전히 캄캄하고, 이리 보나 저리 보나 암흑에 켜진 창

백한 가로등인 것을!

지나가, 비행기가. 하늘을 가르고, 저 멀리. 날개를 가지겠지. 내 아이는, 거기에 가면 날개를 가진다잖아. 그러면 저 비행기보다 더 멀리 날 수 있을 거야. 인생의 창공으로 멋지게 날아오르겠지. 추워서 발이 굳은 기러기는 펴지 못한 날개를 등에 동동 감고는 하늘을 봐. 쿵! 갑자기 들린 소리에 놀라 다시 본 하늘은 온통 불바다. 어찌 된 거냐? 날개가 부러진 비행기는 제 몸을 가누지 못하고 높은 빌딩에 부딪혀 불타오르네. 이를, 이를 어쩔까? 누군가는 비행기 불량이라 하고, 누구는 조종사가 실수했다 하고, 누구는 관제탑이 안내를 못 했다고 하고, 누구는 누구의 책임도 아니라 종말이 가까워 그렇다고 하네. 억울해, 억울해. 날개를 가지려다 쿵 들이받은 영혼은 하늘로 가지도 못하고 땅으로 내려 앉지도 못하고 구천을 떠도는데, 억울해, 억울해. 억울한 사람의 마음만 불바다이지 이건 그냥 수다거리. '사고의 경위를 조사하고 있습니다. 수일 내로 어떤 원인인지 블랙박스를 조사해 밝혀낼 예정입니다.' 잘생긴 아나운서의 말이 끝나기도 전에, 앳된 소녀들이 화면을 채

워, 블랙박스를 조사할 수일이 지나기도 전에, 이미
잊혀진 날개.

그의 얼굴은 고통에 사로잡힌 듯 일그러졌다. 아직도
그르렁거리는 소리가 들리는 듯 귀를 막았다. 별도 없
는 하늘을 올려다보았다. 그가 생각하고 있는 것은 무엇
일까? 그가 말하는 그 아이는 그의 아이일까? 그 아이가
그토록 보고 싶어 했다던 진짜 별? 요즘 밤하늘을 올려
다 본 지 얼마나 됐을까 생각해 보았다. 어려서는 자주
올려다본 하늘을 요즈음 거의 보지 않았다. 그의 말대로
이젠 별이 뜨지 않는지도 모르게 된 것 같았다. 별을 본
지 참 오래됐구나 하는 생각을 하는데 그가 이번에는 열
에 들뜬 듯 목소리가 높아져 빠르게 말을 토해냈다.

거품이야, 거품. 우글우글, 와글와글, 시끄럽게 올
라오는 거품이야. 아니야, 그것은 조용히 차오르는
거품이야. 소리 없이 스멀스멀 올라와 우리를 머리
끝까지 가둬버리고 말 거품이야. 조용히 들어봐, 그
노랫소리. 뭐라고? 조용히! 쉬이! 노래는 들리지 않
고, 거품도 보이지 않고. 보이지 않는 거품이 끼었다

하는데 도대체 그 거품은 어떻게 끼고, 어떻게 사라
지는지. 거품이 끼어도 삶은 힘들고, 거품이 사라질
때 삶은 더 힘들다.

　머리에 어둠을 받쳐 무엇을 이겨낼 거라 걸고 있
는가? 지하철의 손잡이를 꽉 움켜잡고, 응시하는 또
다른 자신은 무어라 나에게 거짓 위로를 건넬 것인
가? 내가 나를 속이고, 네가 나를 속이고, 내가 너를
속이고, 그가 그녀를 속이고, 그녀가 그를 속이고,
세상이 나를 속이고, 내가 세상을 속이고, 세상이 세
상을 속여, 모든 것이 뒤죽박죽. 단 하나의 진실이라
도…… 아, 거품! 목까지 차올라 시원한 맥주라도 들
이키고 싶어라. 텔레비전 맥주 광고의 그 가슴 속까
지 시원해진다는 거품 가득한 맥주라도 들이키고 싶
어라. 텔레비전 광고에 나오는 그 잘 빠진 배우가 쭉
들이켜는 그 맥주를 마시고 싶어라. 그들은 과연 그
맥주를 마실까? 맥주 광고에 나오는 사람들은 모두
멋지고 잘 빠졌더라. 그런데 매일 맥주를 달고 사는
옆집 아저씨의 불룩 튀어나온 배는 왜 그럴까? 맥
주 광고에 나와서 비싼 광고비를 받는 그 배우는 자
신이 광고하는 그 맥주를 마실까? 거품이 나다가 말

고 금세 김이 빠지는 자신이 광고하는 맥주의 선전
과는 좀 달라 보이는 그 같은 맥주를 마실까? 가슴
속까지 시원해진다고 들이켰다가 뱃속만 싸리 해지
는 그 맥주를 마실까? 아, 그 사람은 술은 마시지 않
는다더라. 밥도 먹지 않는다더라. 닭가슴살에 야채
만 먹고 죽도록 운동만 한다 하더라. 그럼 그 사람은
누구? 잘 빠진 몸매 완벽한 얼굴을 들이대고 윙크하
던 맥주 광고의 그 사람은? 거품! 눈물이 난다. 손을
가리고 엉엉 울고 싶다. 울음은 거품에 갇혀 제 나올
길을 찾지 못하고 전동차의 다리 건너는 소리만 두
둥 두 둥 울린다.

그는 들쳐메고 있던 낡은 가죽 배낭을 열고 쇠로 된
물통의 꼭지를 돌려 열었다. 안에 든 내용물을 벌컥벌컥
들이키고는 나에게 그 물통을 내밀었다. 진한 알코올 냄
새가 훅 끼쳤다. 나는 살짝 입을 갖다 대는 척하고 그에
게 도로 주었다. 그는 두어 번 더 들이키고 회색 양복 소
매로 입을 훔치더니 말을 이어갔다.

거품이라도 좀 가졌으면, 왜 언제나 겨울인가? 더

워도 춥고, 추워도 춥다. 한여름에도 등골에 한기가 흐른다. 거짓말, 그건 거짓말. 한여름에는 온몸에서 나는 땀에 끈적끈적, 몸이 스카치테이프처럼 바닥에 붙어버릴 듯하다. 전기가 모자란단다. 아껴쓰란다. 어떻게? 제기랄. 아끼도록 아껴서 더는 아낄 것도 없는 사람은 은행에 들어가도 덥고, 상가에 들어가도 덥다. 이러다가는 완전히 녹아버릴 듯하다. 수박이라도 한 입 깨물고 한강 변에서 뒹굴어 보자. 이수많은 사람들은 이 밤에 갈 곳이 정말 여기밖에 없는 걸까? 불꽃놀이를 한단다. 그 폭죽의 터짐, 그 환함. 백여 미터 밖에서도 들썩 놀랄 소음에 사람들이 모여든다. 돗자리를 들고 해가 중천에 떠 있는데도 육삼빌딩 앞 한강 변이 사탕 떨어진 데 개미 모이듯 까맣게 변한다. 해는 여전히 중천. 사람들 마음은 벌써 해 질 녘에 가 있다. 아 이런 재미라도. 이거라도 없으면 어찌 버티나? 가슴에 불꽃 하나 가지지 못한 사람들은 밖에서 쏴주는 불꽃이라도 제 가슴에 하나 여며가고 싶다.

아, 불꽃! 갑자기 튀어나온 나의 말에 그는 놀란 듯이 몸을 움츠리더니 나의 눈을 유심히 바라보았다. 나는 순간 그의 눈 속에 불꽃을, 혹은 작은 별을 본 듯했다. 그는 나의 눈에서 무엇을 보았을까? 자신의 분신?

　　방사능을 쬔 아이는 이제 온몸으로 그르렁거리고, 뼈조차 물렁거려 심해의 오징어마냥 빛이 나네. 좀 있으면 더 나아질 거라고 의사도 말하고, 간호원도 말하고, 병원 대기실의 할머니도 말하고, 옆집 강아지도 맞다고 끙끙대지만, 야광 빛으로 변해가는 아이를 바라보는 눈을 가득 메운 것은 야광 빛 절망. 절망은 절망이고, 그르렁 소리는 깊어가고, 별 하나 없는 밤 아이만 희미한 섬광을 발하는데, 잠은, 잠은…… 졸림은 의식을 빼앗고 떨어지는 곳이 꿈결인지 나락인지 아득하기만 하다.

　　아침은 오고 일어날 기운은 없다. 도리도리, 도리도리. 얼굴을 흔들어 보자! 영 정신이 나지 않는다. $E=mc^2$, $E=mc^2$ 그토록 유명한 공식을 되내어봐도, 몸의 질량에 비례한 에너지는 어디로 갔을려나. 나날이 기력은 쇠하고 마음은 바닥에 붙는다. 그 빛의 속도, c, 는 어디에 있는 걸까? 그 c의 속도로 가면

저 컴컴한 장막 뒤의 별을 만날 수 있는 걸까? 그 별은 이미 몇십만 년 전에 폭발한 빛으로 지구에 닿는 그 없음이기에 c라는 것은 무한히 작고, 그 제곱에 비례해 질량을 곱한 에너지는 이리도 작은 건가? 아니면, c는 영원히 규정할 수 없는 것, 측정할 수 없는 것. 결국, 환산할 수 없는 빛의 속도는 없음이고, 그렇다면 에너지는 무로 화해, 질량이 무엇이건 간에 무조건 '없음'으로 만들어 버리는 재주를 지녔나? 눈에 보이는 것이 또 보이지 않는 것이 서로 속여 똬리를 틀고 분간이 되지 않아 아인슈타인의 공식은 멀기만 한 거짓말의 뱀굴. 이 모든 슬픔들이 때론 진실인지 거짓인지 구별할 수 없어. 이 사회에서 구르고, 일어나, 입에 밥을 처넣고, 가방을 꿰어, 신발을 끌고, 전동차에 몸을 싣고, 지하 깊이 우르르 우르르 매일을 달린다.

'내년에는 정부에서 마련한 전세대책으로 부동산이 안정될 전망입니다.' 피부 좋은 단정한 양복을 입은 그 사람이 또 나왔다. 아, 어찌? 어찌? 배신당할 희망에 마음을 거는 것이 완벽한 절망보다 그나마 나은 건가? 눈이라도 즐겁게, 소녀시대! 남자는

다 오빠, 여자는 다 누나. 그렇다고 다 가족이라 생각하면 큰 오산. 이 오빠는 이런 오빠고 저 오빠는 또 다른 오빠다. 그렇다면 진짜 오빠는? 그건 모른다. 대한민국은 단일민족이니 어쩌면 다 오빠, 다 누나가 되는지도 모른다. 그러면 시골서 베트남 쌀국수를 새참으로 말아내오는 베트남 누나들도 누나인가? 가구공장에 대팻밥 속에 꿈을 찾아온 동남아 오빠들도 다 오빠? 그렇다. 우리는 포용하는 대한민국, 손가락 잘리고 한국을 떠나는 동남아 오빠의 눈물도 받아 처먹고, 시집와서 학대받는 누나의 눈물도 받아 처먹고, 좀 다르게 생겨서 왕따당하는 아이의 눈물도 다 받아 처먹어서 배가 부른가 보다. 노인은 폐지를 줍느라 바쁘고, 아이는 학원 다니느라 바쁘고, 아빠는 써 빠지게 돈 버느라 바쁘고, 엄마는? 엄마들은 카페에 모여 있다. 날개를 가진다는 푸른 잔디밭 이야기에 바쁘다. 아, 커피는 아메리카노!

어디로, 어디로? 어디로 가야 하나? 아이는 점점 야광 빛으로 변해가고, 그르렁거리는 소리는 이제 점점 낮아져 베이스로 울린다. 이 아이가 살 곳은 심해인가? 아무것도 보이지 않는 그 칠흑에서 빛을 발

하려 이렇게 됐나? 이자는? 이자는…… 그리고 원금
은. 자이언트라는 말만 들어봤지, 실제 자이언트를
본 것은 그 건달들이 꾼 백만 원이 불어난 청구서를
들이댔을 때다. 뭔 놈의 숫자는 그리도 몸을 잘 불리
나? 몸이 아파 그르렁거리는 아이는 자라지 않은지
오래인데, 그 아이를 고쳐보겠다 빌려온 돈만은 잘
도 자란다. 벽에 머리를 몇 번 짖찌이고 나서야 종이
에 서명을 갈겼다. 이제 내가 갈 곳은 저 바다 밖에
없나 보다. 우리 저 심해로 어떻게 갈거나, 숨이 차
기는 여기나 거기나 같을거나. 무엇이 무엇인지 알
수 있었다면 무엇이 달랐을까? 여전히 밤은 어둡고,
여기가 물 안인지 물 밖인지 알 수가 없구나. 출렁,
출렁. 출렁, 출렁. 반대로 헤엄쳐라. 반대로!

　여기까지 말을 마친 그는 숨을 크게 들이켰다. 야위어
보인다고 생각했던 그의 가슴이 생각보다 넓어 보였다.
왜소한 나의 몸집에 비하면 그는 나보다 체격이 좋은 편
이었다. 그런데 왜 그가 그리 작아 보였을까? 그가 여름
지낸 늦가을의 허수아비처럼 어느 순간 찬바람에 푹 고
꾸라질 듯 보였을까? 거짓의 바다에 허우적대던 그의 인

생처럼 그의 몸도, 심장도, 모두 지푸라기가 아닐까? 그래도 그에겐 뜨거운 심장이 있을 거야. 그래서 견디지 못한 거겠지. 그래서 미친 거겠지. 그래서 가는 사람을 이렇게 붙잡고 말하지 않으면 정말 강물로, 바다로, 뛰어들 것 같았던 거겠지.

어둡다. 보이지 않아. 저쪽에서 헤엄쳐오는 날개 달린 흰 물체…… 저것은? 어찌 기러기들이 다 심해에 들어왔는가? 창공을 동경하였으나, 어둠으로 기어들어온 희망을 믿은 족속들…… 예전부터 그래 왔고, 지금도 그렇고, 앞으로도 그러할 세상에 던져진 무기력함에 무릎이 꺾여도 고개까지 숙이지는 않기를 그토록 바랐건만, 눈물로 얼룩진 뺨이 닿은 차가운 퇴적층…… 가짜 빛으로 유인한 괴어는 유유히 헤엄치며 보이지 않는 거대한 덩치를 빼기고 나서 큰 입을 벌려 기러기 한 마리를 꿀꺽 삼키고는 트림을 하는데…… 그 트림에 섞인 존재는 기포가 되어 심해의 표면으로 천 년이 지난쯤 떠올라 조그맣게 슬픔이라 말하고 쪽빛 창공으로 사라진다.

그는 풀썩 주저앉았다. 나는 그의 겨드랑이에 손을 넣어 들어올릴려고 하였으나 그의 정신은 이미 몸을 놓은 듯했다. 나는 그의 곁에 앉았다. 그의 독한 술이 담긴 물통을 그의 낡은 가죽 배낭에 넣어 주려고 열다가 호기심이 발동해 그의 배낭을 들여다보았다. 책 한 권, 휴대용 휴지, 일회용 라이터, 지갑 하나, 그게 다였다. 몰래 그의 지갑을 꺼내 열어보았다. 그만큼이나 낡아 보이는 지갑이었다. 아무것도, 아무것도 없었다. '없음'이 너무도 슬픈 지갑, 존재 이유를 잃어버린 지갑이었다. 지갑의 안쪽 사이에서 사진 한 장을 발견했다. 어떤 소년이 웃고 있었다. 그를 좀 닮은 듯한 눈빛을 가진 하얀 얼굴의 소년이었다. 아마도 그의 아들. 지금은 없을 그의 아들일 것이다. 나는 그의 삶을 훔쳐본 것이 부끄러워 나의 지문을 옷으로 문질러 닦고 조심스럽게 사진을 있던 자리에 다시 넣었다. 그의 지갑을, 그의 물통을 가방에 넣고 닫았다. 그가 죽지는 않았을까 무서워졌다. 그의 코에 손을 대어보았다. 가늘게 숨이 느껴졌다. 핸드폰을 꺼내 택시를 부르고 나는 그를 옆자리에 싣고 집으로 향했다.

그는 침대에 누워있다. 나는 그의 낡은 구두를 벗기

고 그의 구멍 난 양말을 바라보면서 담배를 꺼냈다. 담배에 불도 붙이지 않고 입에 물고는 소파에 멍하니 앉아 있다. 오늘 밤 나에게 무슨 일이 일어난 걸까? 어쩌다 그를 알아차렸을까? 회색 담벼락과 같은 그를 그냥 지나쳤더라면 오늘 내 방에 그를 데리고 들어와 이렇게 불편한 마음으로 침대를 내어주지 않아도 되었을 텐데…… 그러나 그는 나였다. 그의 슬픔은 나의 슬픔이었다. 무엇이 옳은지 그른지 분간되지 않게 된 듯한 혼돈의 세상에서 길을 잃은 영혼의 동지였다. 그가 그토록 가여운 것은 내가 그토록 가여워서인지 모른다.

아, 오늘 나는 그와 같이 한 방에서 지낼 거다. 아침이 되면 어찌할까? 그가 영원히 내 방에서 머무른다 하면 어찌할 것인가? 그가 지닌 어둠을, 슬픔을, 빛을, 그 기러기들을 내 방에 끌어들이면 어찌할 것인가? 내 방이 심해가 되어 출렁거리면 어찌할 것인가? 그 무서운 괴어가 가짜 빛을 달고 여기까지 찾아오면 어찌할 것인가? 아니면 그가 그냥 도둑이나 살인자이면? 그러나 그 모든 그러함의 가정들에도 불구하고 나는 그를 그곳에 버려둘 수는 없었다.

그의 숨소리는 잔잔한 파도처럼 고르게 밀려왔다 밀려

갔다. 나는 순간 졸렸다. 가물한 의식 속에 해변에서 그의 존재가 별로 떠오르는 것을 바라보았다. 나도 그와 같이 하늘로 올라가 수천 개의 별이 반짝이는 것을 나란히 바라보았다. 내 입에 물고 있던 담배가 툭 떨어졌다.

아침이다. 거짓말 같던 그의 존재는 아직도 침대에 누워있다. 그의 낡은 가죽 배낭도 의자에 놓여있다. 어젯밤의 모든 일이 꿈이 아니었을까 했던 나의 생각은 완전히 깨졌다. 나는 당분간은 그대로 있기로 한다. 그대로 받아들이기로.

나는 북어 콩나물 국을 끓이고, 밥을 한다. 거짓의 세상에 실재할 무엇을 놓기 위해서 아침상을 차린다. 그가 깨어나면 상처 입은 그의 숟가락에 올려줄 반찬을 나는 만들리라. 반대로 헤엄치리라. 반대로! 그가 잠꼬대처럼 중얼거린다. "리차드 용재 오닐, 그는 멋지다."

〈뉴욕문학 2015〉

156

다섯

마음의 초상

　봉사가 초상화를 그린다는 이상한 이야기는 사촌언니로부터 들었다. 사촌언니의 집에 그가 그린 언니의 초상화가 있었다. 눈 먼 봉사가 그림을 그린다니…… 그것은 초상화라기 보다는 추상화에 가까웠다. 이해할 수 없었지만, 그 그림을 보는 순간 나는 그림에 빠져들고 말았다. 그것은 언니였다. 말로 표현할 수 없는 어떤 것이 그림에 자리하고 있었다. 코처럼 보이는 것은 무척 작았고, 빨갰다. 입은 커다란 사과처럼 보였는데, 단단한 껍질에 들은 욕망이 보이는 듯 했다. 눈은 마치 작은 까마귀 같았다. 어디론가 날아가려는 눈을 애써 잡고 있는 얼굴처럼 보였다. 배경에는 작은 돌멩이들이 가득했다. 언니는 항상 어디론가 가고 싶어했다. 그러나 언니는 살림욕심도 만만치 않았다. 애들은 학교에서 우등생이고 반장을 했으며, 남편의 와이셔츠는 주름 하나 잡히지 않았다. 그러나 언니는 인터넷에서 항상 먼 외국나라의 여행상품을 열심히 들여다 보곤 했다. 언젠가라는 말을 한 지도 벌써 10년이 넘었다.

나도 그 눈 먼 화가에게 초상화를 그리리라 마음 먹었다. 사촌언니 말로는 아무나 그려주지 않는다는 것이다. 일단 약속을 잡고, 한 시간 정도 같이 있어본 후에 결정한다고 했다. 또, 그 대금도 만만치 않게 비쌌다. 유명하지 않은 화가, 더군다나 장님인 화가인데도 불구하고, 엄청나게 비싼 값을 불렀다.

"그게 그 사람 유일한 수입이야. 그리고 재료도 좋은 걸 쓴다나봐. 캔버스로 직접 만든데……"

알게 뭔가? 나는 혹시 사기가 아닐까? 하는 마음이 들었으나, 호기심도 발동했다.

"얼굴도 만져?"

내가 물었다.

"아니, 그냥 얘기만 해. 근데, 그 사람이랑 얘기하다 나 많이 울었다.”

“뭐?”

“많이 울었다고.”

심리상담효과. 뭐 그런건가? 나는 속으로 생각했다. 어쨌든 언니의 초상화에는 무언가 끌리는 부분이 있었지만, 언니의 말을 듣다보니 사기가 아닌가하는 느낌도 지울 수는 없었다. 하지만 나는 일단 언니에게 전화번호를 받아 핸드폰에 저장했다.

눈 먼 화가. 02-9390-8672

“네, 김정우 작가님 화실입니다.”

어떤 여자가 전화를 받았다. 나는 걸쭉한 목소리의 남자가 전화를 받을거라 생각했었는데 의외의 목소리에 놀랐다.

“저어, 황선민씨 소개로 전화드리는데요. 초상화에 관심이 있어서요.”

“아아, 몇 달 전에 초상화 그려가신 분이요? 친구분이신가요?”

여자가 목소리를 길게 빼며 말했다. 어쩐지 점쟁이 집에 예약하러 전화한 느낌이 났다. 기분이 썩 좋지 않았다.

“네, 그런대요.”

난 그렇다고 말해 버렸다. 알게 뭔가? 사촌이건 아니건. 친구처럼 지내니 친구라고 해도 될 것 같았다. 어차피 그들에게 우리의 관계가 중요한 것은 아니니까.

“초상화를 그리고 싶으신 건가요?”

“네.”

“그럼 일단 상담을 먼저 받아보셔야 하는데요. 한 시간 동안 작가님이랑 대화하셔서, 작가님께서 초상화를 그릴지를 결정하세요. 상담료는 따로 십만원입니다. 예약하시겠어요?”

“상담하고, 안 그리시는 경우도 있나요?”

“예, 요즈음은 건강이 좀 안 좋으셔서 안 그리시는 경우도 많이 계세요. 작가님이 대화해서 구체적인 이미지가 떠오르지 않는 분은 안 그리세요. 상담료는 환불하지는 않습니다.”

“아, 그렇군요.”

나는 속으로 기분이 조금 언짢아졌다. 봉사가 구체적인 이미지를 운운하는 것도 그렇고, 전화받은 여자가 상업적인 투로 얘기하는 것도 좀 그랬다. 하지만 사촌언니 집에 그림을 생각하고, 어쨌든 한 번 시작해보기로 했다.

“어떻게, 예약하시겠어요?”

“아, 네.”

“다음주 화요일 오후 2시 시간이 비어있네요. 괜찮으신가요?” 다음주 화요일 까지는 5일이 남았다. 나는 다이어리도 체크하지 않은 채 말했다.

“네, 괜찮아요.”

“성함이?”

“황성연이에요.”

“이름이 모두 받침이 들어가시네요. 독특한 이름이네요.”

“아, 네.” 기분이 좀 더 나빠졌다. 이름 가지고 운운하는 것은 어려서부터 딱 질색이었다.

“그럼, 2시까지 종로구 청운동 310-2 번지로 오세요. 주택이에요.”

“네, 알겠습니다.”

“그럼, 그때 뵙겠습니다.”

딸깍. 전화가 끊겼다. 기분이 좀 그랬다. 뭐랄까 찜찜하면서도 꼭 해야할 일을 한 기분.

나는 밖으로 나갔다. 갑자기 집 안의 공기가 답답하게 느껴졌기 때문이다.

화요일이 될 때까지는 느리게 흘러갔다. 주중엔 학원에서 가르치고, 저녁엔 동네 헬스클럽에서 운동을 했다. 주말은 집에서 TV채널을 돌리며 빈둥거렸다. 막상 화요일이 되니 지난 시간은 종이로 접어놓은 듯 부피가 없는 듯 느껴졌다. 저번 예약하려고 전화한 날과 오늘이 종이의 앞과 뒤여서 그동안의 시간은 종잇장에 지나지 않는 것처럼 말이다.

지하철을 타고 근처에 가서 택시를 타기로 마음먹었다. 주소로 봐서 주차할 만한 곳이 있을 것 같지도 않고, 꼬불꼬불한 골목길을 운전하고 싶은 마음도 없었다. 경복궁 역에서 내려서 택시를 타고 5분여 정도 가자, 그 집이 나왔다. 의외로 큰 도로변 가까이 있어 찾기 어렵지는 않았다. 내가 상상했던 한옥도 아니고, 의외로 깨끗한 2층 양옥집이었다. 나즈막한 대문 너머에 차 한대가 세워져 있고, 전체적으로 깔끔하면서도 운치있어 보였다. 나는 초인종을 누르고 10초 정도 기다리다 다시 눌렀다. 현관문이 열리면서 중년의 여자가 나왔다. 화장기 없는 얼굴에 긴 치마, 헐렁한 스웨터를 입고 있었다. 약간 마르고 신경질적으로 보이는 얼굴이었다.

"황성연씨인가요?"

여자는 전화의 목소리 그대로였다. 목소리에서 내가 상상했던 얼굴과 많이 흡사하다는 점에 약간 놀라면서 대답했다.

"네."

여자는 나와서 문을 열어주고는 자신이 앞서서 들어갔다. 나는 그녀의 뒤를 따랐다.

집 안도 깔끔하고 잘 정돈되어 있었다. 화려하진 않지만, 그렇다고 싸구려도 아니었다. 여자는 소파에 앉으라고 권하고 차를 내왔다. 차를 마실 기분은 아니었지만, 그래도 예의삼아 입에 갖다댔다. 한 번도 마셔보지 않은 차였다. 향내가 좀 이상하기는 했지만, 그런대로 괜찮았다.

"일단 결제를 먼저 하셔야 하는데요."

나는 당황해 얼른 지갑을 꺼내 오만원권 2장을 그녀에게 내밀었다. 여자는 돈을 받아든 뒤, 다른 방으로 가서 영수증을 들고 왔다. 계산은 똑똑히 하는군. 나는 속으로 생각했다.

"여기서 잠깐 기다리시면, 작가님이 오실 거에요. 면담은 보통 1시간이지만, 조금 짧아지거나 길어질 수도 있어요."

“네.”

여자가 이층으로 걸어올라가자 나는 일어나 집 안을 둘러보기 시작했다. 거실에 TV는 없었고, (그가 봉사라는 걸 생각하면 당연한 일이지만), 보통 TV가 있는 자리에 비싸 보이는 오디오와 앰프가 놓여 있었다. 아닌게 아니라 조그맣게 클래식 음악이 흐르고 있었는데 그때까지 느끼지 못한 게 이상했다. 내가 들어온 현관은 정문이 아닌 듯 싶었고, 중정을 거쳐 다른 쪽으로 정원을 향한 문이 나 있었다. 정원은 넓지는 않았지만 깨끗했고, 조그만 개 한 마리가 햇빛에 졸고 있었다. 화가의 집치고는 그림이 하나도 붙어있지 않은 것이 이상했는데, 어차피 보지도 못할 거니까 하는 생각을 하니 그리 이상할 것도 없다 싶었다.

인기척에 돌아보니 김작가라는 눈 먼 화가가 계단을 내려오고 있었다. 난간을 잡고 천천히 내려왔다. 그의 눈은 거의 감은 듯 보였고, 눈 먼 사람들이 흔히 쓰는 검은 선글라스도 쓰지 않았다. 그는 거실의 위치를 모두 외운 듯 자연스럽게 일인용 소파로 가더니 털썩 앉았다. 그는 내가 서 있는 것을 눈치챘는지 ‘편하게 앉으세요’ 라고 말했다. 그의 목소리는 내가 생각했던 것처럼 탁하지는 않았고, 중저음의 부드러운 목소리였다. 그의 머리는 거의 세었으나 깔끔하게 잘려 있었고, 피부는 하얀 편이었다. 50대 초반처럼 보였으나 실제 그보다 더 늙었을 것 같기도 하고 나이를 가늠하기는 어려웠다.

나는 소파에 다시 앉았다. 아까 이층에 올라갔던 여자가 작가를 위해서 차를 내어 왔다. 나에게 준 것과는 달리 두툼하고 큰 컵에 차를 잔뜩 담아 왔다. 내용물은 같은 것 같았다.

"이름이 황성연이라구요."

그는 스스로에게 묻는 듯한 어투로 말을 꺼냈다. 알고 있는 내용을 자신에게 다짐하거나, 시험 전 암기한 내용을 다시 되뇌는 듯한 말투였다.

"네."

"이름의 뜻이 무엇인가요?"

"이룰 성에 이어흐를 연인데요."

"이루고 이어흘러라."

그는 다시 되네었다.

"이름은 참 좋네요. 성연씨는 무엇을 이루고 싶은가요?"

나는 잠시 머뭇거렸다. 무엇을 이루고 싶냐고. 무엇을?

그건 나에게 계속 되묻는 질문이었다. 도대체 무엇을 이루고 싶은지 알 수가 없었기 때문이다. 그래서 나는 별성의 없이 대답했다.

"행복하게 사는 거요."

"행복하게 사는 것, 대대로 행복하게 살라는 이름이구만."

그는 빙그레 웃었다. 아니, 아니다. 그게 내가 이루고 싶은 것은 아니었다. 그렇지만 나는 반박하지 않았다. 모든 사람들이 행복하고 싶어하지 않는가? 그 말이 얼마나 추상적이고, 실체가 없던간에, 어쩔 땐 가장 좋은 회피용 대답이 될 수 있는 거다.

"성연씨의 이름은 완성미가 있어요. 성연, 성연…… 나는 이름이 마음에 듭니다. 성연씨가 좋아하는 것들은 무엇인가요? 아무거나 좋습니다. 성연씨를 상상하기 위해서는 내게 이런 것들이 필요해요. 성연씨의 이름, 음성, 취향, 생각들이. 나에게 아무 거리낌 없이 말해주면 좋겠어요. 가장 솔직한 그림을 그릴 수 있게."

순간 나는 사촌언니의 초상화가 떠올랐다. 그 붉은 사과 같은 입과 까마귀와 같은 눈이…… 혹 이 사람이 볼 수 있는 것이 아닐까. 봉사인 척 하고 괜히 신비감을 더

해 사람들을 꼬여 초상화를 그리도록 하게끔 하는 것이 아닐까. 의심이 들었다.

나는 그를 주의깊게 관찰하며 말하기 시작했다.

"좀 생각할 시간이 필요한데요. 그동안 어떻게 초상화를 그리시는지 말씀해 주실 수 있으세요? 어떤 과정을 거쳐서 그려지는지 좀 궁금해서요."

나는 내 말이 그의 기분을 상하게 하지 않았나 슬쩍 그의 얼굴을 살폈다. 얼굴에 동요는 없었다. 그는 별다른 변화없이 말을 시작했다.

"그렇죠. 많은 사람들이 같은 질문을 합니다. 어떻게 보이지도 않는데 그림을 그리냐고요. 더구나 만지지도 않구요. 저는 대화를 통해 그 사람의 이미지를 구축해갑니다. 제가 태어날 때부터 장님은 아니었구요, 중년에 어떤 병을 앓아서 그렇게 되었습니다. 그림을 그리기 시작한 것은 장님이 되기 훨씬 전이었지만, 그때는 외면적인 부분에 치중하느라 정작 제대로 된 작품이 나오지 않았어요. 저는 지금 나의 작품활동을 훨씬 좋아합니다. 대화를 통해서 그 사람에 대해 생긴 상, 이를테면 마음의 초상화 같은 거죠."

마음의 초상화. 그 말을 듣는 순간 몸에 전율이 흘렀

다. 그렇다. 마음의 초상화. 내 마음을 그려 줄 수 있는 사람을 만난 것이다. 나는 작은 목소리로 말하기 시작했다.

"제가 좋아하는 것들. 흠, 제가 좋아하는 거요. 전 연필, 볼펜 그런 거 좋아해요. 파란 색 샤프심도 가지고 있고, 그것으로 이런 저런 것들을 써보는 것도 좋아하구요. 혼자 있는 조용한 시간을 좋아하구요. 물리적으로 혼자를 말하는게 아니라, 카페에 앉아서 모르는 사람들 속에서도 혼자 있는 걸 좋아해요. 제 주변에 저만의 조용한 공간이 생겨나는 느낌이 들어요. 먹는 건 단 것들을 좋아해요. 과자, 쵸코렛, 케익, 이런 것들. 아, 커피를 엄청 좋아해요. 매일 아침에 직접 갈아서 마시는 것 좋아하구요. 음…… 또 뭐가 있을까? 해지는 거 보는 거 좋아해요. 좋아한다기 보다 어떻게 표현해야 할 지 모르겠는데, 해질 때가 되면 하늘이 너무 아름답지만 왠지 쓸쓸하면서 슬픈데, 그 시간에 보는 걸 좋아해요. 게으름 부리고 낮잠 자는 것도 좋아하구요."

그는 고개를 끄덕이기도 하고 빙그레 웃기도 하고 심각한 표정을 짓기도 하며 듣고 있었다.

"성연씨가 좋아하는 것들을 알 것 같습니다. 그럼, 혹 싫어하는 것들도 말해 줄 수 있나요?”

“예…… 흠…… 싫어하는 것들요. 일단 벌레를 싫어해요. 기어다니는 것들. 다리가 없거나 많은 것들요.”

이 말에 그는 미소지었다.

“그리고, 사람들이 제 일에 참견하고 간섭하는 거 싫어해요. 날계란 싫어하구요. 무례한 사람들 싫어해요. 고양이도 싫어하구요, 하는 일 없이 시간 보내는 것 싫어하구요. 여행가서 빡빡한 스케줄로 막 다니는 것도 싫어하구요, 아…… 그리고, 어린 애들이 식당에서 떠들고 돌아다니거 싫어해요.”

“싫은 게 그렇게 많지는 않네요. 그런데, 대부분 싫어하는 게 사람들과 관련된 게 많군요. 좋아하는 것은 사람들과 관련이 없구요.”

듣고 보니 그랬다. 한번도 내가 좋아하는 것과 싫어하는 것들을 생각해본적이 없는 것 같다. 내가 해야할 일들만 생각했지, 아니 어쩔 땐 해야되나 말아야되나만 생각했지 정작 내가 좋아하는 것과 싫어하는 것에 대해서 생각해 본 적이 없었다.

“좋아하는 사람은 없나요?”

민우의 얼굴이 스쳐갔다.

“없어요”. 나는 단호하게 대답했다.

“그럼 좋아했던 사람은 있었나요?”

몇 명의 얼굴이 스쳐갔다. 다시 민우의 얼굴이 스쳐갔다. 아니 스쳐가지 않고 계속 머릿속을 뱅뱅 돌았다.

“네, 있긴 있었죠. 근데 지금은 아니에요.”

“그럼 혹 그 사람에 대한 얘기를 좀 해줄 수 있어요?”

“어떤 얘기를 원하시는 거죠. 사람에 대해서 얘기를 원하시는 건지 아니면 사건에 대해서 얘기를 원하시는 건지 잘 모르겠네요.”

“사건이라. 재밌는 표현이네요. 아무튼 아무거나, 떠오르는 이야기를 해 줘요.”

그래서 나는 떠올려 봤다. 민우를. 머릿속 장농 속에 꼭꼭 잠가 채워둔 민우를 꺼내는 것이다. 그가 튀어나올 때면 언제나 나는 다시 그 장농 속에 그를 가뒀다. 생각만으로도 괴로웠으니까.

“그 사람은 저보다 한 살 어렸어요. 그래도 그렇게 어려보이지는 않았죠. 키가 크고, 체격이 좀 있었으니까. 얼굴은 하얗고, 한 쪽 보조개가 있었어요. 쌍꺼풀은 없는 눈이었고, 시원하게 생긴 편이었죠. 그는 내 남자친구의 후배였죠. 같은 과에 다니다 보니 자주 마주쳤어요. 같은

과목들을 많이 들었죠. 좋아하는 마음이 생기고, 좀 괴로
웠어요. 남자친구가 있었으니까. 그래서 남자친구랑 헤
어지고 나서, 만나기 시작했죠. 근데, 오래 못 갔어요."

"왜죠? 헤어졌나요?"

"아니요. 죽.었.어.요."

"이런, 어쩌다가."

"사고였죠. 워낙 운동을 좋아해서, 겨울엔 스키장에 가
서 살다시피 했어요. 보드를 타고 점프하다가 머리를 다
쳤는데 뇌가 부어올랐다나봐요. 결국 죽었죠."

"많이 상처받았겠어요."

나는 어깨를 으쓱했다. 그는 보지 못하겠지만, 너는 어
쩔 줄 몰랐다. 이미 오래되었다고 생각했는데, 민우의 죽
음 이후 지난 시간은 정말 아무것도 아닌 것처럼 짧게
느껴졌다.

"가끔 가나요?"

"어딜요?"

"묘지나 납골당."

"아니요, 안 가요."

"왜요?"

"뭐, 그냥. 오래 사귄 것도 아니고, 보면 마음만 안 좋

고 그렇죠 뭐."

"그래서, 잊었어요?"

"아니, 뭐, 그냥 잊은 걸로 생각해요."

"잊지 말아요."

"네?"

"잊지 말라구요. 죽은 친구들에 대한 산 사람의 예의
는 기억해 주는 거예요. 있는 힘을 다해서 힘껏."

나는 고개를 갸우뚱 했다. 잊지 말라니. 잊으라고, 죽
은 사람 따위는 그만 잊으라고. 모두들 말했었다. 엄마
도, 언니도, 친구들도. 그러나 나는 잊지 못했다. 자꾸 생
각난다는 것 자체가 괴로웠다. 아직도 보고 있는 듯했다.
그의 하얀 얼굴과 보조개를. 그러나 그 말에 나는 안도
감을 느꼈다. 기억해도 된다. 애써 잊지 않아도 된다. 그
말에 나는 한숨을 내쉬었다. 무거운 벽돌짐을 내 등짝에
서 내려놓은 것 같았다. 왜 그리도 잊으려 애썼던가? 그
냥 내버려두면 될 것을, 그냥 기억해주면 될 것을. 너는
눈 먼 화가를 바라보았다. 순간 그의 눈에 눈물이 고여
있는 듯 보였다. 아닌지도 몰랐다. 그냥 나의 느낌에 그
렇게 보였던 건지도.

"작가님도 사랑하는 사람이 죽은 사람이 있나요?"

이 말에 그는 쓸쓸한 미소를 지었다.

"내 나이가 되면 사랑하는 사람들을 많이 떠나보내게 되지요. 그 중 부모도 있고, 형제도 있고, 연인과 친구도 있지요. 나는 그들을 기억합니다. 그들의 얼굴을 내 마음 속에 그려보는 거지요. 그들이 좋아했던 것과 싫어했던 것들을 기억합니다. 김밥을 먹을 때면 늘 시금치를 빼내던 내 동생을 기억합니다. 다 큰 청년이 될 때까지도 그랬죠. 그럴때면 마음이 사무치게 그리워지지만 그 그리움을 느낍니다. 그냥 내 감정을 내버려두고 죽은 사람들을 기억해줍니다. 그들이 세상에서 어떻게 살았었나를 기억해 주는 거죠. 그러면 어쩔 땐 나는 나도 모르게 웃음짓고 있을 때가 있습니다. 그들이 나를 웃게 만드는 거죠. 나는 이런 것이 좋다고 생각해요. 내가 죽어서도 누군가 나를 기억하고 웃음지을 수 있는 것, 혹은 슬퍼한다 하더라도 나를 기억해주는 것, 말이죠. 그럼, 세상이 살 가치가 있었던 게 아니겠습니까? 이런, 성연씨의 이야기를 들어야 하는데 내 이야기만 장황하게 늘어놓았네요."

벌써 40여분이 흘러 있었다. 시간은 빨리 흘러가는 것처럼 느껴졌지만, 또한, 지난 일상적인 몇 주에 비하면 또 매우 길게도 느껴졌다. 그는 말을 이었다.

"성연씨는 매우 감성적인 사람 같군요. 관심이 갑니다. 그런데 아직 어떤 이미지를 떠올리기에는 무언가 부족해요. 혹시 나에게 더 말해 줄 수 있는 것들이 있나요? 일은 어때요? 일하는 것을 좋아하나요?"

"글쎄요. 그렇게 좋아한다고 말할 수는 없지만, 다른 사람보다 열심히 한다고 자부할 수는 있어요."

"좋아한다고는 말할 수 없지만, 다른 사람보다는 열심히 한다."

그는 내가 한 말을 되내었다. 마치 처음에 나의 이름을 암기하듯 되내이는 것과 비슷했다.

"그래서 만족하나요? 다른 일을 할 생각은 없나요?"

"다들 여자 직업으로는 괜찮다고 하니까요. 영어학원 강사에요. 시간도 자유롭고, 수입도 괜찮구요."

"제가 궁금한 건 다른 사람 생각이 아니라, 성연씨 생각이에요."

"글쎄요. 현실과 이상은 다른 거니까요."

"현실과 이상이 다르다니요."

"제가 하고 싶은 직업을 하면서, 제가 생활할 수는 없을 수도 있는 거잖아요."

“그렇다면 하고 싶은 일은 뭐지요?”

“글을 쓰고 싶어요.”

“글을요?”

“네, 영문학 전공이었으니까. 문학에 관심이 많죠. 글을 쓰고 싶긴 하지만, 내가 자질이 있는지조차 알지 못하겠어요. 막연히 언젠가 하고 싶다. 생활이 해결되면, 그 정도의 생각만 있는 거죠. 그 언젠가가 오지 않으리라는 것을 바닥에 깔고 말이에요.”

“그렇군요. 하지만 이상이 있다는 것만으로도 좋은 거죠.”

“네?”

“대부분의 사람들에게는 ‘현실’만 있어요. 그들의 생각에는 ‘이상’이라는 것이 존재하지 않는 거죠. 그러나 성연씨의 머릿속에는 이상에 대한 생각이 들어있잖아요. 그것만으로도 멋진 일이에요. 물론 그 이상을 향해 가면 더 멋있겠지만.”

“멋이 밥먹여 주는 것은 아니니까요.”라고 내뱉고 말았다.

내가 가장 싫어하는 말. 사람들이 내게 하는 말중에 가장 싫어하는 말을 내뱉은 것이다. 나는 황급히 덧붙였다.

"주변 사람들이 항상 하는 말이에요. 그렇지 않다고 말하고 싶어도 현실은 그렇지가 않잖아요?"

나는 동의를 구하듯 그의 표정을 살폈다.

그는 생각에 잠긴 듯 잠시 말을 하지 않다가 갑자기 질문을 던졌다.

"고래를 좋아해요?"

"고래요?"

고래. 커다란 고래. 깊은 바닷속을 유유히 헤엄치는 그 고래? 나는 의아했다.

"고래 좋아해요. 커다랗고, 귀엽게 생겼잖아요."

"그렇죠…… 성연씨가 고래의 심장을 가졌으면 해요."

"고래의 심장이요?"

"네, 고래가 바다 위로 점프하는 것 본 적 있어요?"

"네, 본 적 있죠."

나는 TV에서 바다 위로 높이 뛰어오르던 고래의 모습을 상기했다.

"왜 고래가 그렇게 바다 위로 뛰어오르는지 아세요?"

"글쎄, 잘 모르겠는데요."

"이상을 향해서에요."

"이상요?"

“예, 이상. 고래는 바다를 벗어나 살 수는 없지요. 그래도 고래는 저 푸른 하늘을 향해 몸을 던지는 거예요. 멋지지 않아요? 결국 고래는 바다로 떨어지게 되지요. 하지만 우리는 볼 수 있죠. 고래가 비상하는 그 멋진 모습을.”

나의 심장이 뭉클거리기 시작했다. 나는 마치 내가 그 고래라도 된 듯, 당장 나의 이상을 향해 몸을 날려야 할 듯 느껴졌다. 뜨거운 피가 몸을 훑었다.

“성연씨, 당신은 다른 사람과 많이 달라요. 당신은 고래의 심장을 가졌어요. 기억하세요!”

“당신에 대한 상이 이제 완성되었어요. 나는 그림을 그릴 수 있을 것 같아요. 이번엔 정말 내가 좋아하는 작품이 나올 것 같아요. 내게 두 달을 주세요. 두 달 후에 그림을 찾으러 오세요!”

그의 얼굴은 마치 금분을 발라놓은 것처럼 반짝거렸다. 그는 아까 계단을 내려올 때의 조용한 모습과는 달리 벌떡 일어났다. 내게 손을 내밀었다. 나도 벌떡 일어나 그와 악수를 나눴다.

“아, 감사합니다. 그럼, 잘 부탁드립니다.”

나는 그런 멍청한 인사와 전화번호를 남기고는 그 집

을 나섰다. 두 달은 역시 느리게 흘러갔으나, 막상 흘러
간 뒤에는 그 기간 역시 종잇장을 접어 놓은 듯 아무 기
억도 남지 않았다. 그동안 나는 김정우 작가라는 이름으
로 인터넷 검색도 해보고, 사촌언니의 집에 가서 언니의
초상화를 열심히 들여다 보기도 했다. 다시 그 집을 찾
았을 때 날씨가 제법 쌀쌀해져 있었다.

초인종을 누르자 저번처럼 그 여자가 나왔다. 이번에
는 얼굴만 보더니 문을 열어주었다. 나는 거실로 들어갔
다가 할 말을 잃고 말았다. 오디오가 있던 자리에 오디
오는 없고 커다란 두 개의 캔버스가 나란히 있었다. 왼
쪽의 캔버스에는 고래의 앞 쪽 반이 오른쪽의 캔버스에
는 그 나머지 부분이 그려져 있었다. 사실 고래처럼 보
였지 정확히 고래의 모습을 한 것은 아니었다. 그러나
그 역동적인 모습은 마치 고래가 바다위를 점프할 때의
모습을 느린 화면으로 여러 개 겹쳐놓은 듯한 모양이었
다. 고래의 등 부분은 어두침침한 여러겹의 물감이 두껍
게 칠해져 마치 거북이 등껍질처럼 보였다. 그 등껍질 부
분은 캔버스에서 적어도 5밀리미터 쯤은 튀어나온 듯 했
다. 고래의 배 쪽은 엷은 보라빛과 회색빛이 섞여 있었는

데, (나는 장님이 어떻게 그런 색상을 표현해 낼 수 있었는지 아직도 이해하기가 어렵다.) 그 색상은 내가 보기만 해도 쓸쓸해지지만 도저히 눈을 뜰 수 없는 그런 색이었다. 고래의 아랫 부분에 파란 색으로 주먹만한 크기의 원이 강렬하게 그려져 있었는데, 아마도 그것은 심장인 듯 했다. 고래의 눈처럼 보이는 부분은 어떤 사람의 머리가 표현되어 있는 듯 했고, 나는 그것을 알아보았다. 그것은 민우의 머리였다. 그가 죽었음에도 내 눈에서 결코 사라질 수 없음을 표현해 준 것이다. 나는 울었다. 내 키보다 더 큰 캔버스 앞에서 쪼그리고 눈물을 터뜨렸다.

그 여자는 한참을 있다가 다시 거실로 들어왔다. 나는 진정되어 있었고, 찬찬히 그림을 다시 살펴보는 중이었다. 믿을 수 없는 대작이었다. 내게는. 내 마음의 초상화는 정말 완벽하게 표현되어 있었다.

"작가님은 안 계신가요?"

내가 물었다. 감사하다는 말을 하고 싶었다. 한 시간을 만난 사람이 어떻게 나를 이렇게 정확하게 표현할 수 있는지 묻고 싶었다. 그것도 장님이.

"작가님은 안 계세요."

"언제 찾아 뵐 수 있을까요?"

“아니요. 사실 작가님은 병원에 계세요.”

“왜요?”

“사실 지병이 있으셨어요. 그런데 황성연씨 초상화를 완성하시느라 무리를 하셨어요. 완성하시고 며칠전 발작을 일으키셔서 지금은 병원에 계세요. 아마도 저 그림이 작가님의 마지막 작품이 되지 않을까 싶네요.”

“네?”

“작가님은 성연씨를 만나고 많이 흥분하셨어요. 마지막 작품을 그릴 상을 찾았다고 말이에요. 성연씨 만나기 전 한동안 면담을 하시고는 모두 퇴짜를 놓으셨죠. 아마도 마지막 작품일 거라는 생각이 드셨던 것 같아요. 원래 저렇게 큰 작품은 시간이 오래 걸려서 잘 하시지 않으시죠. 특히 초상화로는…… 매일 작업하시면서 계속 물어보셨죠. 어때? 이 색은 어때? 이렇게 말이에요. 완성하고는 너무 좋아하셨어요.”

“그럼 병원에라도 찾아뵐 수 있을까요?”

“의식이 없으세요. 그래도 원한다면, 적어 드릴께요.”

여자는 병원과 병실 호수를 적어주었다.

“부탁이 있는데”

여자가 말했다.

"저 그림을 당분간 여기 두시면 안 될까요? 아마도 돌아가시게 되면 회고전을 할 텐데, 전시가 끝나면 돌려드릴께요. 아, 그리고 그림은 선물이라고 하셨어요. 대금은 받지 말라구요."

여자가 덧붙였다.

"주소를 적어 놓으시면, 저희가 운반해 드릴께요."

나는 다시 그림을 돌아봤다. 눈물이 핑 돌았다. 과연 내가 저 그림을 받을 자격이 있는지 의문이 들었다. 감사하다는 말도 제대로 못했다. 나는 고개를 끄덕이고 그녀가 내미는 종이에 주소를 적었다. 핸드폰으로 몇 장의 사진을 찍은 뒤 그 집을 나섰다.

기분이 이상했다. 기쁘기도 했고, 슬프기도 했다. 나의 비밀스런 마음을 들켜버린 것 같기도 했고, 무거운 짐을 내려놓은 듯 하기도 했다. 다만 확실한 건 연극으로 생각하면 내 인생의 막이 초상화를 부탁하기 전과 그 후로 나뉘게 될 거라는 것이었다.

나는 병원을 찾아갔다. 그는 의식불명에 많은 기계장치들을 몸에 꽂은 채 누워있었다. 나는 그와 마지막으로 악수할 때처럼 손을 꼭 잡았다. 손은 아직 따뜻했다. 나는 그가 들릴거라고 생각하고, 말했다.

"황성연이에요. 초상화 그려주신 황성연이요. 고마워요. 고마워요. 정말 고마워요."

목이 메었다. 나는 그가 들었기를 바라면서 병원을 나왔다. 나는 집에 돌아와 노트를 폈다. 거기에 제목을 적었다. '고래의 비상'.

얼마 후 그 여자로부터 전화를 받았다. 작가는 돌아가셨다고 한다. 사실 내가 찾아갔을 때도 돌아가신거나 진배없었던 것 같다. 생명연장장치를 떼기로 가족들이 동의했다는 것이다. 여자의 목소리가 코맹맹이 소리가 나는 걸로 봐서 여자는 많이 울었던 듯 하다. 그 상업적 냄새가 짙게 나는 여자에게 인간미가 느껴졌다. 갑자기 나는 그녀가 한번에 좋아졌다. 나는 여자에게 내가 처음으로 쓴 시를 보냈다. 왜인지는 모르지만 그렇게 하고 싶었다.

몇 주 후 그의 회고전이 삼청동의 어느 갤러리에서 열렸다. 나는 나의 초상화가 포스터에 인쇄된 것을 보았다. 나의 시도 전시회 팜플렛 어느구석엔가 실렸다고 한다. 그가 죽은 후 그의 그림들은 가격이 올랐다. 아주 작게 그의 일생이 기사화되기도 했다. 나는 그 전에 그에 대해서 잘 몰랐지만, 전성기에 시력을 잃은 유망작가라고 했다. 그의 유작에 대해서 이상한 해설이 붙은 미술 평론들도 나왔다. 나의 시에 대해서도 조금 언급한 평론들도 있었다. 그리고 몇 달 후, 약속대로 그림이 도착했다.

커다란 캔버스가 좁은 아파트에 들어오지 않아 나는 변두리 주택으로 이사했다. 그림은 어울리지 않게 거실 중앙을 커다랗게 차지하고 있다. 나는 그 그림을 보면서 나를 본다. 그리고 그 눈 먼 화가를 본다. 우리의 대화를 기억하고, 민우를 본다. 나의 파란 심장을 보고, 내가 고래의 심장을 가졌음을 기억한다. 나는 물 밖으로 곧 뛰쳐나갈 것이다. 육중한 몸을 하늘을 향해 던질 것이다.

나는 학원을 그만두었다. 나는 작은 번역일을 맡아서 생활비를 벌며 글을 쓰기 시작했다. 내가 작가가 된다고 해서 성공하는 것은 아니란 것을 알고 있다. 실패한 작가가 될 수도 있다는 것을 알고 있다. 최선을 다하고도 인정 받지 못하고, 정말 쓰레기 같은 글귀를 써낼 수도 있는 것이다. 그러나 나도 이제 초상을 그리고 싶다. 드러내지 못한 마음의 응어리를 지닌 나 같은 사람의 초상을 글로써 풀어내고 싶다. 나의 첫 작품은 내가 만났던 눈 먼 화가에 대한 것이다. 초상화를 그리는 눈 먼 화가.

나는 모른다. 나의 이상이 현실이 되었을 때, 그것은 어떤 현실일지. 아니면, 또 다른 이상을 나의 현실 위에 세울지도 모르는 일이다. 그러나 나는 기억한다. 나를 위해 고래의 심장을 그려준 그 화가를, 그리고 그가 했던 말을. 그건 멋진 일이지.

그래, 그건 멋진 일이야. 나는 암기하듯 그 말을 되풀이한다.

〈뉴욕문학 2012〉

얼굴

길을 걷는다. 도시 34가. 길가에서 땅콩을 파는 아줌마와 눈이 마주친다. 그 얼굴은 이상하게도 내가 아는 과거의 누군가와 닮아 있다. 아니 사실은 전혀 닮아 있지 않다. 그럼에도 불구하고 세상에서 힘든 짐을 진 채 무시당하고 살아가는 누군가를 보면, 내게는 언제나 중학 시절 알던 그 여자아이의 모습이 생각난다. 그네들과 그녀의 얼굴이 가느다랗게 겹쳐 마음 한구석에 이상한 애잔함을 불러일으키는 것이다.

나의 중학 시절을 돌이켜 보면, 생각나는 것이 거의 없다. 조그마한 사립 초등학교를 졸업한 뒤에 여자 1,400명이 한 학년인 공립학교에 갔을 때, 나의 존재가 익명의 늪으로 사라진 듯한 느낌을 받았다. 학교가 끝나면 나무로 된 복도 바닥을 왁스를 묻힌 걸레로 학생들이 닦는 모습은 내게는 절대로 받아들일 수 없는 풍경이었다. 나에게 학교는 공부를 위한 공간이었다는 당연한 개념이 마치 학생이 학교 청소 및 유지를 위해서 있는 것처럼 뒤바뀌어 보이는 순간이었다.

나는 학교에 거의 가지 않았다. 난 한 번도 엎드려서 바닥을 닦거나 화장실 청소를 한 적이 없었다. 기껏 유리창을 몇 번 닦았던 기억만이 있다. 어떻게 해서 나만 방관자로 있을 수 있었는지는 기억나지 않는다. 다만 그 시기 몸이 약해서 웬만한 일에는 빠져있을 수 있는 핑계가 되었었던 것 같다.

세월이 지나고 중학 시절 친구들과 선생님들의 얼굴은 모두 잊었다. 중학교 때의 기억은 단지 그 커다란 건물에, 흙으로 된 운동장, 셀 수도 없이 많은 여자아이들, 그 검은 머리통들을 교실 뒤편에서 바라보는 것만으로도 숨이 막힐 듯함, 그런 것이었다. 그런 희미한 기억들 속에서 내게 쉬지 않고 떠오르는 얼굴은 내 중3 시절 같은

반 여자아이인 정이다. 정이는 한마디로 얼굴과 모습에
서 가난을 풍기는, 매번 억울한 일을 당해도 당연한 일
이라는 듯이 받아들일 듯한 그런 냄새를 풍기는 아이였
다. 주근깨가 뒤덮인 거무스름한 얼굴에, 약간 겁먹은듯
한 눈초리, 억센 머리를 멋없이 묶거나 땋아 내린 모습.
나는 그녀와 친하지도 않았고, 그녀도 나랑 친하게 지낼
생각도 없어 보였다. 우리는 서로 아무 공통점이나 관심
도 없는 세계의 다른 두 점, 그뿐이었다.

약한 자들에게 사람들은 얼마나 함부로 구는가? 정당
한 이유 없이 다른 사람을 무시하고 학대할 수 있다는
것을 나는 그녀를 통해서 알았다. 같은 반 친구들은 그
녀를 경멸하는 투로 대했고, 그녀의 어수룩한 말투를 흉
내 냈다. 그녀를 놀려 먹으려고 거짓으로 말을 해놓고
'진짜야?' 라고 그녀가 물으면, 모두 웃음을 터뜨리는 것
이었다. 그러면 그녀는 주근깨가 뒤덮인 얼굴이 시뻘개
지면서 화를 내곤 했는데, 그 모습마저도 아이들의 놀림
감이 되는 것이었다.

더욱이 그녀를 보호해주어야 할 선생님들도 그녀에게
함부로 대했다. 나는 다른 아이들과 어울려 웃지 않았고,
선생님의 태도도 이해할 수도 없었다. 나도 그녀가 좋지

는 않았다. 가까이 오면 이상한 냄새가 나는 것도 같았
고, 어떨 때 그녀의 억센 숱 많은 머리카락을 신기한 듯
몰래 바라보기도 했다. 그리고는 그런 나의 모습이 부끄
러웠다. 그전까지 한 방향을 가리키던 자명한 사실, 정
의, 가치 등이 나침반의 바늘처럼 흔들거리기 시작했다.
  중학 시절 가장 이해하기 어려웠던 것은 폭력의 난무
였다. 급우 간의 폭력이 아니라 선생님의 학생에 대한 폭
력이었다. 아마도 '훈계'라고 위장된 이름을 가진 그것
은 나에게는 가장 저급한 형태의 순수한 폭력으로 보였
다. 급우 간 홧김에 발생한 폭력보다 이해할 수 없는 이
유로 마구 휘둘러지는 그 공평치 못한 폭력을 목격한다
는 것은 충격적인 일이었다. 나는 한 번도 학교에서 맞은
적이 없었다. 나는 이상하리만치 교묘하게 폭력의 바깥
에 서 있었다. 그러나 나는 다른 사람이 맞을 때, 그 아픔
이 같이 느껴졌다. 그 매에 대해 굴욕감과 모욕감을 느꼈
다. 사람이 사람을 때린다. 다른 사람들이 보고 있는 앞
에서 사람이 사람에게 매를 맞는다. 때리는 사람은 더 강
자이고 맞는 사람은 약자이다. 때리는 이유가 무엇이든
간에 그 폭력을 정당하다고 나에게 이해시킬 수 있는 것
은 없었다. 막상 맞는 아이들은 당연한 듯이 벌을 받았

다. 그것이 그들의 삶에 할당된 몫인 듯 받아들였다. 화
장실 청소도, 마룻바닥 왁스질도. 항상 맞는 아이들은 정
이 같은 아이들이었다. 공부도 못하고, 집도 가난한 아이
들. 폭력에 대항할 아무것도 가지지 못한 아이들만 매를
맞았다. 공부를 못한다고, 수업시간에 존다고, 옆 아이랑
떠든다고, 지각한다고, 준비물을 가지고 오지 않는다고
맞았다. 나에게는 마치 그 아이들이 선생님의 삐뚤어진
화풀이 대상으로밖에 보이지 않았다. 매는 공평하지 않
았고, 그 누구도 그에 대해 이의를 제기하지 않았다.

어느 날 나는 학교에 좀 늦었다. 나는 지각, 조퇴, 결석
을 항상 반복했다. 몸이 아프다는 것이 이유였지만 사실
은 학교에 있기가 싫었을 뿐이었다. 나는 나의 존재 자
체가 녹아 없어지는 듯한, 하나의 물건으로 전락해버리
는 듯한, 그 학교가 싫었을 뿐이다. 집에서 책을 읽거나,
만화방을 들락거리는 것이 내 중학 시절 학습의 기억 전
부이다.

그 날, 학교에 늦은 그 날, 담임선생님이 조회를 거의
마쳤을 때쯤, 내가 들어갔다. 선생님은 말을 멈추고 나를
한 번 곁눈으로 보더니 하던 말을 계속하셨다. 나는 내
자리에 가서 앉았다. 그러자 얼마 후, 정이가 교실을 슬

금슬금 들어왔다. 예의 겁먹은 듯한 눈초리에 어깨를 구부정하게 내리고, 최대한 눈에 띄지 않으려는 몸짓으로 교실 오른쪽으로 걸어 들어오고 있었다. 선생님이 말을 멈췄다. 시선이 정이에게 향했다. 자그맣게 들려오던 아이들의 속닥거리는 소리도 멈췄다. 교실 자체가 고요 속에 가라앉는 느낌, 아니 무중력의 허공으로 치솟는 느낌이 들었다.

"너 이리 나와!"

정이가 자기 자리를 찾아 들어가려던 움직임을 멈췄다. 선생님은 단단히 화가 난 목소리로 다시 말했다.

"너, 지금 몇 시인 줄 알고 지금 오는 거야? 이리 나와!"

정이가 앞으로 나갔다. 숙인 고개에 두껍게 땋은 머리가 어깨 밑으로 떨어졌다. 나는 가슴 속에서 알 수 없는 연기가 피어 오르기 시작하는 것을 느꼈다.

"지금 몇 시야!"

선생님은 조회하던 두꺼운 출석부를 들어 정이의 머리를 내리쳤다. 아직도 그 출석부의 모습이 생생히 기억난다. 앞뒤로 검은 판이 대어진 커다란 두꺼운 출석부. 정이의 머리의 두 배만 해 보이던 검은 폭력의 도구, 단단한 껍질. 선생님은 두 손으로 출석부를 들어 다시 정이의 머리를 옆으로 휘갈겼다.

"너는 시계도 모르냐? 몇 번 째야! 이러려면 아예 학교 오지 마! 마!"

선생님은 히스테리컬하게 소리를 지르면서 연거푸 정이의 머리를 후려치는 것이었다. 나는 선생님이 정이에게 하는 말이 나에게 하는 말을 하는 것으로 생각했다. 차마 나는 때리지 못하고, 내게 화가 난 것을 정이에게 화풀이하는 것이라고…… 교실은 조용했고, 나의 가슴 속에서 자그맣게 피어 오르던 연기가 어느새 불덩이로 바뀌었다. 나는 벌떡 일어섰다. 앞으로 나갔다. 반 아이들의 시선이 일제히 나를 쳐다보았고, 선생님은 어이가 없다는 듯이 나를 쳐다보았다.

"선생님, 저도 지각했으니 저도 때리세요. 정이만 그렇게 때리는 것은 공정하지 않잖아요?"

나는 선생님의 눈을 똑바로 바라보았다. 쏟아내고 싶은 말들이 목구멍에 치밀었으나 차마 다하지는 못했다. 선생님은 한참을 나를 쳐다보았다. 정이는 옆에서 예의 그 비굴한 표정을 하고 땋은 머리가 흐트러진 채로 바닥을 바라보면서 나를 흘끔거렸다. '선생님이 나도 때릴까?' 나도 몰랐다. 나는 차라리 맞고 싶었는지도 모른다. '왜 세상은 약한 자에게만 강한 채찍을 드는 것일까? 같이 맞자. 이왕 맞을 거면 공평하게라도 맞자.'

선생님은 갑자기 어이가 없어진 얼굴에서 무슨 일이 일어났는지 상황을 판단하는 얼굴로 돌아왔다. 출석부를 교탁에다 던지고는 교실 밖으로 나가버렸다. 나는 맞지 않았다. 앞으로 무슨 일이 일어날 것인지 불안했다. 그러나 나는 몇 분 전처럼 그대로 앉아 아무 일도 없는 듯이 모른 척하고 있을 수는 없었을 뿐이었다. 정이는 제자리로 돌아가 앉았고, 나도 제자리로 돌아가서 앉았다. 아무 일도 일어나지 않았다. 내가 상상한 것은 무엇이었을까? 교실 앞으로 나아갔던 순간, 나는 학교를 다시는 나가지 않겠다고 결심했는지도 모른다. 그러나 그 후로 선생님은 정이를 때리지 않았다. 여전히 그녀는 마룻바닥 담당, 화장실 담당이었으나 맞지는 않았다. 그 일이 있었던 후 나의 학교생활은 어떠했던가? 기억나지 않는다. 그날 이후의 기억은 그 학교 학생의 숫자만큼 깊은 기억의 동굴에 묻혔다. 일부러 잊었는지, 아무 일도 없는 일상으로부터 잊었는지 모른다. 학교는 나가는 둥 마는 둥 끝났다.

나의 중학 시절의 기억은 단 하나 '정이의 얼굴'이다. 그러나 그 일이 일어난 이후 나는 정이와 서로 다른 두 개의 점이 아니라 중심을 가지고 서로 시계추처럼 연결된 점처럼 느껴졌다. 알 수 없는 끈이 서로 이어져 있게 된 것이다.

나는 지금도 가끔 생각한다. '그녀는 어디서 무엇을 하고 있을까?' 호텔을 청소하는 청소부를 볼 때, 길가 노점상의 아주머니를 볼 때, 거리에서 껌을 떼는 여자를 볼 때, 나는 그녀를 생각한다. 그녀는 어떻게 변했을지 모른다. 어두운 중학 시절을 거쳐 엄청난 성공을 했을지도 모른다. 멋진 남자와 결혼해 아이 낳고 오순도순 행복하게 살고 있을지도 모른다. 그러나 나에게 정이의 얼굴은 기댈 것 없이 남의 공평치 못한 처우에 노출된 억울한 사람의 얼굴이다. 그들에게는 아주 독특한 기운이 있다. 무어라 설명하기 어렵지만, 세상에서 학대 받고 버림받은 냄새. 냉대와 멸시에 익숙한 냄새. 부당한 것에 반항을 포기한 냄새. 그 냄새들…… 나는 괴롭다.
중학교를 졸업한 이후에도 나는 수많은 부당함을 목격했다. 힘없는 자에게 가해지는 부당한 것들을 나는 목격하면서도 대부분 침묵하고 세상이 굴러가는 데로 살았다. 그럼에도 나는 그들이 느끼는 모멸감을 같이 느꼈다. 고등학교, 대학교, 대학원, 사회에 나와서도 이유 없이 부당한 대접을 받는 사람들, 이유 없이 부당하게 대하는 사람들. 나는 길에 서서 그들의 어깨를 잡고 흔들어 이유를 묻고 싶은 심정을 참았다. 아직도 묻고 싶다. '왜?' 냐고. 나는 아직도 중학 시절 담임선생님에게 정이를 그렇게 때렸던 이유를 묻고 싶다.

세상에는 수많은 얼굴들이 있다. 그러나 내게는 언제나 보이는 하나의 얼굴이 있다. 그 얼굴은 죽을 때까지 잊히지 않을 듯하다. 나오라고 호령하는 담임선생님에게 슬로우 모션처럼 나아가는 그녀의 움츠러든 어깨와 숙인 고개, 뚝뚝 떨어지는 두려움, 바닥을 훑는 눈초리를 가진 그 얼굴이다. 그때 내 마음에 타올랐던 그 분노도 그대로이다. 세상도 때로는 그대로이다. 무엇이 바뀌기 위해서는 무엇이 필요한 것일까?

길거리에서 나는 그네들의 얼굴을 뚫어지게 쳐다본다. 대부분 그들은 나의 눈초리를 느끼고도 나를 쳐다보지 않는다. 시선에 대한 외면이 익숙해진 그들. 나는 슬프다. 바뀐 것은 없고, 삶은 무자비하다. 누군가에게는……
그러나 그것이 너무도 몸에 익은 그들.

　도시의 밤은 불빛들로 가득 차오른다. 차들은 누군가
를 싣고 달린다. 값비싼 차들 안에, 그 안에 있는 사람들
이 누굴까 상상한다. 유명 영화배우, 정치가, 사업가, 누
군가 영향력 있는 사람. 그들은 약자에게 어떻게 대할까
궁금하다. 사회적 약자, 사회적으로 소외된 자들에게 그
들은 어떻게 대할까. 쥐 여섯 마리를 상자의 한쪽에 넣
고 섬처럼 만든 다음, 나머지에 물을 채우고 다른 끝에
먹이를 매달아 놓으면, 수영해서 건너가 먹이를 가지고
와 먹어야 하는 상황이 된다. 실험상황에서 두 마리는
자급자족하고, 두 마리는 먹이를 가져와서 뺏기고, 두 마
리는 뺏는다고 한다. 다시 뺏기는 쥐들끼리 여섯 마리를
모아서 같은 환경을 만들면 똑같은 상황이 발생한다. 뺏
는 쥐들도, 자급자족했던 쥐들도 마찬가지이다. 사람은
달라야 하지 않을까?

　도시가 어둠에 싸이면서 정이의 얼굴을 가진 사람들은
이제 보이지 않는다. 이상한 안도감. 내일 아침이 될 때
까지 내 분노한 연민은 쉬고 있을 수 있을 듯하다. 아침
은, 태양은, 그 고개 숙인 얼굴들을 또다시 밝히리라. 그

얼굴들이 가슴에 장작처럼 쌓여 못 견딜만한 굴욕의 불
덩이가 되거든, 세상이라는 교실 앞으로 다시 걸어나갈
까 두렵다. 나는 두려우면서도 그 순간을 매일 아침 기
다리는 듯하다.

〈뉴욕문학 2013〉

타인의 그늘

오월이다. 작년 오월과 같은 봄이다. 그 봄, 너의 소식을 들었었다. 네가 두꺼운 이불을 뒤집어쓴 채로 고층 아파트 창 밖으로 몸을 던졌다는 소식을…… 하늘은 그저 파랗고, 나는 멀리 떨어진 타국에서 자꾸 하늘만 바라보았었다. 안타까움과 슬픔을 어찌 표현할 수 있을까? 지금 나는 여기에 서 있다. 너를 보러 왔다. 차가운 봉안당 안 너의 영정은 아직 웃고 있다. 그 환한 웃음이 더 가슴 아프다. 난 같이 웃어 줄 수 없으니까.

일 년 전 그날, 너는 아파트 12층에서 뛰어내렸다. 너무도 무서웠을 것이다. 진짜 죽게 될까 봐, 혹은 죽지 않게 될까 봐. 차가운 새벽공기가 네 코끝을 싸하게 건드렸을까? 끝이라고 다짐했을까? 그 순간? 허공에 몸을 날릴 때 너의 마음은 생각만으로 가슴이 에인다.

인터넷에 검색어 1순위. 며칠 동안 사건의 내막을 추측하는 기사가 난무했다. 너의 전 생애가 난도질 당했다. 누구도, 어떻게도, 막을 수 없었다. 그것이 이 바닥인 것이다. 기사가 나면, 그걸로 끝이다. 진실은 중요하지도 않고, 설사 진실이 있다 한들 관심도 없을 것이다. 개인의 존엄성은 인터넷 조회 수와의 경쟁에서 패배한 지 이미 오래다. 종교와 이념이 쇠락하자 사람들은 자기 자신들을 몸 바칠 다른 것을 만들었다. 바로 매스 커뮤니케이션mass communication이다. 그것이 대량mass인지 난장판mess인지, 아님 둘 다인지.

네가 죽기 얼마 전, 너에 관한 기사들에는 꼬리에 꼬리가 달려, 꼬리 아홉 개인 구미호는 저리 가라 할 만큼 꼬리가 달렸다. 도대체 그 말들이 무엇을 의미하는지 나는 알 수 없다. 그러나 그 무의미한 말들에는 발톱이 달렸다. 자꾸 할퀴고 할퀴고는 어둠 속으로 물러나 정체를 알 수 없는 것이다. 한판 싸움을 벌여 보려 해도 보이지

않는 적을 어떻게 상대하랴? 주의해라. 그 발톱에 깊은
상처를 입으면 죽을 수도 있으니……

그들은 치사하게 직접 죽이지 않는다. 광견병처럼 병
균이 말을 타고 들어와 신경을, 마음을 온통 마비시켜
버리니까. 결국, 너는 목을 매거나 건물 꼭대기로 올라
가 저 멀리 아스팔트에 몸을 던지게 될지도 모른다. 살
인자는 보이지 않고, 진실은 숨는다. 인간에 대한 예의는
이미 땅바닥에 떨어져 파편조차 보이지 않은 지 오래다.
단 하나! 살아남는 방법은 몸을 숨기는 것이다. 깊이깊
이. 아무 데서도 너의 모습을 나타내지 않는 것. 그것만
이 살 길이다. 죽은 자와도 같이.

너는 몰랐다. 천진한 처녀처럼 너는 사람들이 부러워
하는 것, 동경하는 것. 그것을 위해 계단을 열심히 올라
갔다. 그렇다. '열심' 이라는 말에 최고의 가치를 부여한
채 노력했던 것이다. 너의 모습이 방송에 나오고, 기사화
되는 걸 보고 얼마나 뿌듯했는지 모른다. 마치 그 동안
너의 노력이 보상받는 듯 했을 것이다. 점점 많은 곳에
서 너를 찾고, 많은 사람이 알아보고, 블로그에 방문자들
이 늘어 너의 일거수일투족에 칭찬을 늘어놓을 때, 너는
방심했던 것이다. 너는 너의 몸을 숨길 줄을 몰랐다. 발

톱을 세우고 컴퓨터 뒤에서 너를 지켜보는 암고양이들을 생각지도 못했던 것이다.

더 무서운 것은 밤중에 돌아다니는 하이에나들이다. 그들은 기다리지 않는다. 그들은 찾아 헤맨다. 굶주린 듯 주위를 맴돈다. 그들은 물어 들은 것을 놓치지 않는다. 가장 큰 상처를 줄 말을 찾아 커다란 헤드라인을 만드는 것이 그들의 삶이다. 나머지는 암고양이들에게 맡기면 된다. 그들이 알아서 너를 때려눕힐 것이다.

이미 너는 죽었다. 그러나 너는 그들이 더 불쌍하다 여길지도 모르겠다. 그들의 인생은 아무것도 아니다. 그들은 실체가 없다. 그들에게는 그 자신이 없다. 그들에게는 타인만이 존재한다. 그들은 타인의 삶을 보고, 따라다니고, 이야기한다. 그들에게 중요한 것은 자신이 아니다. 세상에 자신의 자리는 조금도 남아있지 않은 것이다. 그래서 그들은 타인을 바라본다. 질투의 시선으로…… 자신이 가지지 못한 존재감을 가진 타인을 보면 참지 못한다. 그들은 발톱을 세우고, 이를 간다. '그래, 너 어쩌나 보자. 언제까지 네가 그리 잘 나가나 보자고.' 그들은 어두운 방에서 독백하며 기다린다. 그들의 암내에 구역질이 날 지경이다. 암내를 피운다고 그들이 다 암놈이라고 생각하면 오해다. 암내를 피우는 수놈들이 더 지독하다. 그들은 자신의 암내조차 맡지 못한다. 온갖 위선을 갖다 붙여 자신의 행동을 정당화한다. 그러나 그들은 알고 있다. 자신들의 삶은 아무것도 아니라는 걸. 그들은 누군가를 물어뜯음으로 존재할 수 있을 뿐이라는 것을. 그것이 그들이 그렇게 독이 오른 이유이다. 네가 그것을 알았더라면, 네가 목숨을 버리기 전에 그것을 먼저 알았더라면, 그냥 비웃었을 것이다. 그렇게 너의 전부를 잃지는 않았을 것을.

엄마가 울었다. 아버지가 울었다. 가족이 울었다. 피눈물이 흘렀다. 저주의 말도 원망의 말도 상대를 찾지 못해 원통해 울었다. 가족의 울음마저 그들의 먹이가 되었다. 친구들이 찾아와 너의 영정을 보고 울었다. 남은 것은 슬픔과 어쩔 수 없는 상황뿐, 아무도 책임질 줄 몰랐다. 결국, 목숨을 끊은 건 너라며 어떤 이들은 너를 욕했다.

그들은 발톱을 슬그머니 감췄다. 그들은 다른 먹이를 찾아 옮겨갔다. 모습을 숨긴 채 그 썩어빠질 냄새를 풍기며 숨어 있는 것이다. 거울을 감추고 타인의 얼굴에 시시덕거리며, 저주스런 이빨을 드러내고 있다. 네가 죽기 전, 네가 죽고 나서도, 많은 사람이 사냥당했다. 사람들은 모르는 것이다. 너는 떨어진 것이 아니라, 떠밀려진 것이다. 밤마다 불붙은 눈들이 너를 구석으로 몰아 결국 굴러떨어졌다.

니체가 말했던가? '곤충들이 찌르고 쏘는 것은 악의에서가 아니라, 자신들이 살기 위해서다. 비평가들의 경우도 그와 똑같다. 그들이 원하는 것은 우리의 피일 뿐, 우리의 고통은 아니다.' 라고. 그러나 쏘임을 당한 자는 피만 빨리는 것이 아니라 고통도 느낀다. 고통을 외면한다고 고통이 사라지는 것은 아니다. 며칠 동안 상처를 긁어대 벌겋게 달아오른다. 수도 없이 쏘이다 보면 온몸이 벌집이 되고 마는 것이다. 그것이 그들이 사람을 죽이는 방법이다.

너의 죽음에 대한 기사는 오랫동안 인터넷에 남아 있지 않았다. 다른 뉴스들과 스캔들에 덮여 며칠이 지나자 대중은 너를 더 기억하지 못했다. 암고양이들조차, 하이에나들조차 너를 잊었다. 그건 어쩌면 오히려 다행스러운 일인지도 모른다. 그들의 기억력과 인내력이 짧아 항상 새로운 먹잇감을 찾는 것 말이다. 그렇지 않다면 너의 사랑하는 이들조차 피투성이로 만들었으리라. 아무것도 남지 않을 때까지 발톱을 휘두르는 일을 잊지 않았을 테니까…… 너의 상실이 잊히지 않은 건, 상처가 커진 건 너의 가족, 너의 친구들에게뿐이었다. 누구에게서도 위로란 것은 있지도 않았으며 어떠한 사회적인 제도도 바뀌지 않았다. 그럴 줄 알았다면 죽지 말 것을. 살아있는 것이, 더 잘 사는 것이, 그들에게 가장 큰 복수인 줄을 그때는 몰랐던 것이다. 너는 어렸고, 너 또한 타인의 그늘에 살고 있었다. 타인의 생각 속에서 너의 가치를 찾았던 것이다. 타인의 생각 속에 너의 가치가 무너지자, 네가 무너져 버렸던 것이다. 너는 암고양이들처럼 남에게 해를 입힌 적은 없지만, 결국 너에게 해를 입히고 말았던 거다. 너와 너의 가족들에게……

나는 확신한다. 지금 너는 너의 죽음에의 선택을 후회할 것이라고. 그때 너는 너의 이름이 오직 하나인 줄만 알았다. 잘 나가는 누구. 너에게 다른 많은 이름이 있었음을 그때는 생각지 못했을 거라고. 타인에게 세워진 너의 이름이 무너지자, 네 영혼이 무너진 듯 무릎을 꿇었다. 죽고 나서 빈소에 찾아온 사람들로 너는 너의 다른 이름들을 기억했을 텐데…… 눈물이 흘러 영혼을 적셨다. 슬픔과 분노는 방향을 모르고 하늘로 솟구쳤다.

다시 오월이다. 나는 돌아본다. 너의 짧았던 한 생을. 쓸쓸한 미소가 입가에 맴돈다. 즐거운 추억들을 가슴에 담는다. 종이비행기를 접어 하늘에 날리고 싶다. 하늘은 파랗고, 세상은 연초록으로 덮였다. 너의 생이, 무엇을 남길 수 있다면 그것이 무엇일까? 너에 대한 기억을 가지고 있는 사람들에게 너는 무엇으로 남아 있을까? 나는 생각한다. 죽음으로 끝나서 더 이상은 만들어 낼 수 없는 기억들, 그것이 아쉽다. 그래도 나는 말할 수 있다. 그 짧은 기억 속에도 너의 웃음이 내 마음에 남아 있다고. 너의 웃는 얼굴은 어두운 그늘에서도 밝게 빛나 온 세상이 환하게 보였었다고.

허망한 오월이다. 이제 너는 없다. 나는 미안하다. 나는 마음에 남은 너의 글을 쓰고 있다. 너를 추모하며. 아직도 너의 미소가 내 가슴에 있는데, 눈에는 어느덧 눈물이 고인다. 죽음이 너에게 안식을 주었기를 바라면서, 화창한 봄 너를 기억한다. 매년 이맘때가 되면 너의 미소가 야윈 봄바람처럼 나를 적실 것 같다.

〈뉴욕문학 2013〉

눈사람

서문

너의 이름을 뭐로 정할까? 많은 이름이 머릿속을 떠돈다. 모두 여자 이름들이다. 나의 주인공은 여자가 될 것이다. 그리고 몇 명의 여자들과 몇 명의 남자들이 나올 것이다. 그 숫자가 많지는 않을 것이다. 그녀의 인간관계가 그리 넓지 않으므로. 그녀는 언제나 자신의 방에 혼자 틀어박혀 나오지 않을 것이므로. 그녀의 조용한 생이, 그녀의 적은 말수가, 내 소설의 주인공이 될 충분한 소재를 주지 않으리라는 것을 앎에도 불구하고 나는 그녀를 택했다. 그녀에게, 그녀의 음울함에, 그녀의 움츠러든 어깨에, 훅하고 바람을 불어넣어 주고 싶다. 이름이 아직 정해지지도 않은 그녀의 곁에 나는 오랫동안 머물렀다. 그녀를 동정했다. 사랑했다. 이젠 너에게 이름을 주고 싶다. 진연. 이진연.

1.

왜 너는 거기 앉아 있는 거니? 왜 전철이 몇 번을 지나가도 타지 않는 거니? 너의 시선은 어느 곳을 향한 거야? 너는 왜 지나치는 사람들에게 눈길 한 번 주지 않는 거지? 너는 거기 존재하기나 하는 거야? 이제 일어서는 구나. 내려온 계단을 다시 걸어 올라가는구나. 여기 내려올 때 네가 결심한 것은 무엇이었어? 설마 저 달려오는 전동차에 몸을 던지려는 것은 아니었을 테지. 그때 네가 보았던 그 긴 머리의 여자처럼 말이야.

그녀는 벽에 몸을 기대 서 있다가 전동차가 들어오는 순간 달려가 철로로 몸을 던졌지. 무슨 일이 일어났는지 알아차리기도 힘들 정도로 빠른 순간이었어. 그때도 너는 계단을 되돌아 올라갔지. 무릎이 후들거려 제대로 걸을 수조차 없었지만 온 길을 되짚어갔어. 십 분 거리를 삼십 여분 만에 되돌아갔지. 이불을 덮어쓰고 한동안 울었어. 사람의 죽음이 그렇게 가깝고 쉽다는 것을 처음 알았지. 이름도 모르는 그 여자의 죽음이, 죽음으로 내몰았을 그 여자의 슬픔이 슬퍼서, 너는 며칠을 울었어. 그때 너는 중학생이었지.

네가 처음 대한 죽음은 그보다 먼저였겠지만 그것은 죽음이 한 꺼풀 옷을 입고 포장되어 온 죽음, 할아버지의 장례식이나 먼 친척의 부고 같은 것이었어. 그러면 어머니는 죽은 분의 얘기를, 어떠한 분이셨는지 얘기하곤 하셨지. 그 먼 친척의 죽음이 어머니에게 그분의 기억을 불러온 것처럼 평소엔 몰랐던 사람의 얘기를 하곤 하셨어. 그때까지 너는 죽음이 너의 옆에서도 불현듯 찾아올 수 있다는 것을 모르고 살았던 거야.

그러나 그 날 너는 처음 죽음이 발가벗고 너에게 모습을 드러낸 것을 본 것이지. 한동안 너는 학교에 가지 않았어. 그 지하철역도 가지 않았어. 시간이 한참을 지나도 그 여자가 뛰어내릴 때 휘날렸던 긴 생머리가 눈 앞에 아른거렸지. 너의 타고난 슬픔의 천성에 불을 댕긴 듯 너의 슬픔이 타오르기 시작한 것은 그때일 거야, 아마.

　나무의 빛깔이 처연한 찬란함으로 물들 때, 너는 무슨 생각을 했을까? 그 나무 아래 앉아서 그토록 오래 무엇을 생각했던 거니? 너의 치맛자락에 배어든 습기가 음산하게 다리를 타고 올라와 한기가 아랫도리를 감쌀 때, 그제야 너는 천천히 몸을 일으켰어. 잠깐 중심을 잃을 듯 나무를 붙잡았지. 그 꺾일 듯한 발목으로 걸음을 떼는 너는 어디로 가는 거니? 너의 걸음은 방향을 잡은 그런 사람의 발걸음이 아니었으니, 한없이 흔들거리는 너의 발자국을 따라 발걸음에 새겨진 망설임을 하나씩 밟아가 본다.

　너는 여전히 집으로 돌아왔구나. 그 어둑한 지하 방으로 돌아와 불을 켜고, 옷을 걸고, 쌀을 씻어 밥을 안치고, 다시 두 팔로 무릎을 감싼 채 벽을 바라보고 있구나. 그 벽에 쓰일 너의 마음이 전해지기는 할 것인지. 어느새 해는 저물어 어둑해졌다. 너는 일어나 밥솥을 열어 밥을 담고, 반찬을 담고, 물을 담아 책상에 앉는다. 책을 펴고 한 손으로 밥을 떠 넣는다. 생각에 잠긴다. 반지하 방위 창문의 어둠을 응시한다. 다시 밥을 떠 입에 넣는다.

개가 짖는다. 다시 창문을 바라본다. 아무 일도 일어나지 않는다. 누구도 찾아오지 않는다. 전화벨도 울리지 않는다. 완전한 혼자로 너는 밥을 먹고, 잠이 든다. 잠이 들기 전 오랫동안 책을 읽는다.

너는 불을 끄지 않는다. 너의 방엔 항상 불이 켜져 있다. 밤새도록. 너의 작은 존재는 딱 그 전등 빛만큼이다. 그 빛이 없다면 네가 있다는 것조차 알아차리지 못했을지 모른다. 거기까지.

이제 너를 보는 것이 내가 너무 괴롭구나. 그냥 떨쳐 버리라고. 그냥 남들처럼 웃으며 살라고. 그렇게 소리치고 싶구나. 답답하고 답답해 가슴을 치고 땅을 치고 너를 흔들어 너의 영혼에 박힌 슬픔의 그림자를 탈탈 털어 내 버리고 싶구나. 그러나 그럴 수 없는 것. 나는 아무것도 네게 해줄 수 없는 것. 이 글의 주인공은 너이니까 말이다. 너의 천성을 나도 어찌할 수 없구나. 그 슬픔은 너의 몫, 그것을 지켜보는 것은 나의 몫이니까. 그것이 얼마나 우리 서로를 괴롭게 하던지 말이다.

다시 아침이 되었을 때, 너를 깨우는 것은 밤새도록 켜져 있던 창백한 전등 빛이다. 전등 빛 아래 잠을 자고 난 너는 피곤이 줄어들지 않은 채로 새벽빛이 방으로 들어

올 때까지 불을 끄지 않는다. 새벽빛이 방으로 스며들고 나서야 전등을 끄고 다시 잠이 든다. 이제서야 너의 피곤을 내려놓는다. 완전한 햇살이 다시 너를 깨울 때까지 단잠을 잔다. 그토록 어둠을 싫어하는 너, 두려워하는 너, 그럼에도 너는 혼자다. 너의 두려움을 그 누구에게도 말하지 않고, 그것을 숨기고 껴안고 살아가고 있다. 나만이 너의 두려움의 목격자이다. 단잠이 든 너의 얼굴을 들여다본다. 두려움의 망령이 사라진 얼굴, 잠시 동안의 평화를 들여다본다. 와락 너를 끌어안고 싶다. 너를 한참을 부둥켜안고 누워있고 싶다. 그럼에도 그럴 수 없는 것. 너를 그토록 사랑하는 나는 이 글의 밖에 있으니, 내가 할 수 있는 일은 오직 너를 보고, 느끼고, 애달파하는 일.

아침은 너를 깨운다. 이불을 개고, 세수를 한다. 이를 닦고, 냉장고를 열어 우유를 꺼내 컵에 따른다. 한 잔 가득 따른 우유를 조금씩 마신다. 한 모금 마시고 유리컵을 본다. 우유가 컵 밖으로 마신 자국을 따라 흘러내린다. 다시 한 모금. 다시 유리컵을 보고, 다시 우유 방울이 흘러내리는 것을 바라본다. 다시 마신다. 너는 아주 오랫동안 우유를 공들여 마신다. 나는 네가 이 평화로운 순간을 좋아한다는 것을 알고 있다. 우유가 주는 부드러운 고소함과 백색의 안도감을 좋아한다는 것을. 그리고 이 순간에 다른 생각이 너의 머릿속을 어지럽힐 틈을 주지 않는다는 것을. 너는 개수대에 우유 컵을 내려놓고 잠시 물을 틀어 컵을 담가 놓는다. 가방을 챙겨 지하 방의 문을 열고 계단을 올라간다. 네가 올라가는 계단. 네가 올라가야 하는 계단. 그 끝없는 계단.

너는 버스정류장에 앉아있다. 네가 보고 있는 것은 네 앞의 공허이다. 지나치는 사람도 시끄러운 소음도 너의 주의를 끌지 못한다. 다만 너의 시선을 돌리는 것은 어린아이를 달래는 어머니의 목소리이다. 너는 한참이나 그 모습을 바라다본다. 유치원에 가기 싫다고 우는 아이를 달래는 어머니를 너는 그렇게 보고 있다. 네가 네 어머니를 생각하고 있다는 것을 안다. 연락이 끊겨버린 딸을 두고 어머니는 얼마나 가슴 아파하고 계실지. 그런데도 너는 어머니가 부담스럽다. 그 부담스럽다는 느낌마저 너에게 죄책감이 된다. 한숨이 새어 나온다. 너는 몸을 추스르고 일어선다. 버스에 몸을 싣고 차창에 머리를 기댄다. 버스가 목적지를 향해 출발하고 너는 그저 그 안에 갈 곳 모르는 영혼을 싣고 있다.

네가 앉아 있는 곳은 어디인가? 너는 책상머리에 앉아 교정지를 보고 있다. 활자들이 종이에 놓여있는 것을 가만히 보고 있다. 네가 고쳐야 하는 것. 고치지 말아야 하는 것. 다른 사람이 쓴 글을 매끄럽게 만드는 것. 맞춤법을 고치는 것. 그것이 너의 일이다.

너는 종이 위의 활자들이 춤추고 있는 것을 바라본다. 순간 어지럽다. 활자가 의미로 다가오지 못하고, 너의 눈을, 너의 머리를, 온통 뒤덮는다. 정신을 차리고 다시 본다. 오늘은 교정을 끝마쳐야 한다. 다시는 이 활자들이 제멋대로 너의 영역으로 침범하도록 내버려 두면 안 된다.

너의 어깨를 툭 치는 사람이 있다. 강대리이다. 손에 일회용 커피잔 두 개가 들려있다. 너에게 한 개를 내밀며 웃는다. 강대리의 눈은 작아서 웃으면 거의 보이지 않는다. 두툼한 입술과 사람 좋은 미소를 가지고 있다.

"감사합니다."

밀크커피를 받아 든다. 오래된 크림의 냄새가 훅 올라온다. 커피를 한 모금 삼키고 책상에 내려놓는다. 커피는 우유와 다르다. 우유가 주는 만족감이 없다. 커피를 뒷맛은 씁쓸하다. 죄책감의 맛과 흡사하다. 네가 가장 익

숙한, 그리고 가장 싫어하는 그런 맛이다. 그러나 너는
너에게 권해진 커피를 거절하지 못한다. 한 모금 삼키고
책상 위에서 싸늘하게 식어간다. 그리고는 화장실 변기
에서 내려간다. 종이컵은 휴지통에 던져진다. 그러면서
너는 또 다른 죄책감을 느낀다.

"자기 립글로스 가진 거 있어?"

이번엔 김주임이다.

"아뇨."

김주임은 너를 자기라고 부른다. 김주임은 아무 여자
나 다 자기라고 부른다. 언제나 큰 언니나 되는 것처럼
세상의 모든 것에 정답을 아는 것처럼 행동한다. 너는
김주임 앞에서 항상 움츠러든다. 너는 김주임을 이해할
수 없지만, 이해하고 싶지도 않지만, 김주임이 너의 세계
에 발을 확 들이밀 때면 어쩔 줄을 모른다. 너의 치마라
도 들춘 듯 수치심을 느낀다. 너는 김주임의 무심한 자
신감이 부럽고도 싫다. 너는 손을 씻고는 책상으로 돌아
간다. 김주임은 다른 직원에게 다시 립글로스 있냐고 묻
는다. 그 둘은 무언가를 이야기한다. 그리고 웃는다. 너
는 그저 책상을 보고 앉아 있다. 너에게 보이지 않는 경
계선이 그어진다. 출입 금지. 말 걸기 금지. 그냥 내버려

두기. 너는 그저 혼자이다.

점심이 지나고, 저녁이 되도록 그녀는 책상머리를 지키고 앉아 있다. 모두 퇴근하려고 자신의 물건을 주섬주섬 챙긴다. 시간이 되었다고 칼같이 나가는 사람은 없다. 서로 서로의 눈치를 보다가 합의를 한 듯, '시간이 이렇게 되었나.' '오늘 우리 딸 생일인데.' '난 애 학원에서 데려와야 해.' 이런 식의 말들이 오가며 일어선다. 그제야 진연은 책상에서 고개를 든다. 두 눈이 움푹 꺼졌다. 강대리가 다시 말을 걸어온다.

"미스 리는 너무 열심이야. 대충하고 좀 놀기도 해야지. 젊은 사람이 왜 그래? 오늘 특별한 일 없으면 나 대학후배들 보기로 했는데, 같이 술 한잔 하러 갈까?"

그녀는 고개를 흔든다.

"약속 있어요. 죄송해요."

"아, 뭐 죄송할 거야 있나. 하도 혼자 집에 가는 것 같아서 한 번 물어본 거야. 그럼, 좋은 시간 보내고!"

민망한 듯 손을 크게 흔들고 나가는 강대리. 그를 향해 너는 힘없는 미소를 짓는다. 강대리가 나가고 사무실에 직원들이 하나둘씩 모두 빠져나간다.

너는 혼자 자리를 지키고 있구나, 다시. 혼자의 쓸쓸함과 혼자의 안도감을 안은 채 책상머리에 앉아 있구나.

너에게 없는 약속, 너에게 없을 약속, 네가 기다리는 약속, 네가 스스로에게 묻는 그 약속, 네가 그 약속을 지켰더라면 무엇이 달라졌을까? 그는 그렇게 떠나지 않아도 되었을까? 그는 그렇게 세상을 등지지 않아도 되었을까? 네가 약속을 하지 않게 된 것은 그 이후일 거다. 그럼에도 불구하고, 너는 네가 지키지 않은 그 약속, 이미 지나버린 약속, 다시 돌아오지 않을 그 약속을 다시 기다린다. 과거가 되어버린 깨어진 약속을.

2.

햇살 밝은 오후, 너는 계단을 내려갔다. 이십팔 계단. 그리고 개찰구까지 종종걸음으로 걸은 후, 다시 삼십두 개의 계단을 내려갔다. 지하 세계가 주는 어두운 음습함이 느껴지지 않았던 그 날, 그럼에도 불구하고 전동차가 들어올 때 너는 전동차 반대방향으로 고개를 돌렸다. 전동차가 완전히 멈추고 나서야 발을 떼는 너, 진연. 평일 오후 전동차 안은 한적하다. 문 옆에 자리를 골라잡아 앉고, 손잡이에 머리를 기댔던 너. 어깨까지 흘러내린 머리카락, 머리카락. 언젠가 잘려진, 지금은 있지 않은 그 머리카락. 전동차가 지하에서 지상으로 나와 다리를 건너기 시작했다. 너는 고개를 돌려 밖을 쳐다봤다. 몸을 반쯤 돌려 강물을 처음 보는 듯이, 정신없이. 얼굴이 밝아진 너. 햇살을 받아 반짝이던 그 눈동자. 그리고 그 갈색 머리카락. 다리를 건넌 전동차는 다시 지하로 들어갔다. 창문에서 몸을 돌리는 그녀. 반짝임이 사라진 눈동자. 너는 다시 계단을 올라갔다. 개찰구를 빠져나와 다시 계단을 올라갔다. 빛을 향해. 너를 기다릴 그 사람에게로.

그는 너를 기다리고 있었다. 커피를 앞에 놓고. 너에게 손을 흔들었다. 너도 손을 흔들고 싶었다. 그러나 그러지 않았다. 다만 빠른 걸음을 그에게 다가가 살포시 웃었다. 그도 웃었다. 햇살이 그의 얼굴에서 하늘거렸다. 너는 그 햇살을 훔쳐봤다. 마음이 따뜻해졌다. 진연아, 이진연. 그가 너를 불렀다. 그는 자꾸 너를 불렀다. 사람이 사람의 이름을 불렀다. 햇살이 눈 부셨다. 우리 뭐 할까? 너는 그냥 웃었다. 우리 영화 볼까? 너는 또 그냥 웃었다. 점심은 먹었어? 응. 작게 대답했던 너. 뭐 먹었어. 그냥 밥. 집에서? 응. 그럼 배는 안 고프겠구나. 너는 고개를 끄떡였다. 그럼 우리 좀 걸을까? 다시 고개를 끄덕였던 너. 그가 일어섰다. 네가 일어섰다. 너는 그보다 한참 작다. 너의 머리가 그의 어깨에 닿을까 말까 했다. 그와 너는 길을 걸었다. 정신없는 큰 도로에서 작은 도로로, 더 작은 골목길을 걸었다. 오르막을 걷고 내리막을 걸었다. 그는 너의 손을 잡았다. 너의 작고 여린 손은 그의 큰 손에 덮여 보이지 않았다. 진연아. 그가 불렀다. 배고프지 않아? 아니, 응, 조금. 우리 떡볶이 먹을까? 그가 분식집을 가리켰다. 너와 그는 분식집에 들어갔다. 들어갔다. 들어갔을까? 들어갔을 것이다. 너와 그의 기억에는 항상 길이 있고, 분식집이 있고, 버스정류장이 있고, 기다림이 있다. 너는 그가 음식을 다 먹을 때까지 기다리고, 그는 네가 버스에 오를 때까지 기다렸다. 너는 항상 그보다 먼저 배가 불렀고, 그는 너보다 항상 늦게 집에 갔다. 그의 어깨, 그의 다리, 그의 손, 그의 멀어져 가던 모

습, 뜨거운 국물을 후루룩 마시던 모습, 너의 물잔에
물을 채워주던 손, 너의 머리카락을 쓸어 넘겨주던
손, 얼굴을 가리고 울던 손, 너를 잡고 흔들던 손, 너
의 목을 조르던 손. 사랑이 증오로 변하기까지. 네가
그에게 지켰던 약속들, 그리고 지키지 못한 약속.

진연아. 무슨 생각을 그렇게 해. 아니. 너는 웃었
다. 아직 완전히 환해지지 않은 미소로. 그는 손을
들어 너의 앞머리를 쓸어 넘겼다. 답답하지 않아. 맨
날 머리가 이렇게 내려와서는. 너는 다시 웃었다. 불
안했다. 그가 너무 따뜻해서. 그 따뜻함이 사라지면
너무 추울까 봐. 진연아. 응? 사랑한다. 그가 말했다.
응. 네가 다시 웃었다. 불안함은 여전히 사라지지 않
았다. 그 영원하지 않다던 사랑을 그가 말하는구나
싶었다. 불안한 행복감이 가슴에 피어올랐다. 나도.
작은 소리로 네가 말했다. 그에게 그를 사랑한다고
말하면 안 되지. 운명이 그녀에게 속삭였다. 사랑이
지나가면 넌 더 불행해질 거야. 너는 눈을 질끈 감았
다. 너는 너에게도 조금은 행복해질 권리가 있다고,
아니 아주 많이 영원히 행복해지고 싶다고 자신에게
다짐했다. 그의 안에서, 그와 함께, 영원히, 아니 잠

시라도. 분식집의 엽차는 따뜻했다.

3.

　저녁 시간의 버스정류장은 북적거린다. 너는 버스정류
장에 앉아 있다. 북적거리는 정류장 속에 너만이 고요하
다. 너의 존재의 기류가 닿는 곳은 불편해진다. 옆에 앉
아 있던 학생들이 너를 힐끔거린다. 너는 앉아 있다. 그
리고 일어난다. 길을 따라 걸어 내려간다. 바람이 선선하
다. 어디서 무엇을 거쳐서 여기에 이르는 것인지. 한참을
걷는다. 너의 걸음도 고요하다. 저녁의 바쁜 시간을 너의
고요 속에 삼킨다.
　커피전문점 앞에서 걸음을 멈춘 너, 안으로 들어간다.
줄을 선다. 커피를 주문한다. 기다린다. 창가에 앉는다.
커피전문점 안도 혼잡하다. 모두 혼자가 아니다. 너만이
혼자 커피를 앞에 둔 채 앉아 있다. 언제나 혼자인 너. 경
계를 긋고 사는 너. 각자의 삶에, 이야기에 바쁠 텐데도
사람들은 너를 힐끔거린다. 너의 존재는, 너의 고요함은,
너의 넋 없음은, 너의 부재는 사람들의 주의를 끄는 묘

한 힘이 있다. 네가 어디 있던 사람들은 너의 존재를 불편해한다. 너의 조용함이, 너의 초점 없음이, 너의 무심한 표정이 그들이 당황케 한다. 그것을 아는 너. 자리에서 일어난다. 일회용 커피잔을 손에 든 채 밖으로 나간다. 불편함이 사라진 상점 안. 그러나 너의 부재는 덧없음을, 이상한 상실감을 순간 사람들에게 안겨 준다. 바뀐 것은 아무것도 없다. 너의 상실뿐. 다시는 돌아오지 않을 상실감. 사람들은 자신들이 무엇을 잃어버린 줄조차 모른다. 다만 네가 다녀갔을 뿐이다.

다시 거리로 나선 너. 커피잔을 한 손에 들고 다른 한 손은 흔들거린다. 네가 온 길을 다시 거슬러 올라간다. 너의 발걸음이 무거워졌다. 버스정류장에 앉는다. 고요가 내려앉는다. 허공을 응시한다. 아무것도 없는 정면을 바라본다. 길 건너편에 다른 버스정류장이 있고, 화장품 가게가 있고, 편의점이 있다. 노점상이 있고, 사람들이 있다. 너는 보고 있지 않다. 너는 네 앞의 공허를 뚫어져라 쳐다보고 있을 뿐이다. 허공이 부풀어 오르는 것을 바라볼 뿐이다. 버스가 온다. 네가 일어선다. 버스에 탄다. 자리가 없다. 손잡이를 잡고 손잡이를 잡은 팔에 머리를 기댄다. 너에겐 항상 기댈 것이 필요하다. 너는 다른 사람에게 기대지 못하고 언제나 자신에게 기댄다. 너의 팔에, 너의 벽에, 너의 등에, 너의 어깨에. 혼잡한 저녁 버스 안에서 너는 혼자다. 너의 주변으로 무거운 경계가 동그랗게 그어진다.

계단을 내려가는 너. 아침에 올라온 계단을 다시 내려가는구나. 어둠이 너를 삼킬 듯 큰 입을 벌리고 기다리고 있는데, 황급히 불을 켜는구나. 가방을 내려놓고, 벽을 바라다본다. 누군가 그 벽에 메모라도 붙여놓았을 듯 너는 그 벽을 세심히 본다. 개수대에 아침에 마시고 놓아둔 우유 컵이 그대로 놓여있다. 모든 것이 아침에 네가 나온 그대로인데 집 안 광경은 처음 보는 듯 생경하다. 그 생경함에 너는 놀란다. 놀란 마음을 달래듯 너는 물을 틀어 우유 컵을 닦는다. 그리고는 쌀을 씻어 밥을 안친다. 옷을 벗어 걸어둔다.

욕실로 들어가 물을 튼다. 가만히 몸을 닦는다. 머리부터, 그 머리카락부터. 너의 머리카락은 길어져 다시 어깨로 내려왔다. 거품이 목을 타고 어깨로 흘러내리는구나. 너의 가벼운 어깨, 아니 너의 무거운 어깨. 너는 눈을 감고 있다. 물이 이마에서 눈썹으로 볼을 타고 입술로 목선을 타고 흐른다. 그 물이 발등으로 흘러내릴 때까지 너는 눈을 뜨지 않는다. 무어라 중얼거린다. 사랑한다. 사랑해. 뭐라고? 네가 할 말은 그게 아니지. 후회한다고 말해. 너는 다시 말한다. 사랑했어. 사랑해. 너의 얼굴에서 물이 흘러내린다. 눈을 뜬다. 흰자위가 붉어졌다. 차라리 증오하라고 말하고 싶다. 미워하라고. 그럼에도 너는 여전히 그를 사랑한다. 그의 존재가 이미 사라진 지 오래인 지금 이 시각에도. 나는 그에 대한 질투로 어쩔 줄 모른다. 질투는 나의 욕정에 불을 지른다. 너를, 너의 뒷덜미를 낚아채 방바닥에 던지고, 나를 네 안으로 밀어 넣고 싶다. 미친 듯이 너를 가지고 싶다. 너의 목을 조르고 내가 나를 사랑한다고 얘기할 때까지. 네가 그를 증오하게 될 때까지. 네가 그를 사랑한 것을 후회하게 될 때까지.

너는 몸을 닦고, 옷을 입는다. 너는 반찬을 담고, 밥을 담는다. 물을 따르고, 책상 위로 가져간다. 힘없이 밥을 떠 입에 넣는다. 나의 욕망은 그녀의 불쌍한 등 뒤에서 사그러든다. 나는 여전히 글 밖에서 서성인다. 너를 향한 나의 욕정이 부끄러워 고개를 떨군다.

책상에 앉아 있는 너. 책을 들여다보는 너. 창문을 올려다보는 너. 그러다 눈물을 툭 떨구는 너. 노트를 꺼낸다. 무엇을 끄적거린다. 다시 눈물이 툭 떨어진다. 하늘은 아직 완전히 검지 않다. 그러다 스르륵 방바닥에 주저 앉는 너. 바닥에 머리를 대는 너. 그대로 눈을 감는 너. 한동안 눈을 뜨지 않는 너. 감은 눈으로 눈물이 흘러 귓불을 적시는 너. 잠든 너. 꿈꾸지 못하는 너. 지하 방에 갇힌 너. 지하 방에 가둔 너.

고양이가 창문을 지나가다 방안의 너를 들여다본다. 새끼를 많이 낳았던 암고양인지 뱃가죽이 축 처져 있다. 너는 알아차리지 못한다. 고양이는 기지개를 켠 후 가버린다. 너는 잠든다. 전등 빛만이 환하다. 새벽빛이 내리기까지 환한 너의 창문.

4.

진연아. 그가 불렀다. 너는 완전한 진연이 되어 있었다. 그로 인해서.

그가 무언가를 내밀었다. 포장지에 싸인 조그만 선물. 너에게 어울릴 것 같아서. 조그만 십자가 귀걸이이다. 십자가가 그녀의 귓불에 매달렸다. 귀엽네.
그는 그녀의 귓불을 살짝 만졌다. 그녀의 앞 머리카
락을 쓸어 올리고 이마에 입을 대었다. 수줍게 곧 떼
어냈다. 어색한 듯 그가 그녀의 어깨를 감쌌다. 배고
프지 않아? 그녀가 웃었다. 그도 웃었다. 그가 그녀
의 어깨에 팔을 두른 채 걸어갔다. 그녀는 따뜻했다.
그로 인해서.

주점에 들어갔다. 동동주와 파전을 시켰다. 조금
마셔봤다. 알싸하며 쉰 듯한 술 냄새가 올라왔다. 그
는, 우현은 한 사발을 쭉 마셨다. 다시 한 사발을 들
이켰다. 그의 얼굴에 취기가 돌았다. 진연아, 이진연.
그가 그녀의 이름을 불렀다. 그가 웃었다. 이가 드러
났다. 가지런하고 고른 이였다. 파전을 잘라 그녀에
게 내밀었다. 내가 먹을게. 그녀가 젓가락으로 받아
들었다. 우현은 한 잔을 더 따라 반쯤 들이키고는 일
어섰다. 왜 가려고? 아니. 그는 그녀 옆에 앉았다. 주
점의 긴 칸막이가 부담스레 느껴졌다. 그에게 동동
주 냄새가 확 끼쳐왔다.

진연아. 진연아. 그가 이름을 계속 불렀다. 그녀를
고개를 돌리지 못했다. 무슨 일이 일어날지 가슴이

불에 댄 듯 화끈거렸다. 진연아. 그가 손을 뻗어 그
녀의 얼굴을 그에게로 돌렸다. 그의 얼굴이, 그의 입
술이 다가왔다. 그녀는 눈을 감았다. 그것은 뜨거운
용암이 목구멍 위로 치솟는 느낌이었다. 그의 혀가
그녀의 입술을 뚫고 들어와 그녀의 혀와 엉겼을 때,
그녀의 온몸은 따뜻한 타액으로 감싸졌다. 그녀가
눈을 떴을 때, 그는 아직도 그녀의 얼굴에서 손을 떼
지 않은 채 그녀를 보고 있었다. 그녀는 고개를 숙이
고 그의 가슴에 머리를 파묻었다. 그가 그녀의 등을
감쌌다. 그의 손이 넓고 컸다. 십자가 귀걸이가 그녀
의 귓불에서 달랑거렸다. 그는 두 번째로 그녀의 입
술을 덮었다. 너의 가슴이 터질 것 같았다. 그로 인
해서.

　늦여름의 더위가 기승을 부렸다. 가을은 쉽게 올
것 같지 않았다. 너는 거울을 보았다. 머리를 묶었다
풀었다 올려보았다 내려보았다. 결국, 그냥 평상시
처럼 어깨에 내린 머리카락. 원피스를 꺼내 입었다.
　길을 나섰다. 익숙한 골목길을 걸었다. 빵집, 약국,
병원, 과일가게, 편의점을 지났다. 치킨집도 지났다.

기름 냄새가 훅 끼쳤다. 너는 유리 안 튀겨진 닭 조각들을 바라보았다. 이상한 구역질이 치밀었다. 한때는 생명이 있었을 그 조각들은 마치 원래부터 그 모양으로 존재했을 것처럼 보였다.

너, 진연은 계단을 내려갔다. 종종걸음으로. 전동차를 기다렸다. 전동차가 들어올 때 반대쪽으로 고개를 돌렸다. 전동차 안에서 너는 거울을 꺼냈다. 입술이 선홍색으로 물들어 있었다. 반듯한 이마. 너는 거울을 집어넣고 앞좌석의 어린아이와 엄마, 학생들을 슬쩍 바라봤다. 아무 일도 일어나질 않을 듯한 평화로움.

전동차가 다리를 건너자 너는 몸을 돌려 창밖을 바라봤다. 올 때만 해도 맑았던 하늘에서 소낙비가 내리고 있었다. 너는 차창에 빗물을 따라 손가락을 움직여보았다. 빗방울은 흘러내렸다. 어디론가. 전동차가 다시 지하로 들어갔다. 너는 황급히 내렸다. 계단을 올라갔던 너. 계단 중간에서 투명한 비닐우산을 샀던 너. 우산을 펼쳐 들고 종종걸음으로 걷던 너. 그에게 다가가던 너. 환하게 웃던 너. 빗속에서 환하게.

5.

　진연. 비가 내린다. 아무런 흔적도 남기지 않는 비가 내린다. 너의 존재가 그러하듯이, 그의 부재가 그러하듯이, 세상에 아무 흔적 하나 남지 않는 비가 온 세상을 덮는다. 너는 바라본다. 빗줄기를, 아니 비의 존재를. 너의 존재를. 그의 부재를 바라본다.

　네가 횡포를 부릴 수 있는 곳은 오직 너 자신. 하늘은 어둡고, 네 얼굴도 어둡다. 밝음이 존재하기나 했었는지. 너에게. 스무 살이었던 그해 가을. 가을비가 너무도 내리던 그 가을. 네가 눈부셨던 그해. 네 생의 빛을 모두 써버렸던 그해. 오늘의 이 비가 적실 것은 무엇이던가?

　너의 머리가 젖고, 어깨가 젖고, 가슴팍이 젖고, 다리 사이로 비가 흘러내려, 발을 적시고, 너의 마음이 젖고, 너의 과거가 젖고, 너의 기억이 젖고, 너의 아픔이 젖고, 너의 절망이 젖어도 결코 씻겨지지 않는 너의 그리움. 너의 미련한 그리움. 너는 손을 들어 얼굴을 가린다. 너의 존재가 너에게 너무 무겁다. 물에 젖은 존재는 물먹은 솜처럼 불어나 너를 짓누른다. 숨쉬기조차 버겁다. 비가 멈추길. 이 비가 멈추길. 네가 너의 존재의 무게에 깔려 질식하기 전에.

사람들은 지나간다. 완벽히 젖어버린 너는 비와 다를 것이 없다. 사람들의 시선을 등에 박으며 너는 일어선다. 휘청거린다. 정류장 기둥을 잡는다. 너는 걷는다. 네가 버틸 수 있는 시간. 얼마나 될까? 너는 서서히 죽어간다. 빗속에서 나는 너의 사라짐을 보고 있다. 이미 사라진 것일까?

빗줄기가 가늘어진다. 너, 진연은 걷는다. 갈 곳 없는 발걸음. 나도 따라 걷는다. 찰박거리는 보도 위에 너의 흔적은 남지 않는다. 너는 어디로 사라진 것일까?

너는 방으로 돌아와 있다. 전등불을 켜고, 방구석에 쪼그려 앉아있다. 무릎에 얼굴을 파묻고는. 젖은 너. 젖어 있는 너. 가엾은 너. 미친 너. 미치고 싶은 너. 주체할 수 없는 너. 미치게 하는 너. 정말 미쳐버린 너. 그냥 잠든다. 다시 비가 내린다. 빗줄기가 창문을 때린다. 너는 깨지 않는다.

네가 깨어난 것. 고열이 너를 깨운다. 열은 너의 살아 있는 너의 존재를 깨운다. 아직 너는 사라지지 않았다. 너는 겨우 벽을 짚고 일어난다. 찬장을 열어 해열제를 입에 털어 넣는다. 젖은 옷을 벗고 수건으로 물기를 닦는다. 옷을 갈아입고 이불 속으로 들어간다. 오한이 너를 덮친다. 너는 살아있다. 고통이 너를, 너의 존재를 일깨운다. 전등불 아래 너는 덜덜 떨며 밤을 보낸다. 아침은 오지 않을 듯하다. 너에게 아침은.

새벽빛이 방에 스며들어도 너는 일어나지 않는다. 너를 흔들어 보고 싶다. 너는 이마에 땀방울이 맺힌 채 잠들어 있다. 전등불은 밝아진 아침에 쓸데없는 창백함을 발하고 있을 뿐이다. 너는 눈을 감고 있다. 불안이 나를 엄습한다. 혹여 네가 눈을 뜨지 않을까 봐. 이대로 너의 존재를 잃을까 봐.

아침이 지나고 정오가 되어서야 너는 몸을 일으킨다. 벽에 기대어 앉는다. 창문을 뚫어지게 쳐다본다. 비가 그쳤다. 너를 죽일듯한 비가. 너는 욕실로 들어가 샤워를 한다. 따뜻한 물줄기를 몸에 맞은 채 너는 주저앉는다. 다시 일어선 너. 물기를 닦고 옷을 입는 너. 우유를 마시는 너. 해열제를 먹는 너. 도로 주저앉는 너. 벽에 기대는 너. 눈을 감는 너. 눈을 뜨지 않는 너. 황폐해진 너.

비가 그친 지 사흘 만에 너는 길을 나선다. 레코드 가게를 지난다. 익숙한 노래가 흘러나온다. 너는 느리게 걷는다. 너에게 들리는 그 노래.

'다시 사랑한다 해도 다른 누군가를 만나도.' 너를 미치게 했던 노래. 지금 너를 미치게 하는 노래. 눈물이 툭 떨어진다.

'나는 너와 같은 사람 다신 만나지 못해.' 만나지 못한다. 그는 없으니까. 그는 존재하지 않으니까.

'백 번 천 번을 말해도 울며 다짐을 해봐도 떠나가는 네 얼굴 보고 싶은 내가 정말 싫어.' 정말 싫다. 가슴을 치고 벽을 치고 하늘을 쳐봐도 돌이킬 수 없는 시간은. 그래도 보고 싶은 마음은. 하늘을 본다. 눈이라도 내렸으면 좋겠다. 가을날 눈을 보고 싶은 너. 하얀 눈이 따뜻한 너. 눈 속에 네 존재를 묻고 싶은 너. 노래는 끝났다. 다른 노래가, 그녀가 알지 못하는 유행가가 흐른다. 그녀의 삶도 끝난 듯 느껴졌다. 그와 함께.

버스정류장을 지나친다. 너의 발걸음의 빠르지도 느리지도 않다. 너는 옷 가게 앞에서 잠시 발걸음을 멈춘다. 진열장을 들여다본다. 하늘색 셔츠를 한참 바라본다. 너는 하늘색을 무척이나 좋아했다. 그 밝음이 너에게는 너무나 먼, 너에게는 다가설 수 없는 환함으로 기억되기에.

너는 다시 걸음을 옮긴다.

지하철역의 계단을 내려간다. 계단을 센다. 하나, 둘, 셋, 넷…… 개찰구를 지나 다시 계단을 내려간다. 벽에 몸을 기댄다. 전동차가 들어온다. 너는 몸을 떼지 않는다. 사람들이 내리고, 탄다. 너는 아직도 벽에 몸을 기댄 채이다. 전동차가 떠나고 나서야 너는 벽에서 몸을 뗀다. 다시 계단을 올라간다. 온 길을 다시 거슬러 올라간다. 이번엔 옷 가게를 그냥 지나친다. 의식조차 못 하는 듯하다.

버스정류장에 앉아있다. 네가 보는 허공. 그 공허함. 버스가 온다. 버스에 오른다. 자리에 앉는다. 차창에 머리를 기댄다. 가을 풍경이 창문을 스친다. 은행잎이 노랗다. 매년 같은 색으로 물드는 은행나무는 생의 답을 알고 있는 듯하다.

사무실에 들어선 너. 자리에 가서 외투를 벗어 의자에 걸쳐놓는 너. 가방을 책상 옆 한편에 놓아두는 너. 강대리가 들어서면서 너를 본다.

"어어, 미스 리. 괜찮아? 얼굴이 많이 안됐는데 몸 안 좋으면 하루 더 쉰다고 하지그래?"

"아니요. 괜찮아요."

사무실 직원들이 시선이 그녀에게 향한다. 너는 불편하다. 너는 책상에 머리를 숙인다. 교정할 원고를 꺼낸다. 볼펜과 형광펜, 자를 꺼낸다. 작은 포스트 잇을 옆에 놓는다. 원고를 읽기 시작한다.

'분명 그녀였다.' 라고 시작하는 원고. 그녀는 교정을 잊은 듯 원고를 읽어 내려간다. '강변북로, 빠른 속도로 내가 탄 차를 휙 스쳐 지나간 차창 밖으로 내밀어져 있는 손목과 긴 손가락, 가는 손목에 이상하게도 어울리던 큰 남성용 손목시계까지…… 그 짧은 순간 나는 알았다. 그녀라는 것을. 비록 삼 년이 넘게 흘렀지만, 순간 머리 끝부터 서늘해지는 느낌을 어쩔 수 없었다.' 너는 흘러내린 머리카락을 넘긴다. 눈을 원고에서 떼지 않는다. 계속 읽어 내려가는 너의 얼굴이 어둡다. 너는 입술을 살짝 깨문다. 원고 속의 그녀는 슬프다. 그녀는 너다. 너와 같은 슬픔을, 태생적 슬픔을 안고 산다. '언제나 그녀의 슬픔과 고통은 나를 앞질러 가서, 나는 아무것도 해 줄 수 없음에 몸서리쳤다. 그 날의 밤은 그렇게 어두워졌다.' 원고는 거기서 끝나있었다. '몸서리, 그렇게 어두워졌다.' 너는 마지막 문장을 한 번 더 읽는다. '몸서리' 라는 단어가 너를 떠나지 않고 너를 훑는다. 너의 팔뚝에 작은 소름이 돋아난다. 너는 고개를 든다. 주변을 둘러본다. 원고의 다음 부분을 가진 사람이 있는지 슬쩍 훑어본다. 너는 찾지 못한다. 너는 슬프다. 원고의 주인공이 슬퍼서, 주인공을 사랑하는 사람의 아픈 마음이 아파서. 너는 슬픔에 민감하다. 너의 촉수는 언제나 슬픔 쪽으로 뻗는다.

다시 너는 원고의 첫 페이지를 편다. 교정을 시작한다. 맞춤법, 띄어쓰기를 확인한다. 너는 가끔 행동을 멈추고 물끄러미 원고 위의 공간을 응시한다. 진연. 너는 지금 어디 있는 거냐? 너는 이미 먼 과거로 흘러가 있다.

6.

그가 너에게 물었었다. 같이 갈래? 같이 갈래? 너는 웃었었다. 그도 웃었다. 멋쩍게. 그는 너의 어깨에 손을 얹었다. 너의 등은 조용히 떨었다. 둘 사이의 공기도 같이 흔들렸다. 오늘은 정말 너 보내주기 싫다. 너는 어머니의 얼굴이 떠올랐다. 나 가야 해, 이제. 잠깐만, 잠깐만 이대로 있자. 그가 그녀를 당겼다. 그녀의 입이 그의 가슴팍에 닿았다. 진연아, 사랑해. 너는 웃었다. 그러나 불안했다. 빠르게 끓어오른 이 사랑이 어디로 갈지 너는 불안했다. 그래도 행복했다. 조금은, 아니 아주 많이 행복해도 되지 않을까 생각했다. 어린 시절부터 너를 따라다니던 불안을 놓고 싶었다. 그러나 그것은 너의 몫이 아닌 것을. 나는 너를 지켜보고 있었다. 너와 같은 불안으로. 아니, 너보다 더한 불안으로. 슬픔의 천성은 진짜 슬픔을 불러오는 법이니까. 너의 사랑이 행복하게 끝나지 않으리라는 것을, 너의 행복한 순간에 수백 수천 배 더한 불행으로 보답하리라는 것을 나는 알고 있었으니까.

우리 부모님 만날까? 그가 물었다. 너는 침묵했다. 너는 새로운 사람을 만나는 것을 불편해했다. 그가 웃었다. 싫구나? 너는 대답하지 않았다. 그래, 다음에 만나자. 진연아. 진연아. 그가 불렀다. 그가 그녀의 머리카락을 넘겼다. 그녀의 귓불을 만지작거렸다. 십자가 귀걸이가 달랑거렸다. 머리카락은 다시 흘러내렸다. 너 많이 좋아해. 정말. 네가 고개를 끄덕

였다. 진연아. 나 떠나면 안 돼. 왜 그런 말을 해. 대
답해. 안 떠나. 정말이다. 정말 우리 평생 함께 있자.
너는 손을 들어 그의 얼굴을 만졌다. 그가 웃었다.
왠지 그가 슬퍼 보였다. 그는 너의 어깨에 팔을 두르
고 골목길을 걸어 올라갔다. 너의 집 앞에서 너는 손
을 흔들었다. 그가 뛰어갔다. 네가 그때 느꼈던 불안
감이란. 너는 한참을 집으로 들어가는 문 앞에 서 있
었다.

　재헌. 우현의 형의 이름이었다. 네가 그와 극장에
가서 영화가 시작하기를 기다리고 있을 때 누군가
그의 이름을 불렀다. 우현 씨. 우현 씨. 그가 돌아다
보았다. 그는 당황하는 듯 보였다. 그의 이름을 부
른 건 몹시 키가 크고 마른 체형의 여자였다. 화려하
게 장식이 박힌 청바지에 티셔츠, 날렵한 가죽 재킷
을 입고 있었다. 그러나 우현이 쳐다보는 건 그녀가
아니었다. 그녀 옆에 서 있는 어느 남자. 우현과 많
이 닮은, 그러나 사뭇 다른 느낌이 나는 그 남자. 재
헌이었다. 그 남자, 재헌은 너를, 진연을 뚫어지게 쳐
다보고 있었다. 엇갈린 시선들, 엇갈린 눈동자들, 그

눈동자들은 그렇게. 그 키가 큰 여자가 다가와 우현의 어깨를 두드릴 때까지. 우현은 당혹감을 멈추지 못했다.

우현 씨. 여자친구야? 이렇게 예쁜 여자친구랑 데이트하느라 그동안 한 번도 안 보인 거구나? 재헌 씨, 뭐해요? 이리 와요. 동생 친구 소개 좀 받자고요. 거침없는 말투. 당당한 태도. 진연, 네가 가지지 못한 그 태도. 재헌은 그제서야 다가왔다. 그는 우현을 한 번 쳐다보더니 너에게 인사를 건넸다. 우현이 형이에요. 우현이 여자친구군요. 이름이…… 진연, 진연이야. 우현이 입을 떼었다. 여기는 어쩐 일이야. 굳어버린 표정. 네가 한 번도 보지 못한 우현의 표정. 당황한 기색을 애써 감추는 얼굴. 너는 순간 무엇이 잘못되었다는 것을 직감했다. 너는 가만히 떨리는 가슴을 감춘 채 우현의 옆에 서 있었다.

나는 연화예요. 재헌 씨 친구죠. 두 분 다 정말 말이 없으시네요. 영화 보러 오셨어요? 우리 시작하기 전에 차나 한잔 할까요? 그 여자, 연화, 다정다감한 말투. 너희 네 명은 커피를 한 잔씩 놓고 테이블에 앉았다. 여전히 재헌은 진연의 얼굴에서 시선을 떼지 못하고 있었다. 우현은 오히려 시무룩한 표정으로 앞의 커피 컵만 바라보고 있었다. 어디다 시선을 둬야 할지 모르던 너. 안절부절 시선을 땅에 떨어뜨리던 너. 답이 돌아오지 않는 대화를 이어나가던 그 여자, 연화.

재헌이 갑자기 물었다. 진연씨, 몇 살이에요? 갑자기 고개를 들었던 우현. 뭐야? 여자에게 나이를 그렇게 묻는 건 실례잖아, 연화라는 여자가 웃으며 재헌의 어깨를 쳤다. 스무 살이요. 기어가는 목소리로 대답하던 너, 진연. 아. 재헌은 가볍게 탄성을 내질렀다. 그렇군요. 그럼, 집은 어디에요? 어머, 재헌씨. 뭐야? 지금 호구 조사해요? 뭐야? 정말! 연화가 의외라는 듯 탄성을 내질렀다. 도화동이에요. 아, 그렇구나.

우현이 갑자기 벌떡 일어섰다. 우리 먼저 가봐야겠어요. 우현이 진연의 손을 낚아챘다. 아니, 영화 안 봐요? 연화가 따라 일어서며 물었다. 우리 더 급한 일이 생겨서, 먼저 갈게요. 우현은 진연의 손을 잡고 나갔다. 너는 황급히 인사를 했다. 재헌은 끝내 진연의 모습에서 눈을 떼지 못했다. 아니, 오늘 두 사람 다 왜 그래? 무슨 일이야? 우현 씨, 재헌 씨, 모두 평소 같지 않네. 저 여자, 진연이라는 아이, 아는 아이야? 왜? 아니, 재헌 씨가 계속 쳐다보길래. 아니야. 저 아이, 묘한 분위기가 있네. 뭐라고 할까? 조용한 데 가까이 가기 힘든 묘한 느낌?

재헌은 대답하지 않았다. 그는 그들이 나가 방향을 조용히 바라보다 일어섰다. 나 오늘 먼저 갈게. 미안해. 재헌이 뛰어나갔다. 재헌 씨, 재헌 씨! 뭐야? 이게, 혼자 남겨진 연화가 중얼거렸다. 커피 네 잔만이 테이블에 덩그렇게 놓여 있었다.

우현 씨, 뭐 내가 잘못했어? 극장 앞에서 조심스레 묻는 너. 아니야, 진연아. 진연아. 아무것도 아니야. 오늘 내가 좀 피곤해서…… 오늘은 집에 가자. 데려다줄게. 아니야, 우현 씨. 피곤하대며, 나 그냥 갈게. 나 뭐 살 것도 있고, 여기 나온 김에 백화점도 들려갈게. 우현 씨 그냥 가. 진연아. 응? 진연아. 사랑한다. 우현이 그녀의 머리카락을 어루만졌다. 너 없으면 나 못산다. 네가 수줍게 웃었다. 나 괜찮으니까 우현 씨 집에 가서 좀 쉬어. 그래? 그럼, 백화점 앞에까지 데려다 줄게. 정말 괜찮은데. 안 그럼 나 안 간다. 백화점으로 발걸음을 옮겼던 너. 우현. 그리고 그 뒤를 따르던 재헌. 백화점 안으로 걸어 들어가는 진연을 우현은 바라보고 있었다. 진연의 모습이 사람들 속으로 완전히 사라진 뒤에도 우현은 한참이나 자리를 뜨지 않고 진연이 들어간 문을 응시했다.

　백화점 안에 인파에 휩싸인 너. 갈 곳 없던 너. 갈 곳 모르던 너. 너는 무작정 에스컬레이터에 몸을 실었다. 불안했던 너. 우현의 불안했던 얼굴을 생각했던 너. 어느새 7층까지 올라와 버린 너. 여기저기 욕실용품을 둘러 보던 너. 그 뒤를 따르던 재헌. 조용히 한숨을 내뱉던 너. 반대편 에스컬레이터에 몸을 싣던 너. 지하로 내려가 지하철을 타기 위해 걷던 너. 발끝만 바라보며 걷던 너. 전동차가 들어올 때 언제나처럼 전동차 반대 방향으로 얼굴을 돌리던 너. 전동차에 타던 너. 손잡이를 잡은 팔에 얼굴을 기대던 너. 깊은 생각에 잠겨버린 너. 그런 너를 한참 뒤에서 바라보던 재헌. 문득 깊은 잠에서 깬 듯 깜짝 어깨를 움츠리던 너. 황급히 내리던 너. 계단을 걸어 올라가던 너. 그 무거운 발걸음을 따라 올라가던 재헌. 치킨집을 지나다 발걸음을 멈추고 쌓여진 닭 조각들을 가만히 바라보던 너. 한 때 꽤나 시끄럽게 꼬꼬댁거렸을 닭 조각들이 슬펐던 너. 다시 발걸음을 옮기던 너. 언덕을 걸어 올라가던 너. 그 뒤를 따르던 조용한 그림자. 재헌. 그리고 진연의 집 앞을 서성이던 그림자. 우현. 그를 보자 급히 뛰어가던 너. 너를 꼭 안았던 그. 우현. 그를 쳐다보던 너의 눈동자. 묻고 싶은 게 가득했으나 두려워 말을 하지 못하던 너의 눈동자. 우현은 그냥 중얼거렸다. 사랑해 진연아. 사랑해. 너의 귓불에서 달랑거리던 십자가 귀걸이. 먼발치에서 발걸음을 돌리던 재헌. 저녁하늘은 미치도록 붉었다.

7.

갑자기 강 대리가 책상 위에 무엇을 툭 놓는 바람에 너는 정신을 차린다. 먼 과거에서 돌아온 너. 우유다. 인삼이 들어간 우유.

“미스리. 요즘 얼굴이 말이 아니야. 좀 먹고 하라고.”

“고맙습니다.”

고개를 꾸벅 숙이던 너. 김 주임이 재미있다는 듯이 한 마디 던진다.

“강 대리. 미스 리 좋아해. 너무 거기만 신경 써 주는 거 아니야?”

“내가 무슨.”

강 대리는 머리를 긁적인다. 자리로 돌아가는 강대리. 우유의 포장을 들여다보던 너. 책상 위에 도로 놓던 너. 너는 자리에서 일어난다. 화장실에 들어간다. 문을 잠그는 너. 눈물이 흘러내리는 너. 어떻게 해야 할지 알 수 없는 너. 삶이 너무 무거운 너. 기억을 지울 수 없는 너. 지울 수 없는 기억에 삼켜져 버린 너.

점심시간이다. 너는 회사 앞 벤치에 앉아 있다. 진연, 너의 어깨. 너의 작은 어깨. 널 안고 싶다. 내게 기대게 하고 싶다. 내가 여기 있다고 외치고 싶다. 나를 의지하라고, 모든 기억을 잊으라고, 네 잘못이 아니라고, 삶이 다 그러하다고, 너를 사랑한다고. 말하고 싶다. 그러나 나는 여기. 글 밖에. 이 글의 밖에서 너의 어깨의 흔들림을, 너의 어깨를 스치는 작은 바람을 바라보고 있다. 너의 슬픔은 나의 마음을 뒤흔들어 놓지만, 나의 간절한 마음 하나 너에게 전해지지 않는다. 한없는 안타까움.

너는 일어난다. 너의 손에 들려있는 우유. 너는 걷는다. 너의 발자국이 남지 않는 단단한 시멘트 바닥. 누구의 발자국도 남지 않으리라. 너의 흔적은 그 어디에도 남지 않는다. 너에게 남아 있는 건 네 마음속에 깊이 박혀버린 그의 흔적뿐.

8.

어둑해지는 저녁 길을 걸어 올라갔던 너. 너의 집 앞에 서성이던 그림자. 익숙한 그림자. 너는 그가 우현이라 생각했다. 발걸음을 빨리해 걷던 너. 그의 앞에 섰던 너. 그는 우현이 아니었다. 우현과 많이 닮은 모습을 가진 그. 우현의 형, 재헌이었다. 미소를 멈추던 너. 순간 혼란스러웠던 너. 불길한 예감이 그녀를 스쳐 갔다. 진연, 너는 순간 소름이 돋았다. 그가 왜 거기서 너를 기다렸는지 알지도 못하면서.

재헌. 그는 너를 보고 웃었다. 너를 보고, 마치 우현이 너를 보고 웃듯이. 뜻밖이죠? 재헌이 입을 열었다. 아, 네. 다시 한 번 보고 싶었어요. 우현이 너무 꽁꽁 숨겨놓고 보여주질 않아서요. 아, 네. 우리 어디 가서 차 한 잔 마실까요? 저녁은 먹었어요? 아, 네. 그는 먼저 걸음을 뗄 때 성큼 걸어갔다. 너는 그의 반듯한 등과 곧은 어깨를 보며 길을 걸어 내려갔다. 그의 견고한 뒷모습이 불안했다. 재헌이 가지고 온 것이 무엇이든 그것이 너와 우현이 전과 같게 돌아가지 못하게 할 것 같은 예감. 너는 뒤돌아서 도망치고 싶었다. 골목길을 냅다 달려올라 가고 싶었다. 그러나 힘없이 재헌의 발걸음을 따라가는 너. 운명으로부터 도망치지 못하는 너. 꼼짝없이 갇힌 너. 꼼짝없이 당할 너.

버스정류장 어귀의 카페로 들어갔다. 재헌이 문을 열어주었다. 그가 커피를 주문했다. 그녀도 커피를 주문했다. 그녀가 싫어하는 씁쓸한 맛이 입가를 적셨다. 그래도 너는 마치 커피가 너를 구해주기라도 할 듯 커피잔을 꼭 붙잡았다. 그 온기라도 너에게 필요했을 것을, 너의 차가워질 마음에, 너의 차가워질 영혼에. 재헌이 입을 열었다. 정말 닮았네. 정말. 처음 만났을 때 그랬듯이 재헌은 너의 얼굴에서 시선을 떼지 못했다. 너는 고개를 숙였다. 그래서 우현이 그렇게 숨겨놨던 건가? 재헌의 혼잣말에 너는 고개를 들었다. 너의 눈동자에 물음표가 새겨졌다. 재헌이 손사래를 치며 말했다. 그렇게 진지하게 보지 마요. 내 동생을 너무 닮아서요. 동생요? 우현 씨 동생요? 아, 우현이에게는 누나가 되죠. 우현이랑 나는 이복형제에요. 아버지만 같아요. 우현이 얘기 안 하던가? 너는 고개를 흔들었다. 아 그랬구나. 재헌을 이야기를 멈췄다. 너의 얼굴을 뚫어지게 쳐다봤다. 우현이 잘 해줘요? 네.

대화는 거기서 끊어졌다. 어색한 침묵이 허공에 흘렀다. 참 말이 없군요. 너는 희미한 미소를 지었다. 우현이 만나서도 그렇게 말이 없어요? 아무것도 궁금하지 않나 봐요. 너는 아무 소리도 내지 않았다. 아니 낼 수 없었다는 편이 옳았다. 마치 이 침묵 뒤에 나올 이야기들이 너의 생을 송두리째 흔들어 멜 거라는 것을 미리 알기라도 한 듯이. 정말 아무것도 궁금하지 않은가 보군요. 그런데 정말. 재헌이 손을 진연의 얼굴로 뻗었다. 미안해요. 한 번만 만져볼게요. 재헌의 눈에 물이 맺혔다. 너는 알았다. 너를 닮았다는 그 동생은 이 세상 사람이 아니라는 것을. 살아있는 사람을 닮았다고 굳이 너를 찾아오지 않을 테니까. 더구나 그 덩치 큰 사람이 눈물을 글썽이지는. 네 불행의 예감은 정확히 그 시작을 알리고 있었다.

재헌은 손을 진연의 볼에 갖다 댄 채 움직이지 않았다. 진연이 고개를 숙였다. 그는 손을 거두지 않았다. 그녀가 그의 손을 잡아 가만히 얼굴에서 떼어냈다. 재헌의 눈에서 눈물 한 방울이 볼을 타고 흘러내렸다. 미안해요. 진연 씨. 내가 동생 애인에게 찾아와서 별 추태를 다 부리죠. 미안해요. 미안. 그 날 잠깐 보고 나서 정말 한 번만이라도 더 보고 싶었어요. 미안해요. 너는 아무 말도 하지 못했다. 그의 슬픔이 슬퍼서, 그의 슬픔이 두려워서. 곧 너에게 닥칠 슬픔에의 공포로. 진연씨. 네? 우현이에게는 아무 말 말아줘요. 나 내년 봄이면 미국으로 가요. 그 전에 한 번만 더 이렇게 볼 수 없을까요? 재헌이 말꼬리를 흐리며 물었다. 너는 대답하지 않았다. 그대신 가만히 일어났다. 저 이만 가볼게요. 아, 내가 데려다줄게요. 아니에요. 괜찮아요.

너는 커피전문점 문을 열고 나왔다. 재헌의 동생, 우현의 누나. 그녀와 닮은 너. 진연. 많은 생각이 머릿속을 스쳐 갔다. 그중 하나의 생각도 가지고 싶지 않았다. 고개를 숙이고 걷던 너. 그 뒤를 천천히 따라오던 재헌. 이상하네, 그렇게 옆도 아무데로 안 보고 걷는데, 안 부딪치고 가네요. 그가 웃으면서 말했다. 뒤돌아보던 너. 저 혼자 가도 돼요. 아니에요. 내가 마음이 안 편해서 그래요. 집 앞까지만 가서 들어가는 것 보고 갈게요. 그런데 정말 진연씨는 아무것도 안 물어보네요. 내가 집을 어떻게 찾았는지도. 너는 희미하게 웃었다. 너는 두려웠다. 네가 듣게 될 대답이. 대답들이. 너는 차라리 침묵하는 편을 택했다.

집 앞에 다다른 너. 그럼, 잘 들어가요. 오늘 미안했어요. 골목길을 뛰어 내려가던 재헌. 그 익숙한 뒷모습. 우현과 너무도 비슷한 뒷모습. 그리고 재헌의 동생을 닮았다는 너. 불안과 의문 속에 돌아서는 너. 잠들지 못하는 너. 불 켜진 너의 창문.

우현을 만난 것은 일주일이 지나서였다. 너는 심

하게 아팠다. 너는 집에서 꼼짝하지도 못하고 일주일을 앓았다. 우현이 집으로 찾아왔다. 너는 옷을 갈아입고 밖으로 나갔다. 가을이 오기 시작하는지 제법 선선해진 바람. 파랗게 높아진 하늘. 그는 그 하늘빛보다 엷은 하늘색 셔츠를 입고 있었다. 그 골목길을 너는 그와 손을 잡은 채 나란히 내려왔다.

진연아, 진연. 내가 맛있는 죽 사줄게. 고개를 끄덕이는 너. 너의 손을 꼭 잡던 그, 우현. 너와 그는 동네 어귀의 일식집으로 들어갔다. 전복죽과 회덮밥을 주문하는 우현. 그의 조용하고 힘 있는 말소리. 너는 그를 뚫어지게 쳐다봤다. 저 얼굴. 네가 그토록 사랑하는 사람의 얼굴. 너의 눈에 눈물이 차올랐다. 너는 고개를 떨구고 얼른 눈물을 감췄다. 진연아, 왜 그래? 아직도 몸이 안 좋아? 내가 괜히 데리고 나왔나? 아니야. 우현 씨 보니까 좋아. 네가 웃었다. 그가 웃었다. 그의 주변의 모든 것들이 그와 같이 웃었다. 너는 가슴 한켠이 아릿한 채 그를 바라보았다.

무엇일까? 이 불안의 정체는. 너는 이 순간이 끝나지 않기를 바랐다. 전복죽을 호호 불어주던 그, 우현. 너의 얼굴을 만지던 그, 우현. 너에게 말하지 못한 것을 가지고 있는 그, 우현. 네가 물어봤을까? 네가 너의 누나를 닮았느냐고? 너의 누나는 이 세상 사람이 아니냐고? 그래서, 나를 좋아한 거냐고? 너는 묻지 않았다. 침묵 속에 백 번 천 번을 물어봤지만 너는 입을 떼지 않았다. 네가 두려운 것은 진실이 아니라 그를 잃게 되는 것. 네가 온 영혼을 다해 사랑하는 사람을 잃게 되는 것. 너에 대한 그의 사랑이 어떤 것이든 상관없이.

우리 여행 갈까? 너의 입에서 나온 말이었다. 불행을 예감한 너의 입에서. 어떻게든 이 순간을 지속해보려는 너의 입에서. 우현은 놀란 것 같았다. 이내 그는 미소 지었다. 여행 가고 싶어? 너는 고개를 끄덕였다. 그래, 가자. 어디로 가고 싶어. 아무 데나. 그냥 조용한 데. 조용한 데. 조용한 데라. 그는 너의 말을 돼내었다. 그래, 내가 알아볼게. 근데 너 괜찮겠어? 너희 부모님. 괜찮아. 너는 부모님 얼굴이 떠올랐다. 외동딸을 위해서라면 뭐든지 할 어머니. 뭐든지 해 낼 아버지. 그래 괜찮아. 네가 말했다. 진연아. 진연아. 그가 불렀다. 너 오늘 좀 이상하다. 왜? 이번이 네가 먼저 뭐하자고 그런 거 처음인 것 알아? 그래? 네가 웃었다. 그럼 안 돼? 아니, 그냥. 진연아. 그가 너의 이름을 불렀다. 그가 너의 머리를 쓰다듬었다. 너는 가만히 숨을 죽였다. 이 시간이. 이 사랑이 영원히 너에게 멈춰 있기를.

기차역에 서 있던 너, 그리고, 그. 너희를 바라보던 나. 미치도록 안타까운 마음으로 너희를 뚫어지라 바라보던 나. 질투에 머리가 돌아버릴 지경인 나. 그러나 너를 사랑하던 나.

기차 안 좌석에서 너에게 팔을 두르고 있던 그, 우현. 그의 품에 머리를 기대고 있던 너. 너에게서 아련하게 국화꽃 향기가 났다. 그 지울 수 없는 너의 향취. 오늘 나가는데 형이 여행가냐고 물어보더라. 너는 조용히 몸을 떨었다. 그래서 너랑 여행 간다고 했더니, 대답도 안 하고 나가버렸어. 형이 원래 그런 사람이 아닌데 왜 그랬을까? 너는 그 날의 재헌을 떠올렸다. 너의 얼굴에 닿던 손. 그의 눈동자에 고였던 눈물. 그 주르륵 흘러내리던. 너는 아무 말도 하지 않았다. 형이 요즘 여자친구랑 잘 안 되는 것 같아. 말도 없어지고 좀 이상해. 너는 대답하지 않았다. 아무 말도 할 수 없었다. 재미없지? 엇, 여기 시 쓰여 있네. 우현은 기차 앞좌석 비닐 커버 안에 쓰여 있는 글씨를 가리켰다.

'첫눈 오는 날 만나자. 어머니가 싸리 빗자루로 쓸어 놓은 눈길을 걸어 누구의 발자국 하나 찍히지 않은 순백의 골목을 지나 새들의 발자국 같은 흰 발자국을 남기며 첫눈 오는 날 만나기로 한 사람을 만나러 가자. 팔짱을 끼고 더러 눈길에 미끄러지기도 하면서 가난한 아저씨가 연탄 화덕 앞에 쭈그리고 앉아 목 장갑 낀 손으로 구워 놓은 군밤을 더러 사먹기도 하면서 첫눈 오는 날 만나기로 한 사람을 만나 눈물이 나도록 웃으며 눈길을 걸어가자. 사랑하는 사람들만이 첫눈을 기다린다. 첫눈을 기다리는 사람들만이 첫눈 같은 세상이 오기를 기다린다. 아직도 첫눈 오는 날 만나자고 약속하는 사람들 때문에 첫눈은 내린다. 세상에 눈이 내린다는 것과 눈 내리는 거리를 걸을 수 있다는 것은 그 얼마나 큰 축복인가? 첫눈 오는 날 만나자. 첫눈 오는날 만나기로 한 사람을 만나 커피를 마시고 눈내리는 기차역 부근을 서성거리자.'

안도현이라는 시인이네. 진연아, 우리도 약속하자. 우리 무슨 일이 있어도 첫눈 오는 날은 꼭 함께 있기로. 첫눈 오는 날 저녁 여섯 시에 우리가 기차 탄 역에서 만나자. 그는 너에게 손가락을 내밀었다. 너는 너의 작고 여린 손가락을 그의 단단한 손가락에 걸었다. 그가 너의 이마에 입을 맞추었다. 기차의 규칙적인 흔들림에 너는 잠이 들었다. 네가 눈을 떴을 때 그는 잠이 들어 있었다. 너는 그의 품에서 빠져나와 그의 얼굴을 들여다보았다. 눈, 코, 입. 다부진 입. 입술에 손을 갖다 대려다 그만두었다. 그 날의 재헌이 자꾸 떠올랐다. 우현과 있으면서 너는 재헌의 생각을 지울 수가 없었다. 기차의 화음이 점점 늦춰지다가 마침내 외마디 한숨을 토하는 듯 멈춰 섰다. 역에 내린 너. 진연. 그리고 우현. 한 손에 가방을 들고 다른 한 손에 너의 손을 꼭 잡고 선 우현. 기찻길을 한 번 돌아보다가 흠칫 놀라는 너. 발걸음에 속도를 내던 너. 택시를 타던 너와 우현. 한 시간여를 달려 택시가 도착한 곳은 바닷가 앞 민박집이었다. 비교적 깨끗하고 한적한 민박집. 여름이 지난 초가을에 한산한 바닷가. 군대 있을 때 이 근처에서 근무해서 잘 알아. 우현이 싱긋 웃었다.

따뜻해진 너의 마음. 민박집 주인이 저녁상을 차려줬다. 깔끔한 반찬에 회까지 나왔다. 된장찌개를 서로 떠주던 너와 우현, 해지는 바다를 걷던 너와 우현. 너의 불안의 그림자가 잠시 사라진 듯 느꼈던 그 가을 바다. 우현은 너를 긴 팔로 감싸 꼭 안고는 해변을 따라 한참을 걸었었다. 그 행복이 불행으로 바뀌기까지.

민박집 방으로 돌아온 너와 우현. 밖은 이미 어두워졌다. 천정에 달린 백열전구만이 빛을 발했다. 진연아. 나 너한테 할 말 있다. 너는 얼굴이 굳어졌다. 백열전구가 너의 얼굴을 비추었다. 따뜻한 불빛에 가려진 너의 창백함. 나 아무 말도 안 들어도 돼. 순간 재헌의 얼굴을 떠올리던 너. 재헌이 눈물을 떨구던 모습. 너는 우현이 할 말이 심각한 것임을, 그리고 너와 우현의 관계가 과거로 돌아가지 못할 것을 직감했다. 아니야. 내가 말해야 내가 편할 것 같아. 너는 고개를 바닥으로 떨구었다.

우현은 너의 어깨에 팔을 두르고 벽에 기댄 채 말

을 시작했다. 십자가 귀걸이가 귓불에서 달랑거렸
다. 진연아. 무슨 말을 해도 내가 사랑하는 건 너야,
진연아. 너는 대답하지 않았다. 불길한 예감이 피어
올랐다. 우리 처음 만났을 때 기억나? 내가 군 제대
하고 나서 복학했는데, 그 무슨 수업이더라. 수업은
기억 안 나고 널 만난 것만 기억난다. 널 처음 봤는
데, 심장이 멎는 줄 알았어. 진연, 너는 조용히 듣고
만 있었다. 네가 내가 아는 사람을 너무 많이 닮아
서. 너는 잠시 숨을 멈췄다. 그 사람은 내가 처음으
로 사랑했던 사람이야.

　너는 혼란스러웠다. 재헌은 자신의 동생을 닮았다
고 하지 않았는가? 그리고 우현이 말을 이었다. 그
사람은 내 이복 누나야. 우린 같은 성당을 다녔어.
나는 고등학교 삼 학년이었고, 누나는 대학에 입학
했지. 난 미진 누나가 내 이복 누나인 줄을 몰랐어.
누나를 정말 좋아했어. 난 미진 누나가 나랑 너무 잘
통한다고만 생각했어. 아, 그 사람 이름이 미진이었
구나. 너는 생각했다. 우린 같은 동네 살았고, 내 아
버지는 가끔 집에 들르셨지. 그러다 미진 누나네 집
에서 사실을 알았어. 미진 누나의 어머니가 그 사실

을 알고 얼마 되지 않아 수면제 과다 복용으로 돌아
가셨어. 재헌 형은 나보다 네 살 위였고. 너는 숨을
쉴 수 없었다. 얼굴에 핏기가 사라졌다. 미진 누나는
어머니가 돌아가시고 한 달 정도 있다가 전철 역에
서 뛰어내렸어. 정말 지긋지긋하게 더운 여름이었어.
가족들은 사고사라고 말했지만, 나랑 재헌 형은 알
고 있었어. 누나가 자살한 거라는 걸.
  우현은 너의 얼굴이 백지장처럼 하얘지는걸 보지
못했다. 재헌 형은 군대에 가버렸어, 제대하고는 미
국에 있는 이모댁에서 몇 년 살았지. 그때부터 일 거
야. 아버지와 같이 살기 시작한 것은. 난 미칠 것 같
았어. 아침에 눈만 뜨면 산에 올라갔으니까. 이 산,
저 산. 산이란 산은 다 올라갔을 거야. 아버지도, 어
머니도, 이해할 수 없었어. 더구나 미진 누나를 생
각하면 가슴이 찢어지는 것 같았지. 나도 군대에 갔
다 와서야 조금씩 받아들일 수 있었어. 그리고 우현
은 잠시 말을 멈췄다. 너를 만나서, 너를 만나서, 난
너무 행복한데. 진연아. 너를 사랑해. 내가 사랑하는
건 진연, 너야. 우현을 진연을 바라봤다. 진연은 정
신을 잃었다.

네가 눈을 떴던 건. 하얀 천장. 가장자리에 때가 낀 줄무늬 커튼. 어느 병원의 응급실이었다. 옆에 우현이 너의 손을 꼭 잡은 채 잠들어 있었다. 링거병에 든 물약이 한 방울씩 떨어지고 있었다. 너는 기억을 더듬었다. 눈물이 너의 눈에서 흘러내렸다. 너는 우현의 손에서 살며시 손을 뺐다. 팔에 꽂힌 링거도 뺐다. 시골병원의 응급실은 한산하기 그지없었다. 눈에 보이는 대로 아무 슬리퍼나 신었다. 너는 조용히 밖으로 걸어 나왔다. 초가을의 새벽바람이 차가웠다. 외투도 없이 너는 보도를 따라 걷다가 택시를 발견하고 발걸음을 멈췄다. 택시를 타고 너는 말했다. 서울로 가요, 아저씨. 택시비는 왕복으로 드릴게요. 너는 힘겹게 말을 뱉고 차창에 얼굴을 기댔다.

택시가 새벽바람을 가르고 서울로 향할 때 뜨거운 눈물이 볼을 타고 계속 흘러내렸다. 그 여자. 미진. 미진 누나. 우현의 첫사랑. 우현의 누나. 재헌의 동생. 그 여자는 진연, 네가 중학교 때 봤던 그 여자였다. 지하철에서 뛰어내렸던. 그녀의 영상은, 그녀의 옆모습은, 너를 끈질기게 쫓아다녔다. 밤마다 악

몽을 꾸기 일쑤였다. 어떤 꿈에선 뛰어내리는 그녀를 막으려고 할 때 너를 쳐다보는 그녀의 얼굴은 너였다. 그러던 어느 날, 네가 고등학생이 되었을 때 거울을 보던 너는 알았다. 네가 그녀를 닮아간다는 것을. 그렇게 지우고 싶은 기억이 이제 네 얼굴에 새겨지고 말았다는 것을. 네가 어려서 본 그녀의 옆얼굴에 긴 머리, 너무나 흡사하다는 것을. 너는 머리를 잘라버렸다. 그 뒤로 다시 머리를 어깨 이상 기르지 않았다. 너는 미친 듯이 공부에 매달렸다. 네게 새겨진 그 기억을 잊어보려는 듯이. 우현을 만나기 전까지도 너는 가끔 악몽에 시달렸었다. 너는 어두운 데서 있지도 불을 끄고 자지도 못했다.

그 여자의 기억을 지워주기 시작한 것은 네가 우현을 만나기 시작하면서. 그의 따뜻함에 적응하기 시작하면서이다. 그런데 우현. 그가 본 것은 진연이 아니라 미진이었던 것이다. 공포가 되살아나 너의 몸을 휩쓸었다. 네가 그토록 잊으려 몸부림치던 그 기억, 내가 그토록 매달렸던 사랑. 결국, 그것이 하나였다는 것을 뒤늦게 깨닫는 순간. 너는 벗어날 수 없었다. 너의 정해진 운명으로부터.

택시가 골목길을 올라 집에 다다랐을 때 가로등
밑에 낯익은 그림자가 보였다. 재헌이었다. 벽에 기
댄 채 담배를 피우고 있었다. 택시가 멈추는 것을 보
더니 담배를 서둘러 버리고 발로 비볐다.

진연, 네가 내렸다. 휘청거리는 몸을 문에 의지했
다. 아저씨, 잠깐만 여기 기다리시면 집에 들어가서
택시비 가져올게요. 재헌이 서둘러 다가왔다. 너의
팔을 잡았다. 한 손으로 지갑을 꺼내 수표 두 장을
건넸다. 아니, 아니에요. 제가 낼 거에요. 기사는 난
감한 얼굴로 수표를 받아 들고 어정쩡한 자세로 돌
아보고 있었다. 됐어, 괜찮아. 그냥 가세요. 재헌은
진연을 끌어당기더니 택시 문을 닫아버렸다. 아니,
잠깐 계세요. 제가 택시비 가지고 나올게요. 진연씨,
진연아. 그만해. 지금 그런 차림으로 들어가면 부모
님께서 뭐라고 하시겠어? 너는 그제야 네가 외투도
입지 않고, 가방도 들지 않고, 슬리퍼를 신은 채라는
것을 깨달았다. 재헌은 외투를 벗더니 그녀의 어깨
에 걸쳤다. 아니, 괜찮아요. 괜찮아. 그냥 있어. 외투
를 벗으려는 너. 진연아. 그러지 않아도 돼. 그냥 힘

들면 울어도 돼. 재헌은 진연을 바라봤다. 눈물이 갑자기 왈칵 쏟아지던 너. 너의 등을 한없이 쓸어주던 재헌.

안 되겠다. 내가 아래 주차장에 차 세워놨으니까 같이 걸어 내려가자. 좀 정신 좀 차리고 집에 들어가야지. 부모님 놀래시겠다. 너는 순순히 재헌을 따라 내려갔다. 얇은 티셔츠만 입은 견고한 그의 등이 발걸음에 흔들렸다.

재헌은 차를 한강 둔치로 몰았다. 새벽빛이 어슴푸레 비쳤다. 진연아. 우현이가 얘기하던? 미진이. 너는 대답하지 않았다. 우현이가 뭐라고 했어도 우현이는 지금 진연이, 아니, 진연씨 많이 좋아하는 것 같더라. 그러니, 좀 이해해 줘. 미진이랑 많이 닮긴 했어도 진연이는 미진이가 아니니까. 그렇게 말하면서도 진연의 얼굴에서 눈을 떼지 못하던 재헌. 너랑 눈이 마주치자 재빨리 창밖을 바라보던 그, 재헌. 조금 자. 얼굴이 말이 아니다. 재헌은 몸을 굽혀 좌석 시트를 뒤로 젖혀주었다. 어색해진 너는 고개를 돌렸다. 재헌은 밖으로 나가 담배를 피워 물었다. 그 모습을 바라보다 다시 눈물이 떨어지던 너. 그러다 어느새 잠들었던 너. 눈가에 눈물이 고인 채로.

네가 다시 눈을 떴을 때 아침은 환하게 온 뒤였다. 재헌은 여전히 밖에서 강물을 바라보고 있었다. 너는 차 문을 열고 나갔다. 계속 밖에 계셨어요? 아, 이제 일어났구나. 재헌은 너의 머리를 마치 꼬마의 더벅머리를 만지듯 쓰다듬었다.

배고프지? 아침 먹고 집에 데려다줄게. 아니, 괜찮아요. 그냥 집에 갈래요. 재헌은 너를 뚫어지게 바라봤다. 너는 고개를 숙였다. 한 번만 그냥 네 하면 안 되냐? 동생 여자친구 밥도 못 사주냐? 타. 설렁탕 집에 앉은 너와 재헌. 뜨거운 국물을 후후 불며 먹던 재헌. 빨리 먹어. 완강한 말투에 몇 숟갈을 떠 넣던 너. 어제의 일이 조금은 멀어진 듯, 차가워진 가슴이 조금은 뜨거워진 듯 느껴지던 너. 시계를 보더니 재헌은 백화점은 아직 안 열었겠고, 마트는 열었겠다. 너를 차에 태우고 마트에 갔던 재헌. 옷과 신발을 사주던 재헌. 너는 조그만 소리로 말했다. 고맙습니다. 제가 나중에 갚을게요. 큰소리로 웃던 재헌. 뭐로 갚을 건데? 눈이 휘둥그레지던 너. 농담이야. 우현이랑은 농담도 안 하냐? 우현의 이름에 갑자기 슬픔이 차오르는 너. 얼른 입고 나와요. 이젠 집에 가야지. 나랑 있는 게 너무 좋은 것 아니야? 아, 농담이야. 농담.

너와 재헌이 골목에 다다랐을 때, 집 앞에 서 있던 그, 우현. 재헌의 차를 보고 놀라던 우현. 진연아, 어떻게…… 말을 흐리던 우현. 눈물이 다시 떨어지던 너. 진연. 우현 씨. 나 오늘을 힘들어서 그냥 들어갈게. 너를 쳐다보던 그, 우현. 그래, 많이 피곤하지. 머리카락을 넘겨주던 우현. 가방을 건네던 우현. 너는 재헌에게 인사를 꾸벅하고 우현을 한 번 쳐다보고는 집으로 들어갔다. 타라. 내가 설명해 줄게. 우현은 재헌의 차에 타고, 차는 골목길을 돌아내려 갔다. 너, 진연은 다시 며칠을 심하게 앓았다. 너의 창문엔 불이 꺼지지 않았다.

9.

다시 전철역에 앉아 있는 너. 철로를 바라보고 있는 너. 흘러내린 머리카락. 아무도 쓸어 넘겨 주지 않는 그

268

머리카락. 전동차가 들어온다. 이번에 너는 고개를 돌리지 않는다. 들어오는 전동차를 뚫어져라 바라본다. 사람들이 내린다. 내린 사람들은 마치 물고기떼처럼 계단을 쓸어 올라간다. 대기하던 사람들이 탄다. 계단을 뛰어 내려오는 구두 소리.

전차 안에서 너의 모습을 응시하던 한 사람. 서둘러 내리려 하나 타는 인파에 쓸려 내리지 못한다. 전동차는 문이 닫히고 떠난다. 갑자기 한산해진 전철역. 시간이 멈춰버린 듯한 사차원 공간. 너는 앉아 있다. 하염없이. 그곳에. 두 번의 전동차가 더 들어오고 떠난 뒤 몸을 일으키는 너. 다시 계단을 올라가는 너. 그 흔들거리는 발걸음. 맞은편 열차가 도착하고 급하게 내린 한 사람. 네가 앉아있던 자리를 응시하던 그 사람. 서둘러 계단을 올라가는 그. 인파 속에서 너를 찾는 그 사람. 그의 형. 재헌.

너는 계단을 올라간다. 빛으로. 빛이 있는 곳으로. 어둠에서 벗어나고자 하는 간절한 발걸음으로. 그러나 벗어나지 못하는 너. 오후의 태양 속에서 너의 그림자만이 짙게 드리운다.

10

며칠 전화를 받지 않았다. 문밖에도 나가지 않았다. 환하게 밝혀진 창문만이 너의 존재를 알리고 있었다. 우현은 전화를 하고, 집 앞에서 기다리고, 너의 불 켜진 창문을 올려다보았다. 낙엽이 떨어져 바닥에 뒹굴고, 나무들이 그 앙상한 몸매를 드러낼 때쯤 너는 우현을 만났다. 그는 매우 수척해져 있었고, 너도 그러했다. 나만이 너의 연애가 끝나가는 것은 안타까운 기쁨으로 엿보고 있었다.

너희가 들어간 곳은 언덕 밑 찻집. 따뜻한 유자차를 시킨 채 너희는 말없이 앉아있었다. 우현이 입을 떼었다. 진연아, 진연아. 미안하다. 무엇이 미안한 건지 그는 알까? 우현 씨, 내가 미안해. 진연아, 그러지 마. 우현 씨. 내 말 끝까지 들어줘. 너는 우현의 눈을 똑바로 마주 보았다. 우현의 눈동자가 흔들렸다. 네 마음은 폭풍이 몰아치듯 흔들리고 있었다.

우현 씨. 미안해. 내가 우현 씨 누나가 죽는 것 봤어. 뭐? 그러니까, 내가 중학교 때, 전철 역에 앉아있었을 때, 그 여자, 그러니까, 우현 씨의 누나가 벽에 기대 서 있었어. 나는 그냥 아무 생각이 없었어.
그 여자는 긴 생머리가 등까지 내려왔어. 진연아, 그
만. 아니, 내 말 들어, 우현 씨. 그런데 전동차가 들
어오자 벽에 서 있다가 달려가 선로로 뛰어내렸어.
나는 지금껏 나에게 물었었지. 내가 왜 그 때 잡지
못했을까? 내가 말이라도 시켰으면 무엇이 달라졌
을까? 우현의 얼굴이 창백하게 굳었다. 너의 눈에서
눈물이 뚝 떨어졌다.

그 이후로 나는 제대로 살 수가 없었어. 그 여자
의 얼굴이, 그 뛰어내리던 모습이. 너의 목소리가 마
구 흔들렸다. 항상 나를 따라다녔어. 우현 씨를 만나
기 전에 이미 나는 내가 그 여자를, 우현 씨의 미진
누나를 닮아간다는 것을 알고 있었지. 벗어나려고,
얼마나 노력했는지. 너의 목소리에 흐느낌이 더해졌
다. 그런데, 그런데…… 네가 손으로 얼굴을 가리고
흐느꼈다. 이젠, 우현 씨를 그 여자를 생각하지 않고
는 볼 수가 없어. 우현이 너의 등을 어루만졌다. 진
연아, 진연아. 눈물의 그의 눈에서도 흘러내렸다. 난
그런 줄도 모르고. 네가 본 사람이 미진 누나가 아닐
수도 있잖아. 아니, 이젠 모든 게 끝났어. 제발 진연

아. 나는 너를 사랑해. 제발. 너 없이는 나 못산다.

　네가 주머니에서 무언가를 꺼냈다. 십자가 귀걸이 한쪽이었다. 진연아, 이러지 마. 너는 그 귀걸이를 그의 손에 쥐여주며 말했다. 미진 누나의 유품이야. 흠칫 놀라던 그, 우현. 그는 손을 뻗어 너의 머리카락을 귀 뒤로 넘겼다. 십자가 귀걸이가 두 귀에서 달랑거렸다. 너는 일어나서 달려나갔다. 우현은 한동안 자리에서 일어나지 못했다. 늦가을의 비가 추적추적 내리기 시작했다. 한동안 멍하니 앉아 있던 우현은 자리에서 일어나 빗속으로 걸어나갔다.

　네가 재헌으로부터 다급한 전화를 받은 것은 일주일이 지나서였다. 우현의 행방이 묘연하다고 했다. 재헌이 집 앞으로 찾아왔다. 어쩔 줄 모르던 너. 우현을 잃을 것 같던 불안감에 휩싸였던 너. 모든 것이 너의 잘못으로 느껴지던 너. 하염없이 눈물만 흘러내리던 너. 목이 메 너는 제대로 말을 잇지 못했다. 더듬더듬 미진에 대해 말했다. 어떻게 네가 미진을 보았는지, 어떻게 우현에게 얘기했는지, 어떻게 미진의 귀걸이를 주워들었는지. 우현과 미진이 사랑하는 사이였다는 것은 말하지 않았다. 그러나 진연의 말에 놀라움을 감추지 못하던 그의 형, 재헌. 진연 씨가, 진연 씨가, 내 동생의 마지막을 본 사람일 줄을 몰랐어…… 긴 한숨을 내뱉던 재헌. 진연 씨, 진연 씨, 미안해. 우리 집안사람들 때문에 상처만 입게 만들어서. 그런데 우현이가 너무 걱정돼서. 경찰에 실종신고도 하고, 신원 미확인된 사망자들도 모두 찾아봤는데. 사망자라는 말에 너는 몸을 부르르 떨었다. 아, 미안해. 정말, 그런 일은 없을 거야. 강한 아이니까. 혹시 우현이에게 연락 오면 바로 만나줄래. 그리고 나에게 연락 좀 해 줘.

고개를 끄덕이던 너. 울음을 멈추지 못하던 너. 그날의 미진의 영상이, 선로로 뛰어내릴 때 휘날리던 긴 머리카락이 머릿속을 떠나지 않았다. 그 모습이 우현의 얼굴과 겹쳐져, 때로는 너의 얼굴과 겹쳐져, 너의 셋은 선로를 뒹굴었다. 그 가을을 어떻게 보냈는지, 그 고통의 나날들을. 우현을 다시 보게 될 때까지 너는 생각의 지옥을 헤맸다.

11.

눈이 내린다. 첫눈이다. 진눈깨비 같은 눈이 내리는 모습을 바라보고 있다. 너는 창문을 하염없이 바라보고 있다. 눈은 도로에 떨어지자마자 녹아 없어진다. 허공의 공간에서만 존재하는 덜 익은 눈, 하얀 물질. 너와 같은 존재를 너를 바라보고 있다. 그 존재가 세상을 덮기까지.

미칠 것 같은 순간이 있었던가? 진정으로 미쳤던가? 차라리 미쳐버린다면 편해지지 않을까? 수만 번을 네게 스스로 물었었던 질문. 너는 눈을 바라본다. 그 내림을, 그 져버림을, 가슴에 담는다. 그 존재가 부러운 너. 순식간에 사라져버릴 수 있는 그 존재가. 울컥 가슴에서 뜨거운 것이 치밀어 오른다. 목구멍을 타고 올라온다. 너는 고개를 돌린다. 자리로 돌아간다. 책상에 앉아 고개를 떨군다. 작은 글씨로 무엇인가를 쓴다. 너의 가녀린 목덜미. 짐승이라면 한번 물어 부러뜨려보고 싶을 만큼 가녀린 그 목덜미. 거기서 떨어지는 슬픔을 나는 침이 고인 채 바라보고 있다.

오전에 내린 눈은 온데간데없다. 도시의 차들은 질주하고, 하루의 기억은 이미 잊혀진 듯하다. 너만이 눈의 흔적을 좇고 있다. 주변의 사람들은 모두 망각의 약을 들이키고 정신없이 살아가는데, 너만이 홀로 기억을 좇아 삶 뒤에 서 있다. 네가 너의 삶을 흔적 없이 지울 수 있다면 그 무엇이든 했으리라. 빌딩 꼭대기에서 뛰어내려 땅에 닿기 전에 흔적 없이 사라질 수 있다면…… 너는 여전히 눈의 흔적을 찾고 있다. 이미 사라진 흔적을, 그 아무것도 없음을, 아무것도 아님을.

너는 여전히 걷고 있다. 너의 발걸음. 그 흔들거리는 발걸음. 내가 불러본다. 진연아. 너는 대답이 없다. 너는 여전히 걷고 있다. 고개를 숙인 채 바닥을 향한 채. 나는 손을 뻗어 너의 뒷덜미를 잡아 끌어내고 싶다. 그 어두운 아스팔트에서 너를 끌어내 이 방으로 옮겨 놓고 싶다. 그러나 여전히 너는 그 길을 걷고 있다. 끝나지 않을 너의 짙은 숙명을……

네가 다다른 곳은 어디더냐? 너는 너의 집에 다다랐다. 골목 어귀에서 너의 집을 올려다본다. 부모님이 너를 기다리고 있을 너의 집을 바라본다. 네 방의, 아니 네 방이었던 창문에는 불이 켜져 있다. 우현이 바라다봤을 그 자리에서, 너는 너의 방이었던 그 창문을 바라다보고 있다. 그 추위가, 그가 느꼈을 그 추위가, 그 절망이, 그가 느꼈을 그 절망이 너를 감싼다. 아니, 너를 감싸는 것은 죄책감이다. 너의 존재로 인해 지어진 모든 쓰레기 같은 그 절망들에 대한 죄책감. 너는 고개를 떨군다. 이젠 없다. 그도, 너도, 존재하는 것은 이 절망스런 상황뿐이다. 너는 비틀거리는 걸음으로 언덕을 내려간다. 길게 드리웠던 너의 그림자는 이제 어둠에 지워졌다.

12.

그해 첫눈이 내렸을 때 너는 기차역에 앉아 너를 기다리는 그를 보았다. 너는 저만치 숨어 그를 보고 있었다. 그가 아직 무사하다는 안도감과 더는 그와 함께 있을 수 없다는 가슴 찢어지는 느낌이 한꺼번에 너를 압박했다. 완전히 어둠이 내린 뒤, 그는 몸을 일으켰다. 들어오는 기차를 바라보는 그의 모습에 너는 불안감에 휩싸였다. 그러나 그는 천천히 몸을 일으켜 기차에 올라탔다. 그 기차가 떠나는 모습을 너는 눈물범벅이 된 채 바라보고 있었다. 너의 무릎이 꺾여 바닥에 주저앉을 때까지.

우현은 그해 겨울에 나타나지 않았다. 몇 번의 함 박눈이 내려 온세상을 감싸도 그는 나타나지 않았 다. 너의 방의 불은 여전히 켜져 있고, 너의 잠들지 못하는 밤도 길어지는데, 우현의 소식은 들리지 않 았다. 너의 불안함과 죄책감은 그 깊이를 더해갔다. 가끔 재헌이 찾아와 우현의 소식을 물었다. 재헌은 언제나 그 다부진 말투로 너에게 안도감을 주려 했 다. 그러나 재헌을 보는 것은 너에게 우현에 대한 생 각만을 더할 뿐이었다. 너는 더는 재헌의 전화도 받 지 않았다. 우현이 서 있던 집 밖 담벼락에는 재헌이 서서 너의 창문을 올려다보았다. 불 꺼지지 않는 너 의 창문을.

해가 바뀌고 매서운 추위가 가실 무렵, 우현에게 서 편지가 날아왔다. 주소는 적혀있지 않았다. 다만 강원도 소인이 찍혀 있었다. 석 장에 달하는 편지에 서 너는 그의 괴로움을 고통을 읽었다. 너와 같은 지 옥을 그가 헤매고 있다는 것을. 매주 그에게 편지가 날아왔다. 대부분 일기 같은 형식이었다. 오늘은 무 슨 산에서 나무가 어땠으며 어떤 동물을 보았다는 등의. 너와 미진, 재헌에 대한 얘기는 없었다. 매일 산을 헤매고 다니는 우현의 모습이 그려졌다. 편지에 찍힌 발신지 소인은 때때로 바뀌었다. 너는 그가 살아있다는 사실만으로 안도함과 동시에 괴로웠다. 그를 만날 수도, 만나지 않을 수도, 잊을 수도 없다는 사실이 너를 괴롭혔다. 너는 사방이 막힌 도로에 홀로 서 있는 듯 느껴졌다.

그해 여름은 유난히도 덥고 습했다. 덥고 끈적이는 여름이 끝나갈 무렵 우현에게 편지가 왔다. 우리 약속 기억해? 기다린다. 첫눈 올 때. 간단한 내용이었다. 너는 망설였다. 한편의 너는 가서 그를 만나고 싶었다. 그러나 미진의 망령이 너를 놔주지 않았다. 그를 보는 것이 다시 그녀를 보는 것처럼. 네가 헤어나지 못할 수렁에 빠지는 듯이. 아니, 그를 헤어나지 못하게 빠뜨리는 것이 아닐까? 그해의 첫눈은 올 듯 올 듯 오지 않았다.

11월이 지나고 12월의 중순이 넘어서 첫눈이 내렸다. 눈이 수북이 거리에 쌓였다. 너는 기차역을 서성이고, 같은 곳을 서성이는 그를 보았다. 그러나 너는 그의 뒷모습을, 그림자를, 고통을, 아픔을 보았다. 너는 나타나지 못했다. 며칠 후 너는 집 앞에 낯익은 그림자를, 그를, 우현을 보았다. 수척해진 그는 키가 더 커진 듯 느껴졌다. 그를 본 네가 고개를 숙였다. 너를 본 그는 너에게서 눈을 떼지 않았다. 그는 입을 열지 않았다. 너도 말을 할 수가 없었다. 너희 둘은 한참을 집 앞에 서 있었다. 마침내 그가 입을 열었다.

왜지? 왜 오지 않았어? 너는 대답하지 않았다. 그가 벽을 손으로 쳤다. 너를 벽으로 밀어붙였다. 우현 씨. 이러지 마. 왜? 싫어? 이제 내가 싫은 거야? 우현 씨, 그런 거 아닌 거 알잖아. 내가 너를, 너를 얼마나 사랑하는지 알잖아. 너 때문에 내가 어떤 지옥을 헤매고 다니는지 알기나 해? 우현 씨. 우린 안 돼. 우리 둘 다 불행해 질 거야. 나를 떠나. 너를 떠나라고? 어떻게? 어떻게 너를 떠나. 차라리 죽어. 그러면, 잊어 볼게. 그는 두 손으로 너의 목을 졸랐다. 너의 눈에서 눈물이 흘러내렸다. 그가 손을 풀고 얼굴을 가렸다. 이러려고 온 게 아닌데. 네가 보고 싶어서. 미칠 것 같아서. 너는 자리에 주저앉았다. 그는 언덕을 뛰어 내려갔다. 너는 그의 뒷모습을 눈물로 흐려진 눈으로 바라봤다.

너는 집에 들어가지 않고 천천히 언덕을 내려갔다. 너의 목에 붉은 손자국을 남긴 채. 차라리 그가 너를 미워하는 게 낫다고 생각했다. 그게 낫다고. 너는 밤거리를 하염없이 걸어 내려갔다. 모든 세상이 네 머리 위로 빨려 올라가 너만이 혼자 세상을 머리에 지고 걸어가는 듯 느껴졌다. 앞에 길이 있고, 돌아볼 수 없어서, 그저 앞으로 갈 수밖에 없어서, 너는 눈물을 흘리며 밤길을 걸었다. 돌아오지 않을 그 길을.

그 길을 걸어 네가 간 곳은 미진이 죽었던 지하철 역이었다. 너는 거기 앉아 들어오고 나가는 전동차를 바라봤다. 무엇이 미진을 죽게 했는지. 그 슬픔을. 네가 궁금했던 그 슬픔을 네가 느끼고 있었다. 너는 일어섰다. 벽에 기댔다. 그녀가 그러했던 것처럼. 전동차가 들어오고 있습니다. 한걸음 물러나 주십시오. 방송이 울려 퍼졌다. 너의 진혼곡이. 전동차가 들어오는 소리가 시끄럽게 들려왔다. 너는 눈을 감았다. 떴다. 온 힘을 다리에 실었다. 누군가 너의 어깨를 잡았다. 우현이었다. 진연아, 미안해. 절대로

절대로 죽지 마. 널 사랑한다. 우현의 눈에서 눈물이
툭 떨어졌다. 너는 눈물에 앞을 볼 수 없었다.

어떻게 그 계단을 올라왔는지 기억나지 않는다.
눈물이 앞을 가려 한 발 한 발 디디던 그 계단을. 그
끝없는 계단을. 너희 둘은 올라왔다. 차들은 쌩쌩 달
리고, 야경은 휘황한데, 너희 둘은 너희의 비밀을 간
직한 채 세상 뒤에 서 있었다. 무엇을 할 지도, 무엇
을 할 수도, 무엇을 하지 않을 수도 없던 너희.

버스 정류장 벤치에 나란히 앉았다. 그 밤이 끝나
기를 기다리며. 너희가 간직한 그 어쩔 수 없는 슬픔
이 가라앉기를 기대하며. 하지만 그 슬픔은 잠시 가
라앉는다 하더라도 작은 기억에도 주체할 수 없이
휘날릴 것을 너희는 알고 있었다. 차가 밤을 가르며
지나쳤다. 속도를 더한 그 물체는 한 인간의 감정은
아랑곳하지 않는다. 차는 달리고 너희는 멈춰 있다.
세상에 외따로. 그곳에. 존재의 슬픔. 부재에의 고통.

13.

우현의 기일 다음날 너는 그의 묘지 앞에 서 있다. 기일이 하루 지난, 사람들이 다녀간 흔적들 속에, 너는 네 흔적을 묻고 서 있다. 너의 손에는 흰 국화가 들려 있다. 우현이 기찻길에 몸을 던진 건 너와 헤어진 후 세 번째 첫눈이 내리던 해였다. 너는 여전히 몸을 감춘 채 하염없이 앉아있던 그의 뒷모습을 바라보고 있었다. 그가 갑자기 몸을 일으켰을 때, 네가 뛰어가서 그를 잡으려 할 때 이미 그는 뛰어내린 뒤였다. 그가 너의 미친 절규를 들었을지. 듣지 못하는 편이 나았을 거다. 너의 눈에서 눈물이 주르륵 흐른다.

국화 한 다발을 내려놓는다. 무덤에 기대고 축축한 기운이 네 온 몸을 감싸 한기가 뼛속까지 스며들 때까지 너는 거기 앉아 있다. 어둠이 내릴 무렵 너는 비틀거리며 일어선다. 쓰러질 듯 위태로운 너의 발걸음. 그럼에도 이 세상에 속한 그 발걸음. 그 미련토록 애절한 발걸음.

집 앞에 누군가 서 있다. 그 익숙한 뒷모습을 너는 곧 알아본다. 너는 발걸음을 돌린다. 집 앞의 그림자는 빠른

걸음으로 다가와 너를 붙잡는다. 손목을 잡힌 채 너는 돌아본다. 그 얼굴. 재헌. 너를 찾아 헤맨 지난날들. 그의 얼굴에 고스란히 박혀 있는 상처들. 너는 가슴이 아프다. 이제 재헌, 그의 상처가 되어버린 네가 아프다.

"진연아. 얘기 좀 하자."

너는 고개를 숙인다. 무슨 얘기? 속에서 되뇐다. 무엇을 바꿀 수 있을까? 그 얘기라는 것이. 그 말들이. 우현은 사라지고, 너는 여기에 있다. 이 현실을 바꿀 수 있는 것이 있단 말인가? 너는 아무 말도 하지 않는다. 너와 재헌은 너의 지하방으로 들어간다. 주전자에 물을 담아 가스 불을 켠다. 재헌이 앉아있는 지하방은 유독 작아 보인다. 재헌은 지하방의 모습을 낯설게 바라본다. 한 잔의 녹차를 담아내는 너. 재헌의 발 앞에 내려놓는 너. 재헌은 너를 바라본다. 너는 그 시선이 힘들다. 진연아. 재헌은 손을 들어 너의 얼굴을 만진다.

"얼굴이 이게 뭐니?"

너는 그 손을 잡아 내려놓는다. 재헌은. 말이 없다. 조용한 공기가 가라앉는다. 너희 둘 앞에. 녹차가 서서히 식어간다. 차라리 울음이라도 터뜨리길, 재헌은 바랐는지 모른다. 이 무거움이 눈물에 녹아내릴 수 있도록. 그러나 공기는 납덩이처럼 무겁게 너희를 누른다. 누군가 질식하게 될 때까지.

재헌이 벌떡 일어난다. 너는 놀란다. 너는 조용히 따라 일어난다. 아무 말도 없이 재헌은 너를 꼭 껴안는다. 갑작스러운 포옹에 너는 아무 말도 할 수 없다. 나는, 이 글 밖의 나는 제 먹이를 뺏긴 동물처럼 재헌을 바라본다. 재헌은 너의 귀에 속삭인다.

"절대 사라지지 마. 이번엔. 내가 미쳐버릴 것 같으니깐."

재헌은 지하방 밖으로 달려나간다. 계단을 급하게 뛰어 올라가는 둔탁한 소리. 혼자 남은 너. 너는 스르륵 주저 앉는다. 너는 안다. 재헌이 원하는 것을 해 줄 수 없으리라는 것을. 그런 너 스스로가 하염없이 미워 너는 눈물을 떨군다. 식어버린 녹차가 방바닥에 뒹굴고 있다.

14.

바람이 분다. 차고도 매서운 겨울바람이 도시를 감싼다. 그 냉랭한 한기가 날렵한 칼처럼 살갗을 파고든다.

건물 밖에 있는 모든 생물을 난도질할 듯하다. 너는 천천히 걷는다. 너의 육체적 고통이 너의 죄책감을 덜어주기라도 할 듯이. 네가 우현을 찾지 못한 것. 우현의 약속을 지키지 못한 것. 무엇이 어디서 잘못된 것인지. 잘못된 것은 그냥 너 자신인지. 너의 존재가 이 세상에 있다는 것인지. 너는 무의식적으로 목을 만진다. 우현의 마지막 손길이 머물렀던 네 목. 그 붉은 손자국이 한동안 남아있던 너의 가녀린 목을. 그 손자국이 사라지는 것을 원하지 않았던 너. 그의 마지막 흔적을.

네가 누운 곳은 그 차가운 한기가 도는 소각로 안이다. 한밤중의 화장터 안은 춥다. 누군가가 누웠을, 고열에 불탔을, 재가 되어 나갔을, 그럼에도 지금은 얼음처럼 차가운, 그곳에 눕는다. 눈을 감는다. 눈을 뜬다. 무언가 뭉클 가슴에 피어오른다. 부모님의 모습. 우현의 얼굴. 야윈 얼굴. 재헌의 목소리. 강건한 목소리. 강대리. 강대리의 웃는 모습. 그 눈이 사라지던 넉넉한 웃음. 그리고 너의 슬픔. 목구멍을 따라 올라온 한없는 그것을 너는 도로 밀어 넣는다. 마치 태어나서 가장 이기적인 선택을 한 듯 느껴지는 너. 그 죄책감이, 너에게 익숙한 죄책감이, 오히려 편안한 너, 진연. 원래 그것이 너의 몫인 것을 뒤늦게 알았다 한들 달라지는 것은 없었을 것이다.

이 세상에서 흔적 없이 사라지기. 네가 원하는 단 하나. 애초에 존재하지 않았던 것처럼. 존재를 지워 너의 슬픔과 아픔이 사라질 수 있게. 모든 기억이, 그 모든 것이 끝을 고할 수 있게. 너의 잊을 수 없음이, 잊을 수 없이 살아감이, 산 사람은 살아야 지가 되지 않는 너의 존재를 태워 없애는 일.

너는 일어나 앉는다. 하얀 봉투에 든 편지를 소각로 바깥에 잘 보이게 놓는다. 겉봉투에는 재헌의 이름과 전화번호가 쓰여 있다. 수면제 세 통을 털어 넣는다. 한 번에 다 삼키지 못해 여러 번에 걸쳐 여남은 알씩을 삼킨다. 물을 마신다. 그 투명한, 그 찰랑거리는 것을 마신다. 장갑을 벗는다. 너는 똑바로 가슴에 손을 깍지를 끼고 눕는다. 정신이 한동안은 말짱하다. 곧 견디기 힘든 졸음이 쏟아진다. 너의 존재를 지워 줄 그 졸음이. 그리고 화장터의 소각로 안은 따뜻한 불길에 휩싸인다. 한밤중에 알 수 없는 연기가 화장터 밖으로 새어 나온다.

재헌이 전화를 받은 건. 그 화장터에서의 이상한 전화

를 받은 건. 그가 한달음에 달려간 건. 너의 존재가 들어 있는 유골함을 받기 위해서였다. 너의 신상에 대한 아무 단서도 없었다. 경찰차가 와 있었고, 재헌은 긴 조사를 받았다.

재헌은 그 화장터에서 스스로 자신을 화장한 사람이 진연이라는 것을 알았다. 편지에 아무 이름도 없었지만, 그는 알았다. 그가 그토록 찾아 헤맨 그녀. 우현의 사랑. 그리고 이제 너의 사랑이 된 너, 진연이라는 것을. 이 때 늦은 만남에 눈물이 하염없이 두 뺨을 적시었지만 재헌은 말하지 않았다. 너의 바람일 것을 알았으므로. 너의 죽음을 너의 부모가 알기를 그녀가 원하지 않을 것 또한 알았으므로. 그는 너의 유골 함을 들고 사라졌다. 그는 너의 유언을 지키지 않았다. 한동안은. 재헌은 그의 방에 틀어박혀 너의 하얀 존재를 바라봤다. 너의 마지막 편지 를 다시 폈다.

내가 슬픈 건 지금도 지하철역에 안에 철로를 바라볼 노숙자의 모습이 슬퍼. 일 년에 사라져 가는 목숨에 대한 기억이 아무 데도 없다는 것이 슬퍼. 앞서 간다는 것 때문에 앞으로 나아가야 한다는 것 때문에 모두 뒤로 한 기억들이 슬퍼. 그 망각이 슬퍼. 우현 씨의 누나와 재헌 씨의 어머니에 대한 기억이 사라져 버릴 것에 대한 사실이 슬퍼. 아무도 기억하지 못할 우현 씨의 죽음이 슬퍼. 당신의 삶의 기억이 슬퍼.

그럼에도 불구하고 나는 누구의 기억 속에도 남지 않고 사라져 버리고 싶다는 사실이 누구의 가슴도 뒤흔들지 않은 채 사라져 버리고 싶다는 사실이 슬퍼. 내가 헤어나올 수 없는, 이 기억들. 망각을 거부한 기억들. 나 혼자만이 기대고 있는 이 사실들이 슬퍼.

세상이 앞으로 나가자고 아무리 나를 잡아끌어도, 뒤로 물러서 앞서가는 사람들의 뒷모습을 바라봐. 그들에게 무엇이 남아 있을지. 그 앞으로 달려가는 모습의 뒷모습들. 그러다 스러져간 영혼들을. 내 주변에 가득한 영혼들을 바라봐.

이 슬픔은, 누구도 결코 어쩌지 못하는 나만의 것. 잊음을 잊은 애처로운 기억들을 버리고 싶지 않은 거야. 그것이 나의 육체를 갉아 결국 사라지게 만든다 해도 내가 살아있는 동안은 지키고 싶은 소중한,

절대적인 나의 한가지.

　나를 제일 화나게 하는 건, 내 안의 분노가 끓어오르게 하는 건. 모든 게 괜찮아질 거라고 누군가 내게 말하는 거야. 내일은 괜찮을 거라고. 한 달 후면, 일 년 후면 모든 것이 정상으로 돌아올 거라고. 무엇이 정상인데? 무엇이? 시간이 지나면 우현 씨가 마치 존재하지도 않았던 것처럼 느껴질 거라고? 밥을 먹고, 잠을 자고, 당신을 잊고서. 당신의 아픔을 잊고서. 당신의 빛나던 웃음을 잊고서. 당신의 고통을 잊고서. 아무 일도 없었던 것처럼? 누군가의 부재가 그렇게 잊혀져야 하는건가? 아니면 잊으려고 노력해야 하는 건가? 그렇다면 우리의 존재가 언제가 부재가 되었을 때 우리의 존재의 기억은 지워져야만 마땅한 건가? 얼마나 많은 알 수 없는 존재들이 과거에 목숨을 빼앗기고 버렸는지? 지금도 얼마나 많은 존재가 강에서 뛰어내리며 철로를 향해 몸을 던지는지? 그 존재들을, 그 존재가 마지막 순간에 느꼈을 그 아픔을, 절망스러움을, 모두 망각의 늪으로 던져 버리고 살아야 하는 건가? 존재가 그저 존재하기 위해서? 나는 이 가슴 저림을, 가슴 아픔을, 허탈함을, 미칠 것 같음을, 그 세세한 감정까지도 하나하나 느끼고 싶어. 단지 내가 살아야 한다는 이유로 우현 씨의 죽음에 대한, 삶에 대한 나의 그 모든 감정을 외면하고 싶지 않아. 내 죽음이 올 때까지 온몸으로 슬픔을 느끼고 싶어. 알아. 쉽지 않다는 것. 내 영혼을 갉아먹는 이 슬픔에 언젠가 내가 스스로의 목숨을 끊을 날을 올지도 모른다는 것.

그럼에도 불구하고, 나는 내 삶의 이유를 이제서야 알게 되었어. 미진 누나가 뛰어내렸을 때, 나는 그 죽음에 대한 기억을 선택한 것이라는 것을. 나는 끊임없이 생각했어. 그녀가 그렇게 뛰어내렸을 때의 그 슬픔을. 도대체 어떤 슬픔이, 절망이, 사람이 스스로 생명을 버리도록 하는지. 그리고 그 슬픔의 이유가 무엇이든 간에 그 슬픔 자체가 너무 슬퍼서 가슴이 에이고, 저미고, 어느새 그것이 나의 삶이 되어버렸다는 것을. 그러니 이제 나의 선택을 존중해 줘. 나의 삶은 그 사람의 부재를 안고서, 그 사람의 존재를 기억하며 사는 것이었다는 것을.

편지는 거기서 끊나 있었다. 편지의 뒷면에 '한강이 보

이는 높은 건물에서 뿌려주세요. 미안해요. 이제, 더 이
상은……’ 이라고 적혀있었다. 재헌은 이상한 안도감을
느꼈다. 누군가가 그의 어머니를, 그의 누나를, 그의 동
생을, 그들의 삶을, 그들의 죽음을, 존재를, 부재를, 기
억해 주었다는 것. 기억해 준다는 것. 진연의 삶이, 죽음
이, 가슴 아픔이, 에임이, 저밈이 애닮고, 애닮고, 애닮다
한 들 어쩔 수 없다는 것. 진연은 진연일 수밖에 없었다
는 것. 너의 슬픔이 마침내 끝을 맞이했다는 것을 재헌
은 알았다.

　한 달이 지난 후, 재헌은 진연이 일하던 회사의 옥상으
로 올라갔다. 너의 존재를, 너의 부재를 하늘에 날렸다.
하늘은 유독 맑고, 청명했다. 너의 존재는 땅에 닿기도
전에 흔적 없이 사라졌다. 맑은 하늘에서 어느새 눈이 내
렸다. 11월 초의 이른 눈이. 진눈깨비가 흩날렸다. 강대
리가 말했다.

　“어? 눈 오네.”

사무실의 직원들이 모두 창문을 바라봤다. 너의 마지
막 존재를.

　너의 책상에는 네가 읽고 싶어했던 원고의 나머지 부
분이 놓여있었다. 그 옆의 자와 포스트 잇. 형광펜. 너의

존재는 딱 그만큼이었나 보다.

후기

　진연, 눈이 내린다. 너의 눈이. 네 존재의 눈이. 네가 그토록 되고 싶어 했던 존재의 부재가 되어 세상에 흩날린다. 네 존재가 그러했듯이 너의 부재 또한 조용하다. 세상은 바삐 움직이고 너의 존재는 단 하나의 숨결도 바꾸지 못한 채 사라진다. 나는 이토록 가슴을 치는데 그 세상엔 누구 하나 있더냐, 너의 존재를 기억하는 이가, 네가 그토록 치열하게 사랑했던 기억을, 미치도록 슬퍼했던 이유를, 누가 기억이나 하더냐. 너의 부모는 네 상실에 가슴 찢는 고통을 맛보고 있을 테지만, 정작 너의 상실의 이유를 알기나 하겠더냐? 오직 나만이 네 생의 목격자이고, 동반자이며, 영원히 너를 기억할 한 사람인 것을. 그런데도 너는 나를 알지 못한다. 나는 여기 글 밖에서 너의 부재를 한없이 바라보고 있다.

　창밖을 바라본다. 눈은 멈췄다. 아니 멈춰 있다. 시간

292

이 정지한 듯한 창밖, 난폭하게 굴곡진 구름만이 시간을 따라 흘러가고 있다. 너는 무엇을 바라보는 건지, 너의 눈은 구름과 나무와 땅끝이 만나는 그 곳에 멈춰져 있다. 아니, 그 앞의 허공이 멈춰 있다. 시간은 너에게 멈춰 있다. 대기는 고요하고, 구름조차 너를 비켜 조용히 흘러간다.

진연, 눈처럼 하얀 진연, 그토록 창백한 진연. 너의 존재의 창백함이 날마다 투명해진다. 이제 시간이 너에게 진정으로 멈추어 버린 날이 온 것처럼. 남과 같지 못하고, 왜. 그렇게. 잊지 못하고. 왜. 그렇게 떠나지 못하고, 한 곳에. 그토록, 오래도록, 영원이 껍질을 벗어 다른 영원이 태어난다 하더라도 잊히지 않을, 그 가슴 에임을, 뭉클함을, 서글픔을 가지고 살아가던 너. 사라진 너.

이제 나는 가련다. 더는 너의 곁에, 너의 존재에, 너의 부재에, 너의 기억에 머무르는 건. 너무도, 힘들어. 너의 가슴 에임을 내가 가슴 저미도록 느껴, 저며진 가슴에 피를 토하더라고 그 피가 붉게 물들지 못하리니. 나는 떠난다, 너를. 이제. 나의 눈사람. 나의 사랑. 진연. 안녕히.